CHRISTINA LAUREN

O guia para ~~não~~ namorar de Josh e Hazel

São Paulo
2022

Josh and Hazel's guide to not dating
Copyright © 2018 by Christina Hobbs and Lauren Billings

© 2022 by Universo dos Livros
Todos os direitos reservados e protegidos pela Lei 9.610 de 19/02/1998.
Nenhuma parte deste livro, sem autorização prévia por escrito da editora, poderá
ser reproduzida ou transmitida sejam quais forem os meios empregados: eletrônicos,
mecânicos, fotográficos, gravação ou quaisquer outros.

Diretor editorial
Luis Matos

Gerente editorial
Marcia Batista

Assistentes editoriais
Letícia Nakamura e Raquel F. Abranches

Tradução
Marcia Men

Preparação
Alessandra Miranda de Sá

Revisão
Tássia Carvalho
Juliana Gregolin

Arte
Renato Klisman

Dados Internacionais de Catalogação na Publicação (CIP)
Angélica Ilacqua CRB-8/7057

L412g

    Lauren, Christina
       O guia para não namorar de Josh e Hazel / Christina Lauren ;
    tradução de Marcia Men. –– São Paulo : Universo dos Livros, 2022.
       256 p.

    ISBN 978-65-5609-167-9
    Título original: *Josh and Hazel's guide to not dating*

    1. Ficção norte-americana
    I. Título II. Men, Marcia

21-5685   CDD 813

Universo dos Livros Editora Ltda.
Avenida Ordem e Progresso, 157 — 8º andar — Conj. 803
CEP 01141-030 — Barra Funda — São Paulo/SP
Telefone/Fax: (11) 3392-3336
www.universodoslivros.com.br
e-mail: editor@universodoslivros.com.br
Siga-nos no Twitter: @univdoslivros

Para Jen Lum, Katie e David Lee.

PRÓLOGO

Hazel Camille Bradford

Antes de começarmos, tem umas coisas que você deveria saber sobre mim:

1. Sou pobre e preguiçosa — uma combinação abominável.
2. Sempre me sinto desconfortável em festas e, num esforço para relaxar, provavelmente acabarei bebendo até deixar os peitos pra fora.
3. Tendo a gostar mais de bichos do que de gente.
4. Pode sempre contar comigo para dizer ou fazer a pior coisa possível num momento delicado.

Resumindo, sou *esplêndida* quando o assunto é fazer papel de idiota.

Isso por si só deve explicar como fui bem-sucedida em nunca namorar com Josh Im: tornei-me completamente inamorável na presença dele.

Por exemplo: na primeira vez em que a gente se viu, eu tinha dezoito anos, ele, vinte, e eu vomitei nos sapatos dele.

Para a surpresa de nenhum dos presentes (e mantendo a coerência com o item 2, apresentado acima), não me lembro dessa noite, mas acredite em mim: Josh se lembra. Pelo que parece, derrubei uma mesa dobrável apenas alguns minutos após chegar à minha primeira festa universitária de verdade, e me recolhi no cantinho da vergonha com meus amigos calouros, onde poderia afogar meu vexame nas bebidas baratas que tinham restado.

Quando Josh conta essa história, ele faz questão de mencionar que, antes de vomitar nos sapatos dele, eu o deixei fascinado com esta inebriante declaração:

— Você é o cara mais lindo que eu já vi, e ficaria honrada em lhe conceder sexo esta noite.

Tirei da boca o gosto amargo do silêncio horrorizado dele com uma nada aconselhável dose de Triple Sec, ingerida diretamente do abdômen de Tony Bialy.

Cinco minutos depois, passei a vomitar em cima de tudo, inclusive Josh.

Não terminou aí. Um ano depois, eu estava no segundo ano, e Josh, no último. A essa altura, já tinha aprendido que não se devem tomar doses de Triple Sec, e, quando há uma meia enfiada na maçaneta, isso quer dizer que sua colega de quarto está transando, então é bom não entrar.

Infelizmente, Josh não falava a língua das meias, e eu não sabia que ele dividia o quarto com Mike Stedermeier, o astro zagueiro do time de futebol americano *e* o cara com quem eu estava transando naquele momento. *Transando naquele momento* quer dizer exatamente naquele momento. E é por isso que, na segunda vez que vi Josh Im, ele deu de cara comigo nua no dormitório dele, inclinada no sofá, numa movimentação longa e trabalhosa.

Mas eu diria que o melhor exemplo vem de uma historinha que gosto de chamar de O Incidente do E-mail.

No semestre de primavera do meu segundo ano, Josh era meu professor-assistente de Anatomia. Até aquele ponto, eu sabia que ele era bonito, mas não fazia ideia de como ele era *incrível*. Ele abria horários extras de atendimento para ajudar os alunos atrasados na matéria. Compartilhava suas anotações antigas com a gente e fazia sessões de estudo em cafeterias antes das provas. Era esperto, engraçado e tranquilo de um jeito que eu já sabia ser impossível de me equiparar.

Estávamos todos apaixonados por ele, mas, para mim, a coisa era mais profunda: Josh Im se tornou meu modelo de Perfeição. Eu queria ser amiga dele.

Tinha acabado de tirar meus dentes do siso. Fui convencida de que seria simples: arranque alguns dentes, tome uns comprimidos de ibuprofeno, e já era. Porém, meus dentes estavam impactados e tive que tomar anestesia geral para a extração. Acordei em casa depois, suando por causa dos analgésicos e com cavernas ocas e doloridas em minha boca, as bochechas cheias de rolinhos de algodão, e a lembrança frenética de que tinha um trabalho para entregar dali a dois dias.

Ignorando a sugestão ponderada de minha mãe de que ela enviaria um e-mail para mim, escrevi e enviei o e-mail a seguir, que Josh imprimiu e emoldurou para pendurar no banheiro:

Caor Josh.,
Você dise na aula que se te mandassemos nosso trabalho você daria ua olhada neel. Queria te enviar meu trabalho e coloquei iso na agenda pra naõ esquecer. Mas teve um negócio e eu arranquei um dente do siso na verdade todos eles. Eu me esforcei bastante nessa materia e estou com média B (!!!). Você é muito inteligente e eu cei que vou me sair melhor se me ajudar. Posso ter alguns dias a mais???? Não tô me sentindo muito bem com esses comprimidos e por favor sei que não pode abrir exceções para todas as pssoas mas se fizer essa única coisinha pra mim eu vou te dar todos os meus desejos em fontes daqui prafrente
eu te amo,
Hazel Bradford (é Hazel não Haley como você falou tudo bem não precisa ficar com vergoia vergona triste)

Ele também resolveu imprimir e emoldurar a resposta, pendurando-a logo abaixo da primeira:

Hazel-não-Haley,
Posso abrir essa exceção. E não se preocupe, não fiquei com vergonha. Não é como se eu tivesse vomitado nos seus sapatos ou rolado pelado no seu sofá.
Josh

Foi precisamente nesse momento que eu soube que Josh e eu estávamos destinados a ser grandes amigos, e que não poderia nunca, jamais estragar isso tentando transar com ele.

Infelizmente, ele se formou e transar com ele deixou de ser um problema, porque quase uma década se passaria até que eu o visse outra vez. Você deve estar pensando que nesse meio-tempo eu me tornei um desastre menor, ou que ele se esqueceu totalmente da Hazel-não-Haley Bradford.

Você está enganado.

UM

Hazel

SETE ANOS DEPOIS

Qualquer um que tivesse me conhecido na faculdade talvez se horrorizasse em ouvir que acabei como professora de ensino fundamental, responsável por educar nossa juventude de olhos arregalados e cérebro de esponja, mas, na verdade, suspeito que eu seja excelente nisso. Primeiro, não tenho medo de fazer papel de boba. Segundo, acho que tem algo no cérebro das crianças de oito anos que ecoa em mim em um nível espiritual.

O terceiro ano é meu ponto ideal; crianças de oito anos são *uma viagem*.

Depois de dois anos estagiando como professora auxiliar do quinto ano, sentia-me constantemente confusa e atormentada. Outro ano no jardim de infância havia me feito compreender que não tinha resistência nem treinamento suficientes para o desfralde. O terceiro ano, porém, parecia o equilíbrio perfeito entre as piadas sobre peido sem os peidos intencionais, às vezes desastrosos, com abraços de crianças que me achavam a pessoa mais inteligente do mundo, e eu tendo autoridade para chamar a atenção de todo mundo apenas batendo palmas uma vez.

Infelizmente, hoje é o último dia de aula e, enquanto retiro as muitas, muitas páginas inspiradoras, calendários, tabelas de adesivos e obras de arte das paredes da minha sala, me dou conta de que este também é o último dia que verei *essa* sala de aula específica. Uma minúscula bolinha de tristeza se materializa em minha garganta.

— Você está no modo Hazel Triste.

Eu me viro, surpresa em encontrar Emily Goldrich atrás de mim. Ela não é apenas minha melhor amiga, mas também é professora — embora não aqui na Merion —, e parece arrumada e recém-banhada, porque está uma semana adiantada nas férias de verão. E também segura nas mãos o que eu rezo para ser uma sacola cheia de comida tailandesa para viagem. Estou faminta o suficiente para comer até a presilhinha de maçã no cabelo dela. Meu cabelo parece um escovão imundo, coberto com o *glitter* que Lucy Nguyen, de oito anos, resolveu que seria uma surpresa divertida de último dia de aula.

— Estou, um pouquinho. — Aponto para a sala ao redor, para três das quatro paredes vazias. — Apesar de também ter algo de catártico nisso.

Emily e eu nos conhecemos há uns nove meses, em um fórum político on-line, ocasião em que ficou claro que nenhuma de nós duas tinha filhos, devido ao tempo que passávamos lá discursando para o nada. Encontramo-nos pessoalmente para desabafar em um café e nos tornamos grandes amigas de imediato. Ou, para ser mais exata, talvez eu tenha decidido que ela era incrível e a convidei para tomar café várias e várias vezes, até ela aceitar. Emily descreve assim: quando eu conheço alguém que amo, viro um polvo e enrolo meus tentáculos em volta do coração da pessoa, cada vez mais apertado, até ela não ter como negar que me ama também.

Emily trabalha na Riverview, dando aulas para o quinto ano (uma guerreira de verdade), e, quando abriu uma vaga para professor do terceiro ano por lá, corri para o distrito com um currículo na mão. Estava tão desesperada pela cobiçada vaga numa das dez melhores escolas que só depois de sair do meu carro e começar a marchar escada acima para o departamento de Recursos Humanos é que me dei conta de que estava (1) sem sutiã e (2) ainda com meus chinelos do Homer Simpson.

Não importa. Estava vestida de maneira apropriada para a entrevista, duas semanas depois. E adivinha quem conseguiu o emprego?

Acho que fui eu!

(Quer dizer, ainda não foi confirmado, mas Emily é casada com o diretor, então tenho quase certeza de que consegui.)

— Você vai hoje à noite?

A pergunta de Em me tira da guerra física e mental que travo com um grampo particularmente teimoso na parede.

— Hoje à noite?

— Hoje à noite.

Olho para ela de relance por cima do ombro, com paciência.

— Mais pistas.

— Minha casa.

— Mais pistas específicas? — Passei muitas noites de sexta na casa de Em, jogando Mexican Train Dominoes com ela e Dave e comendo a carne que Dave tinha grelhado naquela noite.

Ela suspira e caminha até a mesa, retirando um martelo da minha caixa de ferramentas com estampa de dálmatas para eu poder puxar o metal do gesso com mais facilidade.

— O *churrasco*.

— Ah, é! — Ergo o martelo, vitoriosa. Aquele grampo cretino será destruído! (Ou, em uma atitude responsável, reciclado.) — A festa de trabalho.

— Não é trabalho, oficialmente. Mas alguns dos professores legais estarão lá, e talvez você queira conhecê-los.

Olho para ela com uma leve apreensão; todos nós nos lembramos da Hazel Ponto Dois.

— Promete que vai monitorar meu consumo de álcool?

Por algum motivo isso a faz rir, e sinto uma leve pulsação de ansiedade correr pelo meu sangue quando ela me diz:

— Você vai se dar bem com a turma da Riverview.

Tenho a impressão de que Emily não estava brincando comigo. Ouço a música já da calçada quando saio de Giuseppe, meu Saturn 2009 de confiança. A música é de um dos cantores espanhóis que Dave adora, abafada pelo som irregular de copos tilintando, vozes e da gargalhada fantástica de Dave. Meu nariz me diz que ele está fazendo carne *asada*, o que significa que também está fazendo margaritas, o que significa a necessidade de me manter focada em continuar vestida esta noite.

Desejem-me sorte.

Com uma inspiração profunda e renovadora, dou mais uma conferida na roupa. Juro que não é por vaidade; é só que é frequente algo estar desabotoado, a barra da roupa estar presa na roupa de baixo ou estar vestindo uma peça do avesso. Essa característica pode explicar, em parte, por que os alunos se sentem tão em casa na minha sala de aula.

A casa de Emily e Dave é do final do período vitoriano, com uma profusão de heras de espírito livre invadindo as laterais que levam ao quintal nos fundos. Uma floreira sinuosa sinaliza o caminho para o portão; eu a sigo até o ponto em que a música flutua, subindo e pulando a cerca.

Emily realmente se esmerou nesse churrasco de "Seja bem--vindo, verão!". Uma profusão de lanternas de papel está pendurada sobre a passagem. A faixa dela tem até a vírgula no local correto. Os jantares no meu apartamento consistem de pratos de papelão, vinho em caixa e, nos últimos três minutos antes de servir a comida, eu correndo de um lado para o outro feito uma doida porque queimei a lasanha, insistindo que NÃO PRECISO DE AJUDA, É SÓ SENTAR E RELAXAR.

Sei que não devo entrar nessa coisa de me comparar com Emily, entre todos os que eu conheço. Adoro essa mulher, mas ela faz o resto de nós parecer um vegetal murcho. Ela faz jardinagem, tricô, lê pelo menos um livro por semana, e tem a habilidade inve-jável de comer feito um universitário de fraternidade sem nunca ganhar peso. Também tem o Dave, que, tirando o fato de ser meu novo chefe (façam figas!), é progressista de um jeito tão natural, que me passa a impressão de ser um feminista melhor do que eu. Ele também tem quase dois metros e quinze de altura (uma noite eu o medi com espaguete cru), e é bonito ao estilo *Tem certeza de que ele não é um bombeiro?*. Aposto que o sexo deles é incrível.

Emily berra o meu nome, e um quintal cheio de futuros amigos se vira para ver por que ela está gritando desse jeito.

— Traz logo esses peitões pra cá!

Mas sou distraída de imediato pela visão do quintal nesta noite. A grama é de um verde que só se acha na área noroeste do Pacífico. Ela se estende desde a trilha de pedra como um carpete esmeralda. As floreiras estão repletas de hostas, só aguardando para desenrolar suas folhas, e um carvalho imenso se posta no centro disso tudo, os galhos pesados com lanternas de papel minúsculas estendidos em um dossel de folhas que protegem os convidados do restinho dos raios do sol que se põe.

Emily me convida a me aproximar com um aceno e eu sorrio para Dave — aceitando com um gesto de cabeça tipo *Dã, Dave* quando ele levanta a jarra de margarita numa oferta —, passando por um grupinho de pessoas (talvez meus novos colegas!) no caminho para a outra extremidade do quintal.

— Hazel — chama Em —, venha para cá. É sério — diz ela para as duas mulheres a seu lado —, vocês vão adorar ela!

Então, ei, adivinha só? Minha primeira conversa com as professoras do terceiro ano de Riverview é sobre peitos, e desta vez nem fui eu que puxei o assunto. Eu sei! Também não poderia esperar por isso! Pelo visto, Trin Beckman é a professora mais antiga dessa série, e, quando Emily aponta os seios dela, concordo na hora que ela tem peitos ótimos. Na opinião dela, eles deviam estar num sutiã melhor, e ela menciona algo sobre três lápis, que não entendo muito bem. Allison Patel, minha outra colega de série, lamenta o tamanho dos dela, muito pequenos.

Emily aponta os seus, do mesmo tamanho, e franze o cenho para os meus, uns dois números maiores.

— Você ganhou.

— E qual é o meu troféu? — pergunto. — Um pau gigante de bronze?

As palavras saem antes que eu possa contê-las. Juro que minha boca e meu cérebro são irmãos que se odeiam e ficam praticando bullying um com o outro na forma de momentos embaraçosos como esse. Agora parece que meu cérebro me abandonou.

Emily está com cara de que um pássaro gigante voou para dentro da sua boca. Allison parece contemplar a situação com bastante seriedade. Todas levamos um susto quando Trin cai na gargalhada.

— Você tinha razão, ela é *muito* divertida.

Solto o ar e sinto uma pontadinha de orgulho com isso — principalmente quando percebo que ela está tomando água. Trin não achou graça na minha ausência de filtros porque já estava altinha com uma das margaritas maravilhosas de Dave; é que ela aceita mesmo gente esquisita. Meus tentáculos de polvo se contraem.

Uma sombra se materializa à direita de Emily, mas meu olhar se distrai com a margarita de timing perfeito que Dave coloca na minha mão, cochichando:

— Pega leve, Bomba H — antes de desaparecer de novo.

Meu novo chefe é o máximo!

— O que está havendo aqui?

É uma voz masculina desconhecida, e Emily responde:

— Estávamos apenas discutindo como os peitos de Hazel são melhores do que os de todas nós.

Levanto o olhar da minha bebida para ver se conheço de fato a pessoa que está analisando meu peito e... ah.

Ahhhh.

Olhos escuros se arregalam e logo se desviam. Um maxilar esculpido se contrai. Meu estômago se revira.

É ele. *Josh.*

Josh Im, *caralho*. O modelo de Perfeição.

Ele solta o fôlego, meio rouco.

— Acho que vou pular a conversa sobre peitos.

De alguma forma, Josh está ainda mais bonito do que era na faculdade, todo bronzeado e em forma, e com aquelas feições formadas impecavelmente. Ele já se afasta, horrorizado, mas meu cérebro aproveita essa oportunidade para abusar da minha boca como vingança.

— Tudo bem. — Faço um gesto extremamente casual. — Josh já viu meus peitos.

A festa para.

O ar fica imóvel.

— Digo, não porque ele *quisesse* vê-los. — Meu cérebro tenta em desespero consertar a situação. — Ele foi forçado.

Um sino de vento soa à distância, pesaroso.

Pássaros interrompem o voo em pleno ar e caem ao chão.

— Não *por mim*, tipo — digo, e Emily solta um gemido. — Mas, tipo, o colega de quarto dele estava comigo...

Josh coloca a mão no meu braço.

— Hazel. Melhor parar...

Emily observa, completamente confusa.

— Espera aí. Como é que você se conhecem?

Ele responde, sem desgrudar os olhos de mim.

— Faculdade.

— Dias de glória, né? — Abro meu melhor sorriso para ele.

Com um olhar cheio de expectativa para nós, Trin pergunta:

— Vocês *namoraram*?

Josh empalidece.

— Ai, meu Deus. *Nunca*.

Puta merda, eu me esqueci do quanto gosto desse cara.

Aquele vigarista do Dave Goldrich, diretor, espera eu ter tomado três margaritas para me contar que oficialmente consegui o emprego como nova professora do terceiro ano na Riverview. Tenho certeza de que ele faz isso para ver que tipo de resposta assombrosa sairá da minha boca, então espero que não tenha se desapontado com:

— Puta merda! Está brincando comigo, porra?

Ele ri.

— Não estou, não.

— Já tenho um arquivo cheio no RH?

— Não oficialmente. — Curvando-se de algum ponto próximo da Estação Espacial Internacional, Dave se abaixa para plantar um beijo no topo da minha cabeça. — Mas você também não vai receber tratamento de favorita. Eu separo a vida profissional da pessoal. Vai precisar fazer o mesmo.

Eu me agarro à única coisa importante disso tudo.

— Sou sua favorita? — Exponho os dentes, mostrando minha covinha encantadora. — Eu não conto para a Emily se você não contar.

Dave ri e estende a mão dramaticamente para tomar meu copo, mas eu me desvio e me aproximo para acrescentar:

— Sobre o Josh. Ele é profe...?

— Minha irmã não me contou que você estava entrando para a equipe da Riverview.

Josh deve ser metade vampiro, porque juro que ele simplesmente se materializa nos espaços vazios perto de corpos quentes.

Encolho-me, agitando a mão na frente do meu rosto e tentando esclarecer a confusão.

— Sua *irmã*?

— Minha irmã — repete ele, devagar —, também conhecida por você como Emily Goldrich, e por meus pais como Im Yujin.

De súbito, tudo se encaixa. Só conheci o nome de casada de Em. Nunca me ocorreu que o amado irmão mais velho — ou *oppa* — sobre o qual estou sempre ouvindo falar é o mesmo Josh em quem golfei tantos anos atrás. Uau. Pelo visto, essa é a versão adulta do irmão pré-adolescente gêmeo com boca de metal que vi na fileira de fotos da sala de estar de Emily. Belo trabalho, puberdade.

Virando, gritei por cima do ombro:

— Emily, seu nome coreano é Yujin?

Ela assente.

— E o dele é Jimin.

Olho para ele como se visse um desconhecido diante de mim. As duas sílabas de seu nome são como uma exalação sensual, algo que eu poderia dizer logo antes do orgasmo, quando as palavras me escapam.

— Esse deve ser o nome mais lindo que já ouvi.

Ele empalidece, como se temesse que eu estivesse prestes a lhe oferecer sexo outra vez, e eu caio na risada.

Percebo que deveria morrer de vergonha pela Hazel do Passado ter sido tão inapropriada, mas não que eu fosse muito melhor agora, e arrependimento não é muito a minha praia, mesmo. Durante três suspiros rápidos, Josh e eu sorrimos um para o outro em uma diversão compartilhada e intensa. Nossos olhos parecem aquelas espirais doidas de desenho.

Mas aí o sorriso dele se endireita quando ele parece se lembrar de como sou ridícula.

— Prometo não fazer nenhuma proposta indecente para você na festa da sua irmã — digo a ele em um tom de voz pretensamente baixo.

Josh resmunga um "Obrigado" sem graça.

Dave pergunta:

— Hazel já te fez uma *proposta indecente*?

Josh faz que sim, mantendo contato visual comigo por mais alguns segundos antes de olhar para o cunhado — meu novo chefe.

— Fez.

— Fiz — concordo. — Na faculdade. Pouco antes de vomitar nos sapatos dele. Foi um dos meus momentos mais inamoráveis.

— Ela teve alguns outros. — Josh pisca e abaixa o olhar quando seu celular vibra, tirando-o do bolso. Ele lê uma mensagem de texto sem absolutamente nenhuma reação e guarda o telefone.

Deve haver alguma coisa relacionada a feromônios masculinos rolando, porque Dave extraiu algo desse momento que eu não consegui.

— Má notícia? — pergunta ele, o cenho franzido, voz baixa, como se Josh fosse uma vidraça frágil.

Josh dá de ombros, expressão inabalável. Um músculo se contrai em seu maxilar, e resisto à vontade de estender a mão e pressionar o local como se fosse um botão de um jogo.

— Tabitha não vai conseguir vir para o fim de semana.

Sinto meu maxilar se estender.

— Tem gente de verdade chamada Tabitha?

Os dois se viram para me encarar como se não soubessem o que eu queria dizer.

Tem dó!

— É só que... — prossigo, hesitante. — Tabitha parece o nome que você dá a alguém que espera ser muito, *muito...* malvada. Tipo, morando num covil e acumulando filhotinhos pintadinhos.

Dave pigarreia e leva o copo à boca, sorvendo um grande gole. Josh fica me encarando.

— Tabby é minha namorada.

— *Tabby?*

Engolindo uma risada estrangulada, Dave pousa a mão com gentileza no meu ombro.

— Hazel. Cala a boca.

— Vai para o arquivo do RH? — Olho para o rosto familiar dele, todo barbudo e calmo. Está escuro agora, e ele está iluminado por alguns fios de lanternas externas.

— A festa não conta — ele me tranquiliza —, mas você é uma doida. Vá com calma com o Josh.

— Acho que o fato de eu ser uma doida explica em parte por que sou sua favorita.

Dave quase perde a compostura, mas consegue se virar e ir embora antes que eu possa ter certeza. Agora estou sozinha com Josh Im. Ele me encara como se olhasse algo contagioso no microscópio.

— Sempre pensei que havia pegado você numa... fase. — A sobrancelha esquerda dele se ergue num arco elegante. — Pelo jeito, você é assim mesmo.

— Sinto que tenho muitas razões para pedir desculpas — admito —, mas não posso garantir que não vou continuar te irritando, então talvez deva esperar até chegarmos à terceira idade.

Metade da boca de Josh se curva para cima.

— Posso dizer, honestamente, que nunca conheci ninguém como você.

— Tão completamente inamorável?

— Algo assim.

DOIS

Josh

Hazel Bradford. Uau.

Praticamente todo mundo com quem frequentamos a faculdade tem uma história com Hazel Bradford. Claro, meu antigo colega de quarto tem várias — a maioria na linha do sexo selvagem —, mas outros têm histórias mais parecidas com a minha: Hazel Bradford participando de uma meia maratona na lama e indo para a aula de laboratório noturna antes de tomar banho porque não queria chegar atrasada. Hazel Bradford obtendo mais de mil assinaturas de apoio para entrar num concurso/evento beneficente local de quem comia mais cachorros-quentes só para se lembrar, no palco e enquanto tudo era transmitido pela TV, que estava tentando virar vegetariana. Hazel Bradford fazendo uma liquidação na garagem das roupas do ex-namorado enquanto ele ainda dormia na festa onde o tinha encontrado pelado com outra pessoa (por acaso, outro cara da sua banda de garagem horrorosa). E — minha preferida — Hazel Bradford fazendo uma apresentação sobre a anatomia e a função do pênis na aula de Anatomia Humana.

Nunca soube dizer se ela não tinha noção ou se só não ligava para o que as pessoas pensavam, mas, não importa quanto fosse caótica, ela sempre conseguia passar uma vibe inocente, de quem era louca, mas nunca mal-intencionada. E aqui estava ela, em carne e osso — em todo o seu um metro e sessenta e dois, cinquenta quilos, quando muito, enormes olhos castanhos e o cabelo num coque castanho gigantesco —, não acho que algo tenha mudado.

— Posso te chamar de Jimin? — pergunta ela.

— Não.

Uma expressão de confusão passa pelo rosto dela.

— Você deveria ter orgulho da sua ascendência, Josh.

— E tenho — digo, lutando contra um sorriso. — Mas você acaba de pronunciar "Jí-Min".

Recebo uma cara inexpressiva em resposta.

— Não é a mesma coisa — explico, e digo outra vez: — *Jimin*. Ela assume uma expressão dramática, sedutora.

— Jííí-minnnn?

— Não.

Desistindo, Hazel dá um gole em sua margarita, olhando ao redor.

— Você mora em Portland?

— Moro.

Atrás dela, à distância, vejo minha irmã se aproximar de Dave, puxá-lo para baixo e perguntar alguma coisa; depois, os dois olham para mim. Tenho certeza de que ela acabou de perguntar *cadê a Tabby?*.

Eu já tinha ciência, quando Tabitha aceitou o emprego em Los Angeles — o trabalho dos sonhos, para escrever em uma revista de moda —, que haveria alguns fins de semana em que um ou outro ficaria preso e não poderia voar para o sul (no meu caso) ou para o norte (no caso dela), mas é uma droga ela ter dado para trás no último minuto nos três ou quatro fins de semana que deveria vir para cá.

Talvez "deu para trás" não seja o correto, e sim que teve uma emergência de última hora no trabalho.

Mas que tipo de emergência uma revista de estilo tem?

Francamente, não faço ideia. Mas enfim.

Hazel ainda está falando.

Volto minha atenção para ela outra vez exatamente quando ela parece chegar ao fim da pergunta que me fazia. Ela me encara cheia de expectativa, sorrindo daquele seu jeito franco.

— Como é?

Ela pigarreia e repete, devagar:

— Perguntei se está tudo bem com você.

Faço que sim com a cabeça, virando a garrafa de água nos lábios e tentando apagar do rosto a irritação que ela deve ter notado na expressão da minha boca.

— Tudo bem. Tranquilo, só. Semana comprida.

Faço uma contagem mental: tive em média trinta e cinco clientes por dia, onze horas por dia, só esta semana, para poder estar com o fim de semana todo livre. Cirurgias no joelho, prótese de quadril, bursite, torção, ligamentos rompidos e um deslocamento da pélvis que deixou minhas mãos fracas antes mesmo de eu tentar trabalhar no problema.

— É que você está meio que monossilábico — diz Hazel, e olho para ela. — Está tomando água, quando tem margaritas do Dave disponíveis.

— Não sou muito bom em… — Paro de falar, indicando a confusão cada vez maior ao nosso redor com minha garrafa.

— Beber?

— Não, só…

— Reunir palavras em frases, e essas frases numa conversa?

Franzindo os lábios para ela, digo, endireitando as costas:

— Socializar em grandes grupos.

Isso me vale uma risada, e observo enquanto os ombros dela se elevam em direção às orelhas, e ela ri feito um personagem de desenho animado. O coque oscila de um lado para o outro no topo da cabeça. Uma pontada de culpa me perpassa quando me dou conta de que, apesar de atrapalhada, ela também é muito sexy.

Posso sentir a reação ir do meu coração para a virilha, e disfarço com:

— Você é tão esquisita!

— É verdade. Estou por perto de crianças o dia todo, o que você espera?

Estou prestes a relembrá-la de que ela sempre pareceu ser assim quando ela prossegue:

— O que você faz?

— Sou fisioterapeuta. — Olho ao meu redor para ver se meu sócio, Zach, já apareceu, mas não vejo os cabelos alaranjados em lugar nenhum. — Meu sócio e eu abrimos a clínica há cerca de um ano, no centro da cidade.

Hazel solta um grunhido de inveja.

— Você pode falar de assuntos profundos e mexer com coisas íntimas. Eu nunca conseguiria trabalhar nisso.

— Bom, de vez em quando eu digo para as pessoas tirarem a calça, mas raramente são as pessoas que você gostaria de ver peladas da cintura para baixo.

Ela me olha pensativa, a testa franzida.

— Às vezes eu me pergunto como seria o mundo se as roupas nunca tivessem sido inventadas.

— Eu, com certeza, nunca me perguntei isso.

Hazel prossegue, sem pausa.

— Tipo, se ficássemos pelados o tempo todo, que coisas poderiam ter sido desenvolvidas de outra forma?

Tomo um gole de água.

— Talvez não pudéssemos andar a cavalo.

— Ou teríamos calos em locais estranhos. — Ela tamborila nos lábios com o indicador. — Os bancos de bicicletas seriam diferentes.

— É bem provável.

— Mulheres provavelmente não depilariam os grandes lábios.

Uma forte reação física me percorre.

— Hazel, esse é um termo terrível.

— O que foi? Nós não temos pelos dentro da *vagina*. — Contenho outro tremor, e ela me encara com o olhar feroz de uma mulher ofendida. — Além disso, ninguém faz careta quando ouve a palavra "escroto".

— Eu, sem dúvida, faço careta quando ouço "escroto". E "glande".

— Glaaaaaaande — diz ela, estendendo a palavra. — *Terrível.*

Olho fixamente para ela por segundos, em silêncio. Seus ombros estão expostos e há uma única pinta do lado esquerdo. Suas clavículas são definidas, e os braços esculpidos, como se ela se exercitasse. Tenho um vislumbre mental de Hazel usando melancias como pesos.

— Sinto que está me deixando bêbado só com essa conversa. — Dou uma espiada no copo dela. — Como se estivesse acontecendo algum tipo de osmose.

— Acho que vamos ser grandes amigos. — Diante do meu silêncio espantado, ela levanta a mão e bagunça meu cabelo. — Eu moro em Portland, você mora em Portland. Você tem uma namorada, e eu tenho um enorme sortimento de séries atrasadas na Netflix. Nós dois odiamos a palavra "glande". Conheço e amo sua irmã. Ela me ama. Esta é a configuração perfeita para grandes amigos entre meninos e meninas: já fui insuportável perto de você, o que torna impossível eu te assustar.

Sorvendo com rapidez um golão de água, protesto:

— Temo que vá tentar mesmo assim.

Ela parece ignorar minhas palavras.

— Eu acho que *você* me acha divertida.

— Divertida, do mesmo jeito que palhaços são divertidos.

Hazel olha para mim, os olhos em chamas de tanta empolgação.

— Eu pensava, de verdade, que era a única pessoa que adorava palhaços!

Não consigo conter minha risada.

— Estou brincando. Palhaços são apavorantes. Não chego nem perto do bueiro perto de casa.

— Bem. — Ela enrosca o braço no meu, conduzindo-me mais para o centro da festa. Quando se aproxima de mim para murmurar, meu estômago cai para algum ponto perto do umbigo, como acontece no primeiro movimento de uma montanha-russa. — Nesse caso, não temos nenhum outro lugar para ir além de para cima.

Hazel nos aproxima de um par de caras de pé junto à churrasqueira embutida — John e Yuri, dois colegas da minha irmã (e agora de Hazel). A conversa dos dois para quando os abordamos e Hazel estende a mão com firmeza.

— Meu nome é Hazel. Este aqui é o Josh.

Nós três a observamos, com uma ligeira expressão de divertimento. Eu conheço os dois há anos.

— A gente se conhece faz tempo — diz John, inclinando a cabeça para mim.

Ele aperta a mão dela, e assisto enquanto ela metodicamente absorve os *dreads* até o ombro, o bigode, a boina e a camiseta onde se lê A CIÊNCIA NÃO LIGA PARA AQUILO EM QUE VOCÊ ACREDITA. Prendo a respiração, imaginando o que Hazel vai dizer a ele, porque, sendo um cara branco com *dreadlocks*, John facilitou muito para ela, mas ela se limita a se virar para Yuri, sorrindo e apertando a mão dele.

— John e Yuri trabalham com Em — digo a ela. Uso a garrafa para apontar para John. — Como você deve ter adivinhado, ele ensina ciência para os últimos anos. Yuri é professor de música e teatro. Hazel é a nova professora do terceiro ano.

Eles lhe dão parabéns, e Hazel faz uma mesura.

— Os alunos do terceiro ano têm aula de música? — pergunta ela a Yuri.

Ele assente.

— Do jardim de infância até o segundo ano, é só vocal. No terceiro eles começam a tocar um instrumento de corda. Violino, viola ou violoncelo.

— Posso aprender também? — As sobrancelhas dela se levantam devagar. — Tipo, frequentar a aula?

John e Yuri sorriem para Hazel com uma cara de curiosidade que diz: *ela tá falando sério?* Imagino que a maioria dos professores de escola de ensino fundamental tire uma soneca, coma ou até chore quando tem um período livre.

Hazel faz uma dancinha e finge tocar um violoncelo.

— Sempre quis ser a próxima Yo-Yo Ma.

— Acho… que pode ser? — diz Yuri, desarmado pelo poder do riso de desenho animado de Hazel Bradford e sua honestidade fascinante. Viro-me para ela, preocupado com a encrenca em que Yuri acaba de se meter. Mas, quando ele dá uma conferida no peito dela, não parece nem um pouco apreensivo.

— Yo-Yo Ma *começou* a se apresentar quando tinha quatro anos e meio — digo a ela.

— É melhor eu correr, então. Não me decepcione, Yuri.

Ele ri e pergunta a Hazel de onde ela é. Ouvindo a resposta dela sem muita atenção — filha única, nascida em Eugene, criada por mãe artista e pai engenheiro, faculdade Lewis & Clark —, pego meu telefone e verifico as últimas mensagens de texto de Tabby, enviadas a intervalos de cerca de cinco minutos entre uma e outra. Odeio o fato de sentir um tantinho de prazer sabendo que ela ficou conferindo o celular.

> Não fique com raiva de mim.

> Disse a Trish que esta é a última sexta em que vou poder trabalhar até tão tarde.

> Quer que eu tente ir amanhã, ou seria um desperdício?

> Josh, Josh, não fique com raiva de mim, me desculpa, me desculpa.

Solto a respiração de forma controlada e digito:

> Tô na festa da Em, então só vi isso agora. Não tô com raiva. Venha para casa amanhã, se quiser, mas vai de você. Você sabe que eu sempre quero te ver.

— Ela disse que vocês seriam grandes amigos? — Minha irmã franze o cenho para uma camisa e a devolve para a pilha na Nordstrom Rack. — *Eu* sou a grande amiga dela.

— Foi o que ela disse. — Uma risada me vem peito acima, embora não chegue a sair, quando me lembro de Hazel aceitando a quarta margarita da mão de Dave e me pedindo para grampear sua camiseta na cintura. — Ela é uma viagem.

— Ela me tornou uma pessoa esquisita — diz Em. — Vai acontecer com você também.

Acho que sei exatamente o que Em quer dizer, mas, vendo o efeito que Hazel teve sobre minha irmã — deixando-a mais descontraída, dando-lhe uma confiança social que só agora, olhando para trás, posso de fato atribuir a Hazel —, não considero essa esquisitice algo ruim. E Hazel é tão diferente de Tabby e Zach — tão diferente de todo mundo, na verdade, mas talvez o completo oposto da minha namorada e do meu melhor amigo, que tendem a ser mais quietos e observadores —, que acho que pode ser divertido tê-la por perto. É como ter uma cerveja de boa qualidade na geladeira, que você sempre fica surpreso e contente em encontrar ali.

Será que essa é uma metáfora abominável? Olho de relance para minha irmã e calculo mentalmente quanto dano físico ela conseguiria infligir com o cabide que está segurando.

— Ela é metade "desastre exasperante" e metade "cores numa paisagem monótona". — Em puxa a camisa do cabide e a entrega para mim. Eu a penduro no braço, deixando que ela, como sempre, escolha minhas roupas. — Não consigo acreditar que Tabby não veio, *de novo.*

Não mordo a isca. É a terceira vez que ela tenta me arrastar para uma conversa sobre minha namorada.

— Ela não sabe que relacionamentos dão trabalho?

Voltando meu olhar para ela, eu a relembro:

— Ela tem prazos para cumprir, Em.

— Tem mesmo, será? — A voz dela fica aguda e tensa, e ela desconta a frustração em um shorts que joga de volta na pilha diante dela. — Esse distanciamento dela não te parece... tipo...

Preparo-me para prender o fôlego, esperando que minha irmã não meta o dedo na ferida.

— Tipo, como se ela estivesse te traindo? — pergunta ela.

Meteu.

— Emily — começo, com calma —, quando Dave está com um horário maluco na escola e você vem para a minha casa e janta lá, e desabafa sobre como você não o vê há *dias,* por acaso eu te digo: "Bem, talvez ele esteja de caso com alguém"?

— Não, mas Dave também não é um cretino que vive me dando bolo.

Isso me faz perder a paciência.

— Qual é o seu problema com Tabby? Ela sempre foi bacana com você.

Ela se encolhe com o volume da minha voz, porque o tom ficou bem alto, o que eu sei que é raro.

— Não que você seja bom demais para ela, ou que ela seja boa demais para você — diz ela. — É mais como se estivessem em círculos diferentes. Vocês têm *valores* diferentes.

É verdade que nossos pais — que se mudaram de Seul para cá quando eram recém-casados, com dezenove anos — não são muito fãs de Tabitha, mas eu também acho que talvez eles não sejam muito fãs de nenhuma garota não coreana que eu namore. Infelizmente, não acho que seja isso o que Emily quer dizer. Olho para ela, desconcertado.

Ela se volta para me encarar, elencando as razões nos dedos.

— Tabby é a única pessoa que eu conheço que usa *lençóis de seda.* Ela passa horas se aprontando para, no final, parecer que acabou de sair da cama. Você, por outro lado, adora acampar e de vez em quando ainda usa a calça de moletom que te dei de Natal vinte anos atrás.

Balanço a cabeça, ainda sem entender.

— Ela acha que o filme *Atração Mortal* é um ótimo guia de etiqueta social. — Emily olha fixamente para mim. — Ela ri de *Romy e Michele,* que não tem um pingo de ironia, mas assistiu a *quatro* filmes do Christopher Guest com a gente sem abrir um único sorriso.

Mesmo quando ela vem te visitar, passa metade do tempo fazendo comentários do *Esquadrão da Moda* no Instagram.

Pisco, quieto, tentando conectar os pontos.

— Então o seu problema com ela é que… você acha que ela é superficial?

— Não, não é isso o que estou dizendo. Se essas coisas a deixam feliz, ótimo. O que estou dizendo é que acho que vocês não têm muito em comum. Observo vocês dois interagindo e é, tipo, silêncio, ou "Pode me passar as cenouras que estão ali na bancada?". Ela é muito, *muito* envolvida com o mundo da moda, e Hollywood, e aparências.

Emily me encara, e entendo a comunicação silenciosa enquanto passo o fardo de roupas que ela selecionou para mim de um braço para o outro.

— Bem, é conveniente para ela e para mim que eu não ligue para o que visto. *Obviamente,* eu deixo as mulheres na minha vida escolherem minhas roupas.

Os olhos da minha irmã se espremem, e observo enquanto ela tenta uma abordagem diferente.

— O que vocês fazem quando ela está aqui?

Repasso imagens das últimas visitas de Tabby. Sexo. Caminhar até o mercado na esquina. Tabby não queria praticar canoagem nem caminhada, e eu não estava com vontade de ir a bares, então ficamos em casa para mais sexo. Jantamos fora, por perto de casa, e depois mais sexo.

Tenho certeza de que minha irmã não quer esse nível de detalhes, mas, pelo que parece, não precisa que eu responda, porque prossegue:

— E o que você faz quando vai visitá-la?

Sexo, sair para dançar, restaurantes lotados, todo mundo no celular mandando mensagens para gente do outro lado do salão, mais dança, eu reclamando dos lugares para dançar, eu praticando caminhada pelo Runyon Canyon sozinho, voltando para a casa dela e fazendo mais sexo.

Emily desvia o olhar.

— Bom, acho que estou me intrometendo.

— Está, sim.

Eu a conduzo para o caixa; estou ficando entediado de olhar para tanta roupa.

Pago pelos nossos itens, agradeço a mulher no caixa e saímos, caminhando pela calçada do shopping a céu aberto, desviando de funcionários de quiosques que sacodem com agressividade amostras de creme para a pele em nossa direção. Emily olha para mim com um sorriso de reconciliação.

— Vamos voltar ao que estávamos falando antes.

Estamos de acordo nisso.

— Acho que estávamos falando do churrasco.

Ela me olha de esguelha.

— Você quer dizer, estávamos falando sobre *Hazel*.

Ah. A clareza me dá um tapa. Virando, faço Em parar com a mão em seu ombro.

— Eu *já tenho* uma namorada.

Minha irmã faz uma careta.

— Estou sabendo.

— Caso esteja tentando começar alguma coisa entre mim e Hazel Bradford, posso lhe dizer, sem sombra de dúvida, que não somos compatíveis.

— Não estou tentando nada — protesta ela. — É só que ela é divertida, e você precisa de mais diversão.

Lanço um olhar cauteloso para ela.

— Não sei se sou homem o bastante para lidar com o tipo de diversão de Hazel.

Emily joga uma sacola de compra por cima do ombro e abre um sorriso descarado para mim.

— Acho que só existe um jeito de descobrir.

TRÊS

Hazel

Tenho certeza de que o homem na minha frente compreende meu dilema — *não*, tenho certeza de que ele vê isso várias vezes por dia.

— A indecisão em pessoa — digo, apontando para mim mesma. — O problema aqui é que vocês têm várias opções excelentes.

— Hã… — O caixa do PetSmart fica me encarando, manobrando o chiclete de um lado para o outro na boca. — Posso tentar ajudar.

— Estou entre um peixe-beta e um porquinho-da-índia.

— Olha, a diferença é meio que grande… — Os óculos dele escorregam pelo nariz, e fico hipnotizada, porque a queda é interrompida por uma espinha madura, enorme e vermelha encarapitada ali feito um calço de porta.

— Mas, se fosse você — digo, levantando e abaixando as sobrancelhas —, em que direção você iria? Peixe ou peludinho? Já tenho uma cachorra — gesticulo para indicar Winnie do meu lado — e um coelho, e também um papagaio. Eles só precisam de mais um amigo.

O adolescente me olha como se eu não tivesse juízo nenhum.

— Quero dizer…

— *E minha boceta é viciante.*

Ele me olha fixamente, e levo um segundo para perceber que é o meu celular que acabou de cantar essas palavras da música "Grelinho de Diamante", da mc Baby Perigosa, Heavy Baile e mc Tchelinho.

Entro em movimento, procurando minha bolsa.

— Ai, meu Deus!

— *Vem provar o gostinho dela, novinho, tô instigante.*

— Ai, meu Deus, ai, meu Deus… — Eu me atrapalho revirando a bolsa, mas consigo tirar o celular de lá.

— *Vem chupando no talento.*

— Ai… me desculpa…

— *Meu grelinho de diamante, vai, vai, meu grelinho de diamante…*

Deixo o telefone cair e tenho que empurrar o focinho empolgado e explorador de Winnie para longe dele antes de poder agarrá-lo — *chupa tudo no talento, no pique do lambe-lambe* — e silenciá-lo com o deslizar de um dedo.

— *Emily!* — grito/canto para disfarçar meu horror enquanto peço desculpas para a idosa dona de um pug olhando as coleiras. O cachorro dela agora late de maneira maníaca, o que faz Winnie começar a latir também, o que faz mais três cachorros na fila do caixa começarem a latir. Um se agacha para fazer cocô por causa do estresse.

— Deus do céu, Hazel, onde é que você está?

— PetSmart. — Faço uma careta. — Comprando… uma coisinha?

A linha fica em silêncio por vários segundos e olho para a tela para conferir se a chamada caiu.

— Alô?

— Você acha que o que o seu apartamento precisa é de outro bicho? — pergunta ela.

— Não vou pegar um dogue alemão, estamos falando de um roedor ou de um peixe.

Levanto o olhar para o funcionário da PetSmart — Brian, parece ser o nome dele — e peço licença com um aceno de mão tímido e constrangido.

— Aliás, velha amiga — digo para Emily —, por acaso você mudou o toque do meu celular outra vez?

— Não aguentava mais aquela música de sofrência, e não estou brincando.

Mentalizo o envio de um rebanho de dragões para a casa dela para se regalarem com sua carne. No mínimo, um enxame de mosquitos famintos.

— Então funk explícito é melhor? Deus do céu, podia só ter colocado uma *campainha*.

Ela ri.

— Queria mandar um recado. Pare de usar esses toques esquisitos, ou coloque seu celular no silencioso.

— Você é tão mandona!

Conforme o previsto, ela ignora essa parte.

— Olha, tudo bem se eu der o seu número para o Josh?

— Não se ele for me ligar antes de eu ter a chance de mudar o toque.

— Estamos fazendo umas comprinhas — ela me diz. — Ele está tão tristonho agora que a Tabitha está em Los Angeles, e sei que vocês se divertiram na festa. Só quero que ele saia mais.

Escuto o rosnado rabugento de Josh ao fundo:

— Não estou tristonho.

A ideia de passar algum tempo com Josh me deixa estranhamente animada. A ideia de passar algum tempo com um Josh tristonho me soa como um desafio.

— Pergunte para ele se quer vir almoçar aqui amanhã.

Emily se vira, presumo, repetindo a pergunta para Josh, e há um silêncio.

Um longo silêncio.

Embaraçoso.

Imagino uma profusão de olhares de irmãos disparados de um lado para o outro como balas:

Obrigado por me pressionar, babaca!

É melhor você topar, senão ela vai se sentir mal!

Eu te odeio tanto neste momento, Emily!

Ela não é tão doida quanto parece, Josh!

Enfim, ela retorna.

— Ele diz que adoraria.

— Ótimo. — Eu me abaixo, mandando beijinhos piscianos para o lindo beta azul-esverdeado que quero adotar. — Diga a ele para trazer comida quando vier.

— Hazel!

Caio na risada.

— Estou *brincando*, ai, meu Deus. Eu faço o almoço. Diga a ele para vir qualquer hora depois das onze. — Encerro a ligação e pego o peixe no copinho plástico. — Você vai adorar sua nova família.

Winnie e eu saímos com o peixe na mão para encontrar a mamãe para almoçar. Minha mãe se mudou de Eugene para Portland alguns anos atrás, quando terminei a faculdade e ficou evidente ser improvável meu retorno para casa no futuro próximo. Sou muito mais parecida com minha mãe do que com meu pai no quesito personalidade, mas tenho toda a aparência do meu pai: cabelos escuros, olhos escuros, covinha na bochecha do lado esquerdo, magrela e não tão alta quanto eu gostaria de ser. Mamãe, por outro lado, é alta, loira e corpulenta, feita para o aconchego.

Meu pai é um homem decente, suponho, mas a emoção predominante que percebo nele ao longo da vida é a decepção por eu não ser esportista. Um filho teria sido o ideal, mas uma filha meio moleca já serviria. Ele queria alguém com quem praticar corrida no parque e com quem jogar bola por algumas horas. Queria torneios esportivos que durassem todo o fim de semana, com gritos e talvez alguns empurrões inamistosos com a equipe rival. Em vez disso, recebeu uma filha pateta e faladeira que queria criar galinhas, cantava Captain & Tennille no chuveiro, e trabalhava na colheita de abóboras todo outono desde que tinha dez anos, porque gostava de se vestir de espantalho. Mesmo que não tenha sido totalmente desconcertante para ele, com certeza dei mais trabalho do que ele previa.

Meus pais se divorciaram quando eu tinha vinte anos e estava alegremente estabelecida, com uma vida e amigos em Portland. Serei honesta: não fiquei nem um pouco surpresa. Minha reação me revelou como o monstro que sou, porque, a princípio, fiquei irritada por ter que fazer duas paradas quando fosse para casa, e, quando visitasse papai, mamãe não estaria mais lá para ser o aparador de impacto.

Apesar de saber que era tecnicamente uma adulta aos vinte anos, ficava repetindo para mim mesma que papai e eu nos conectaríamos quando eu fosse mais velha... quando saísse da faculdade... que ele ficaria muito orgulhoso na minha cerimônia de casamento algum dia... que seria um ótimo avô, porque poderia brincar e depois devolver a criança e voltar para o jogo sem uma esposa olhando para ele de cara feia do outro lado da sala.

Infelizmente, não era pra ser. Papai morreu poucas semanas antes do Natal no ano em que fiz vinte e cinco anos. Ele estava trabalhando e, segundo seu colega de trabalho de longa data, Herb, papai basicamente se sentou à mesa e disse: "Estou me sentindo cansado", ficou inconsciente e não acordou mais.

Uma honestidade estranha se desenvolveu entre mim e minha mãe depois que papai morreu. Sempre soube que meus pais não tinham o elo romântico mais forte do mundo, mas não percebi quanto eles também se sentiam sem vida, a ponto de serem quase dois estranhos se movendo pela mesma casa. As coisas em que sou igual à mamãe — um pouco doida, admito — eram totalmente exasperadoras para o papai. Mamãe e eu gostamos de abraçar, talvez sejamos empolgadas demais a respeito das coisas que amamos, e contamos piadas terríveis. Mas, enquanto eu adoro animais e fantasias, e vejo rostos nas nuvens e canto durante o banho, mamãe gosta de fazer saias extravagantes com tecidos ousados, criar obras de arte de vidro colorido, usar flores no cabelo, recitar musicais e dançar enquanto corta a grama na frente da casa com suas botas vermelhas de caubói.

Papai não suportava as excentricidades dela, embora tenham sido o que o atraiu no começo. Eu me lembro claramente de uma briga que eles tiveram na minha frente em que ele disse a ela:

— Odeio quando você age como uma esquisitona em público. Você é constrangedora pra caralho.

Não sei como explicar. Tinha catorze anos quando ele disse isso para ela, e as últimas cinco palavras quebraram algo em mim. Enxerguei a mim mesma e a minha mãe de fora de uma forma que nunca tinha conseguido antes, como se papai representasse esse ideal convencional, e ela e eu fôssemos pontinhos amarelos escandalosos e saltitantes fora da curva padrão.

Quando olhei para ela, esperava vê-la despedaçada pelo que ele dissera. Em vez disso, ela o encarou com pena, como se quisesse consolá-lo, mas soubesse ser um esforço em vão. Papai perdeu muita coisa por não desfrutar cada segundo que teve com ela, e, no final, ela ficou bastante desapontada por ele ser tão chato. Aprendi algo muito importante naquele dia: minha mãe jamais tentaria mudar por causa de um homem, e eu também não o faria.

Ela está à minha espera no Barista quando chegamos, mas é evidente que esperava mesmo era por Winnie, porque é só depois de dois minutos completos com voz de cachorrinho e carinhos na orelha que recebo uma olhadinha. Pelo menos isso me dá tempo para decidir o que vou pedir.

Mamãe levanta a cabeça bem quando uma garçonete lhe entrega um muffin e um latte.

— Oi, Hazie.

— Já pediu?

— Estava com fome. — Com uma das mãos exibindo anéis em todos os dedos, mamãe afasta a forminha de papel do muffin, encarando Winnie. — Aposto que poderia derrubar esse negócio todinho e ela nem repararia.

Peço uma salada de frango ao curry e café preto, e olho para minha cachorra. Mamãe tem razão, ela está obcecada com o trio de pintassilgos manchadinhos debaixo da mesa vizinha, beliscando, descontraídos, migalhas de sanduíche. Posso ver a insanidade de Winnie crescendo a cada bicadinha.

Um carro buzina, um casal passa por Winnie com sua coisa preferida — um bebê num carrinho —, e nada.

Mas aí mamãe deixa cair um naco do bolinho, e Winnie avança sobre ele num instante, como se sentisse alguma mudança na pressão atmosférica. Seu movimento é tão rápido e predatório que os pássaros fogem de súbito, escapando para uma árvore.

Mamãe deixa cair outro pedaço de muffin.

— Pare com isso, você está estragando a cachorra.

— Ela se chama Winnie, a Poodle — mamãe me relembra.

— Já está estragada.

— Por sua causa, não consigo comer uma única refeição sem que ela fique me observando como se eu estivesse desarmando uma bomba. Você está deixando ela gorda.

Mamãe se abaixa e dá um beijo no focinho de Winnie.

— Estou deixando-a feliz. Ela me ama.

Desta vez, Winnie pega o pedaço de muffin antes que ele sequer toque na calçada.

— Você é a pior.

Mamãe canta para minha cachorra:

— Melhor, melhor, melhor.

— A melhor — concordo, agradecendo a garçonete quando ela entrega meu café. — Aliás, dona insolente, gostei do seu cabelo.

Mamãe levanta a mão, tocando os fios como se tivesse esquecido que tem cabelos, sem qualquer vestígio de autoconsciência. Ela sempre usou os cabelos compridos, em grande parte porque *realmente* se esquece de que estão ali, e, por sorte, eles não exigem grande esforço de sua parte: são grossos e lisos. Agora estão cortados até pouco abaixo dos ombros, e, pela primeira vez, há um certo repicado nos fios.

Estendo a mão, tocando as pontas.

— Pode me chamar de louca, mas parece mesmo que outra pessoa cortou pra você desta vez.

— Não consigo repicar assim — concorda ela. — Wendy conhece uma moça que corta o cabelo dela.

Wendy é a melhor amiga da mamãe, que se mudou para Portland há uns dez anos e foi outro atrativo para mamãe se mudar para cá. Wendy é, antes de mais nada, republicana; em segundo lugar, agente de imóveis; e o tempo que sobrar ela dedica a importunar o marido, Tom, chamando-o de preguiçoso. Eu a adoro porque ela é basicamente da família, mas não faço ideia dos assuntos comuns sobre os quais ela e mamãe encontram para falar.

— Fui vê-la ontem. Acho que o nome dela é Bendy. Algo assim.

O deleite me invade como a luz do sol.

— Por favor, tomara que seja Bendy mesmo. Isso é fantástico!

Mamãe franze a testa.

— Espere. Brandy. Acho que juntei Brandy com Wendy.

Dou risada em meio a um gole quente.

— Acho que juntou, sim.

— Mas, enfim, eu não cortava o cabelo há séculos, e Glenn parece que gostou.

Fiz uma pausa e tomei outro gole longo e deliberado enquanto mamãe olhava diretamente para mim, os olhos verdes cintilando, travessos.

— *Glenn,* hein?

Finjo retorcer meus bigodes.

Ela resmunga e revira os anéis.

— Você o tem visto bastante ultimamente.

Glenn Ngo é um podólogo de Sedona, Arizona, e tem uns doze centímetros a menos do que mamãe. Eles se conheceram quando ela o procurou porque seus pés a estavam matando, e, em vez de mandá-la parar de usar suas botas de caubói, ele só lhe passou palmilhas ortopédicas e a convidou para jantar.

Quem disse que o romance já morreu?

Eu sabia que estavam se vendo, mas não sabia que a coisa estava no ponto de *vou cortar meu cabelo do jeito que você gosta, já que tenho zero vaidade.*

— Mamãe — cochicho —, você e o Glenn andam…?

Enfio a colher no café e a retiro com rapidez, num movimento de vaivém, algumas vezes.

Ela arregala os olhos e sorri.

Estou arfante.

— Sua pervertida!

— Ele é um podólogo!

— É exatamente o que estou dizendo! — Reduzo o tom de voz a um sussurro, gracejando: — Todo mundo sabe que eles são fetichistas.

— Cala a boca! — diz ela, rindo, enquanto se recosta na cadeira. — Ele é bacana comigo, e gosta de mexer no jardim. Não estou dando certeza de nada, mas existe a chance de que ele venha me visitar de forma mais... permanente.

— Morando juntos! Estou escandalizada!

Ela me dá um sorriso atrevido e toma um gole de sua bebida.

— Ele não se incomoda com a cantoria? — pergunto.

Seu olhar de vitória é tudo.

— Não.

Nossos olhos se encontram e nosso sorriso passa de divertido para algo mais suave. Mamãe encontrou um bom homem, alguém que posso ver que a entende de verdade. Uma dor espeta meu peito. Sem precisar dizer em voz alta, sei que nós duas questionamos se esses caras existiam de verdade. O mundo parece repleto de homens que são apaixonados por nossas excentricidades, a princípio, mas que no final esperam que elas sejam algo temporário. Esses homens acabam perplexos por não nos aquietarmos e virarmos namoradas calmas, com potencial para esposas.

— E você? — pergunta ela. — Alguém... *por aí*?

— Que ênfase foi essa? Você quer dizer, aqui dentro das minhas calças? — Dou uma garfada na salada colocada à minha frente, e mamãe me faz um gesto de *tá, não era exatamente isso o que eu queria dizer, mas vá em frente.*

— Não.

Ajeito-me melhor na cadeira e afasto a leve preocupação pelo fato de a pergunta dela ter disparado meu próximo pensamento:

— Mas adivinha só com quem eu trombei? Não, deixa para lá, você nunca vai adivinhar. Lembra do meu professor auxiliar de Anatomia?

Ela chacoalha a cabeça, pensando.

— Aquele com a prótese na perna que estava na sua equipe de *roller derby*?

— Não, aquele para quem eu escrevi o e-mail enquanto estava dopada de analgésico.

A risada de mamãe é um tilintar vaporoso.

— Ah, *disso* eu me lembro. Aquele de quem você gostava tanto. Josh alguma coisa.

— Josh Im. Também vomitei nos sapatos dele. — Decido deixar de fora o sexo com o colega de quarto por enquanto. — Então, o mais esquisito: ele é *irmão da Emily*!

Mamãe parece levar alguns segundos para processar isso.

— Emily, *a sua* Emily?

— Ela mesma!

— Pensei que o sobrenome dela fosse Goldrich…

Adoro o fato de jamais ter ocorrido à minha mãe que uma mulher adotasse o sobrenome do marido.

— Ela é casada, mamãe. Esse é o sobrenome dela de casada.

Ela dá um punhado de migalhas de muffin para Winnie.

— Então, você e o irmão dela…?

— Não. *Deus do céu*, não. Já me estabeleci como idiota para ele, e ele é, muito provavelmente, um Cara Normal. — Nosso código para o tipo de homem que não apreciaria nosso tipo de maluquice. — Além do mais, ele tem uma namorada. Tabitha — não consigo evitar o acréscimo, uma palavra cheia de significado. Mamãe faz uma cara de *credo*. — Ele a chama de Tabby.

A cara de *credo* piora.

— Não é? — Espeto minha salada. — Mas ele é bem legal, sabe? Tipo, você não olha pra ele e pensa que é um bancário.

— Bem, e o que ele é?

— Um fisioterapeuta. Ele é todo musculoso.

Enfio um pedaço enorme de alface dentro da boca para desviar da imagem de Josh Im massageando minhas coxas doloridas com suas mãos fortes.

Mamãe não diz nada em resposta a isso; ela parece estar à espera de mais. Engulo com esforço e me aventuro um pouco mais no País da Tagarelice.

— A gente passou um tempo juntos no churrasco da Emily ontem à noite, e é esquisito porque sinto que, como ele já me viu nos momentos mais insanos, e tem uma namorada, não tenho que tentar conter a doideira perto dele. Sempre quis ser amiga dele, e aqui está ele! Meu novo amigo! E ele olha para mim como se eu fosse um inseto fascinante. Feito um besouro, não uma borboleta, e tudo bem, porque ele já tem uma borboleta e, quando você para pra pensar, besouros são ótimos. É bacana. — Por alguma razão inexplicável, repito: — É bacana.

— É bacana *mesmo*.

O jeito como mamãe me analisa me deixa com a impressão de ter me esquecido de me vestir hoje cedo; tem o foco maternal do tipo *Será que a minha filha adulta conhece a própria mente?*

Balanço a cabeça para ela e ela ri, afagando Winnie distraidamente.

— Você — é tudo o que ela diz.

Eu rosno.

— Não, *você*.

Ela olha para mim com tanta adoração.

— Você, você, você.

QUATRO

Josh

Estaciono em frente ao conjunto de apartamentos de Hazel e olho para cima, observando os prédios cinzentos e achatados. Vistos de fora, parecem cubos perfeitos. Estruturas assim me fazem pensar se um arquiteto realmente levou algum tempo para *projetar* isso. Quem criaria um bloco de concreto com janelas sem graça e olharia a planta para dizer: "Ah! Minha obra-prima está completa!"?

Mas o jardinzinho minúsculo na frente é bonito, cheio de flores coloridas e cobertura vegetal espaçada de modo organizado. E tem estacionamento subterrâneo, o que é insuperável numa cidade como...

É claro, estou enrolando.

Estendo a mão para a sacola no banco do passageiro e a carrego comigo pela calçada até alcançar a campainha na porta da frente.

Pressionando o botão do 6B, ouço um berro vindo de vários andares acima do térreo e recuo, vendo Hazel debruçada para fora da janela, agitando uma echarpe rosa.

— Josh! Aqui em cima! — ela grita. — Desculpe, as escadas estão quebradas. Você vai ter que escalar as paredes pelo lado de fora. Vou jogar uma corda!

Eu a encaro até ela rir e dar de ombros, desaparecendo. Alguns momentos depois, a porta de entrada faz um zumbido alto.

O elevador é pequeno e lento, dando-me a imagem mental de um adolescente entediado pedalando numa bicicleta ergométrica no porão, persuadindo, à custa de muito suor, uma polia a levantar e abaixar os inquilinos e convidados. Sigo por um corredor amarelo e paro na porta do 6B, onde um capacho de boas-vindas ostenta três tacos coloridos com os dizeres: VOLTE COM TACOS.

Hazel abre a porta, saudando-me com um sorriso imenso.

— Bem-vindo, Jí-miiiiiiiiiin!

— Você é doida.

— É um dom.

— Falando em dons. —Entrego-lhe a sacola de frutas. — Trouxe maçãs. Não tacos.

Na comunidade coreana, é costume levar frutas ou um presente quando se visita a casa de alguém, mas Hazel — a *professora* — inspeciona a sacola, achando graça.

— Costumo ganhar só uma dessas por vez — diz ela. — Terei que me superar hoje.

— Era maçãs ou um saquinho de cerejas, e maçãs me pareceram mais apropriadas.

Ela dá uma risada antes de gesticular para que eu entre.

— Quer uma cerveja?

Considerando o constrangimento desse encontro de amigos quase às cegas, sem dúvida quero uma cerveja, sim.

— Claro.

Tiro meu sapato perto de um grupo de sapatos dela, e Hazel me olha como se estivesse tirando a roupa.

— Não precisa fazer isso. Quer dizer, pode fazer, se quiser, mas saiba que esta pilha de sapatos tem muito mais a ver com o fato de eu ser preguiçosa demais para guardar todos eles do que querer poupar o carpete.

— Hábito de família — explico.

Uma olhada ao meu redor e... acredito no que ela diz. Seu apartamento é minúsculo, com uma saleta de estar e a cozinha numa espécie de corredor, uma mesinha de canto e um corredor que leva ao que eu suponho ser o único quarto e o banheiro. Mas é arejado e claro, com um par de janelas na sala e uma sacada na parede mais distante.

Também é cheio de objetos, em todo canto. Quando Emily e eu éramos pequenos, nossa mãe lia para nós um livro sobre um *gwisin* travesso que saía de noite e brincava com os brinquedos das crianças, tirava comida dos armários e panelas das prateleiras. Quando a família acordava, o *gwisin* sumia, deixando tudo com que havia brincado do lado de fora para outra pessoa arrumar.

Lembro-me disso quando observo o espaço de Hazel. Ainda assim, mais que bagunçado, ele é *lotado* de tranqueiras. Livros empilhados na mesinha de centro. Páginas de papel pardo colorido arranjado em montinhos no chão. Roupas dobradas jogadas sobre os braços das poltronas, enquanto um cesto de roupas escora uma porta de guarda-roupa rebelde. Sei que a maioria das pessoas chamaria isso de *habitável,* mas o lugar pressiona feito coceira uma área do meu cérebro que viceja na ordem.

Observo-a se encaminhar para a cozinha, absorvendo o short jeans cortado e o moletom amarelo-claro caindo de um dos ombros, revelando a alça vermelha do sutiã. O cabelo dela está no mesmo coque imenso, bem no topo da cabeça, e ela está descalça, cada unha do pé pintada de uma cor.

Hazel me flagra olhando para os pés dela.

— O namorado da minha mãe é podólogo — diz ela, com um sorriso provocante. — Posso te apresentar.

— Estava apenas admirando sua arte.

— Sou do tipo indeciso. — Ela mexe os dedinhos. — Winnie escolheu as cores.

Olho em volta procurando uma colega de quarto ou qualquer sinal de outra pessoa morando aqui. Emily havia deixado implícito que Hazel morava sozinha.

— Winnie?

— Minha labradoodle. — Hazel se vira para a geladeira, abaixando e cavoucando atrás da cerveja, presumo. Desvio o olhar para o teto quando me dou conta de que meus olhos chegaram a ficar embaçados de tanto observar seu traseiro. — Meu papagaio se chama Vodka. — A voz dela reverbera um pouco no interior do geladeira enquanto ela tenta alcançar o fundo. — Minha coelha é a Janis Hoplin. — Ela olha para mim. — Janis fica muito louca quando tem algum homem por perto. Tipo, louca *e se esfregando.*

Esfregando? Dou uma espiadela no apartamento.

— Isso é… humm…

Ela tem uma cachorra, uma coelha e um papagaio.

— Ah, e o meu peixinho novo é o Daniel Craig. — Ela se apruma com duas garrafas de Lagunitas em uma das mãos, abre nossas cervejas num bigode de latão preso à parede da cozinha e me entrega uma. — Achei melhor ir te apresentando aos poucos; estão todos na casa da minha mãe.

— Obrigado. — Fazemos um brinde batendo uma garrafa na outra pelo gargalo, tomamos um gole e ela olha para mim como se fosse a minha vez de falar. Em geral, não tenho problemas para puxar conversa, mas, em vez de me sentir desconfortável quando Hazel está por perto, sinto, na verdade, que o mais interessante para nós dois seria ela apenas continuar tagarelando. Engulo, enxugando o líquido do lábio superior. — Você gosta de bichos, hein?

— Gosto de fazê-los de bebês. Juro que quero ter, tipo, uns dezessete filhos.

Congelo, sem saber se ela está falando sério.

A boca de Hazel se curva num arco de entusiasmo.

— Viu? — O indicador dela aponta para o próprio peito. — Inamorável. Gosto de soltar essa no primeiro encontro. Não que isso seja um encontro. Não quero dezessete filhos de verdade. Talvez três. Se puder sustentá-los. — Ela morde o lábio e começa a parecer envergonhada, bem quando estou começando a gostar do jeito como ela está mandando de tudo pra cima de mim. — É neste ponto que Dave e Emily normalmente me dizem que estou tagarelando e para calar a boca. Estou muito feliz que tenha vindo para o almoço. — Uma pausa. — Diz alguma coisa.

— Você botou o nome de Daniel Craig no seu peixe?

Ela parece encantada com o fato de tê-la ouvido de verdade.

— Sim!

Hazel faz outra pausa, erguendo a mão para afastar uma mecha perdida. É estranho que eu goste de que o cabelo dela pareça resistir a ser domado tanto quanto ela?

Vasculho meu cérebro atrás de algo não relacionado à minha linha de raciocínio atual. Aparentemente, fracasso, porque o que sai é:

— As férias de verão lhe caem bem.

Ela relaxa um pouco, olhando para o short jeans.

— Você ficaria chocado com o que alguns dias sem um despertador podem fazer.

Basta a palavra *despertador* para o ruído agudo do meu ecoar em meus pensamentos.

— Deve ser legal. Eu dormiria até as dez todo dia, se fosse por minha conta.

— É, mas segundo o Google você tem uma clínica de fisioterapia em plena expansão e... — ela gesticula, indicando uma área genérica do meu peito — ... você pode olhar tudo isso no espelho toda manhã. Vale a pena sair da cama.

Não sei o que parece mais incongruente: a imagem mental de Hazel usando um computador, ou a ideia de que ela o utilizou para obter informações sobre mim.

— Você me procurou no Google?

Ela solta o ar numa bufada.

— Não deixe subir pra sua cabeça. Procurei você no Google em algum momento entre uma pesquisa sobre bife Wellington e outra sobre galinheiros.

Diante da minha expressão inquisitiva, ela acrescenta:

— O negócio do galinheiro deve ser autoexplicativo. Alerta de spoiler: não se podem criar galinhas em um apartamento de 83 metros quadrados. — Ela vira o polegar para baixo, dramática. — E eu ia fazer algo elaborado para o almoço hoje, mas aí me lembrei de que sou preguiçosa e cozinho muito mal. Vamos comer sanduíches. Surpresa!

Estar perto de Hazel é como estar numa sala com um miniciclone.

— Tudo bem. Adoro sanduíches.

— Manteiga de amendoim e geleia.

Ela estala os lábios com um ruído de desenho animado.

Caio na risada e tenho um impulso estranho de bagunçar os cabelos dela, como se fosse um cachorrinho.

Ela se vira para a cozinha e pega uma forma com suprimentos: uma pilha de tigelas, alguns ingredientes inócuos para bolo — inclusive amido de milho — e uns vidrinhos de tinta atóxica.

Espiando por cima do ombro dela, digo:

— Nunca fiz sanduíches de manteiga de amendoim e geleia assim.

Hazel ergue os olhos para mim, e de perto como estou posso ver que sua pele é quase perfeita. Namorar com Tabby me faz reparar em coisas assim — cabelo, e batom, e roupas —, porque ela está sempre pontuando esse tipo de coisa. Agora que ela me deixou consciente delas, quase nunca vejo mulheres sem maquiagem, e isso me dá vontade de fitar mais um pouco o contorno suave e alvo do queixo de Hazel.

— Isso não é para os sanduíches — diz ela. — Vamos fazer massinha.

— Você... — Detenho-me, sem saber o que dizer. Agora que sei o que vamos fazer, percebo que não fazia ideia do que esperar e me parece bastante óbvio que é claro que faríamos algum projeto de arte aleatório. — Estamos num encontro pra brincar?

Ela concorda, rindo.

— Mas com cerveja. — Entregando-me a bandeja, ela levanta o queixo para indicar que eu deveria levá-la para a sala. — Mas é sério, parece bem divertido e eu queria testar antes de tentar fazer isso na frente de vinte e oito alunos do terceiro ano.

Hazel nos traz sanduíches, e fazemos algumas tigelas de massinha, acrescentando tinta para fazer uma variedade de porções em um arco-íris de cores. Ela acaba com uma mancha roxa na bochecha e, quando comento a respeito, Hazel estende os braços para colocar a palma toda da mão molhada de tinta verde no meu rosto.

— Falei que você ia se divertir — diz ela.

— Você nunca falou isso. — Quando ela levanta a cabeça, fingindo estar insultada, acrescento: — Mas tem razão. Não mexo com massinha há pelo menos... duas décadas.

Meu telefone chilreia com o som de mensagem de texto de Tabby, e peço desculpas baixinho, tirando-o do bolso com cuidado, as mãos cobertas de massinha.

> Não vou conseguir ir esta noite. Trish me segurou até tarde e estou arrasada. Fiquei o dia todo sentada pensando no seu pau. E pensando em sentar no seu pau o dia todo...

Encaro a telinha, olhando para o nome mais uma vez para confirmar que a mensagem é de Tabby, e não um engano.

Mas é domingo.

Tabby estava planejando vir para cá hoje? Será que ela ia compensar por me dar um bolo na sexta... e faltar ao trabalho no dia seguinte?

A confusão lentamente esfria e vira temor, e o sangue do meu coração escorre todo para o fundo do meu estômago. Não apenas tenho quase certeza de que ela não planejava vir para Portland esta noite, como também ela nunca tinha me dito nada nem próximo de tão descarado assim antes.

Limpo a maior parte da massinha das mãos e, tremendo, digito:

> Não sabia que você planejava voar para cá.

Surgem três pontinhos, indicando que ela está digitando... e desaparecem. Aparecem de novo, e desaparecem. Encaro minha tela, ciente do olhar de Hazel sobre mim de vez em quando, enquanto ela amassa um naco de massinha de um azul bem vivo.

— Tudo bem? — pergunta ela, baixinho.

— É só que... recebi uma mensagem esquisita da Tabby.

— Esquisita como?

Olho para ela. Não gosto de colocar minhas cartas na mesa, mas, pela expressão de Hazel, posso dizer que pareço ter levado um soco.

— Acho que ela me enviou uma mensagem que era... para outra pessoa.

Os olhos castanhos dela se arregalam, e ela usa um dedo azul--esverdeado para afastar uma mecha de cabelo presa à tinta roxa na bochecha.

— Tipo, *outro cara?*

Balanço a cabeça.

— Não sei. Não quero me precipitar no momento, mas... parece.

— Vou chutar que não foi uma mensagem no estilo *pode me emprestar uma xícara de açúcar?*

— Não.

Ela fica quieta, depois emite um som baixinho, do fundo da garganta, como se tivesse engasgado. Quando olho para ela, é quase como se estivesse com dor.

— Tudo bem com você? — pergunto.

Hazel faz que sim.

— Estou engolindo minhas palavras terríveis.

Nem preciso perguntar.

— Quais? Que ela estava predestinada a estragar tudo porque o nome dela é Tabitha?

Ela me aponta um dedo acusador.

— Eu não falei nada, *você* que falou!

Apesar do zumbido maníaco da minha pulsação nos ouvidos, sorrio.

— Você não consegue esconder nem um só pensamento que lhe ocorre.

Nenhuma resposta ainda, e meus pensamentos ficam mais sombrios a cada segundo que se passa. *Será* que a mensagem dela era mesmo para outra pessoa? Existe alguma outra explicação para o silêncio dela agora? O pensamento me dá vontade de vomitar por todo o piso da sala caótica de Hazel.

Hazel larga a massinha em uma cumbuca e usa um lenço umedecido para limpar as mãos. Eu meio que imagino a minha aparência no momento: aturdido, com uma palma de mão impressa em verde na minha cara.

— Há quanto tempo vocês estavam juntos? — pergunta Hazel.

Uma montagem pequenina de nosso relacionamento roda na frente dos meus olhos: conhecendo Tabby em um jogo dos Mariners em Seattle, percebendo que nós dois éramos de Portland, jantando e levando-a para casa comigo. Fazendo amor naquela primeira noite e tendo uma sensação diferente a respeito dela, como se ela fosse a mulher certa para mim. Apresentando-a para minha família e aí, infelizmente, ajudando-a a empacotar as coisas no apartamento, e todas as promessas de que sua mudança para Los Angeles não mudaria em nada nosso relacionamento.

— Dois anos.

Ela faz uma careta.

— Essa é a *pior* quantidade de tempo quando se tem a nossa idade. Dois dos seus anos de gostosura foram-se. *Investidos.* — Mal a ouço, mas ela nem repara. Pelo jeito, quando o trem da Hazel pega embalo, ele não para até ter saído por completo dos trilhos.

— E se vocês tivessem morado juntos ou noivado, então? Esquece. A essa altura, a vida dos dois está toda entrecruzada e sobreposta, e, tipo, o que é que você deve fazer? Casar? Quero dizer, falando de modo geral, não obviamente na sua situação. Sabe… se ela estiver te traindo. — Ela cobre a boca com as mãos e resmunga de trás delas: — Desculpe! É uma maldição.

No meu colo, meu celular se ilumina com uma mensagem.

> É, eu ia te fazer uma surpresa!!!!
> Tô tão chateada que não vou poder ir!!!!

Solto um grunhido, esfregando o rosto. Essa resposta faz com que eu me sinta infinitamente pior. Ela está mentindo. Não está? É isso o que está acontecendo, não é? Um ponto de exclamação significa entusiasmo. Quatro significam pânico. Tem um carro dentro das minhas veias, indo rápido demais e sem freios.

— Isso não é nada bom — murmuro.

Sinto mais do que ouço Hazel rastejar na minha direção e, quando olho para ela, ela está perto demais, sentada de pernas cruzadas ao meu lado e fitando a bagunça no chão. Não sei por que faço o que faço — eu mal a conheço —, mas, sem dizer nada, entrego-lhe meu telefone. É como se eu precisasse que mais alguém visse isso e me dissesse que estou interpretando algo errado.

É a vez de Hazel grunhir.

— Sinto muito, Josh.

Pego o celular de volta e o jogo atrás de nós no sofá.

— Tudo bem. Quero dizer, posso estar enganado.

— Certo. Claro. Provavelmente está — concorda ela, sem muito ânimo.

Solto o fôlego devagar, controladamente.

O GUIA PARA ~~NÃO~~ NAMORAR DE *Josh e Hazel*

— Vou ligar para ela amanhã.

— Você pode ligar para ela agora, se precisar. Eu estaria enlouquecendo. Posso sair da sala e lhe dar um pouco de privacidade.

Balançando a cabeça, digo a ela:

— Preciso pensar um pouco mais sobre isso. Preciso descobrir o que quero perguntar para ela.

Ela fica imóvel ao meu lado, perdida em pensamentos. O tráfego na rua lá fora se movimenta, sem pressa. A geladeira de Hazel emite um chocalhar metálico, quase um estremecimento, a cada dez segundos mais ou menos. Encaro as unhas multicoloridas dos pés dela e reparo numa tatuagem pequenina de flor na lateral do pé esquerdo.

— Tem algum filme que te serve de conforto? — pergunta ela.

Pisco, quieto, sem saber se entendi direito.

— Como é?

— Para mim, é *Aliens*. — Hazel olha para mim. — Não o primeiro, *Alien*, mas o segundo, aquele com Vasquez, Hicks e Hudson. Sigourney Weaver é muito fodona. Ela é uma guerreira, quase uma mãe adotiva, uma soldada e uma *fera sensual*. Eu a pegaria num instante. Esse foi o primeiro filme que vi em que uma mulher demonstra como é fácil a gente ter tudo.

Permito que aqueles estranhos olhos castanhos me estabilizem; é quase como se estivesse sendo hipnotizado.

— Parece ótimo.

— Ainda não consigo acreditar que Bill Paxton morreu — diz ela, baixinho.

Acho que acabou entre mim e Tabitha. Não sei nem como me sentir; é uma terra de ninguém esquisita entre tristeza, torpor e alívio.

— É.

Os olhos dela se suavizam e enfim consigo dar um nome à cor: uísque.

Com muita gentileza, ela pergunta:

— Quer ver *Aliens*?

CINCO

Hazel

Posso perdoar Josh por nunca ter assistido *Aliens* — porque ninguém é perfeito — e, a seu favor, ele tentou fingir que não ficou aterrorizado na cena de abertura, quando o alien arranca o torso de Ripley no sonho. Se achou que isso era ruim, imagine a reação dele quando Hudson, Hicks e Vasquez encontram todos os colonos encasulados nos corredores. *Bum!* Aliens em todo lugar!

No final, ele não iria tão longe a ponto de concordar comigo que era o melhor filme já produzido, mas, antes de ir embora, chegou a emitir frases como *O jogo acabou, cara, o jogo acabou* e *Eles saem mais à noite… geralmente*. É evidente que sou uma ótima influência.

Resolvo passar um tempo na manhã seguinte com Winnie no parque. Enquanto ela repousa na grama perto de mim, olho para as nuvens, tentando encontrar animais nelas e me perguntando o que é que Josh Im tem que me atrai tanto. Não é só por ele ser bonito. Não é só por ele ser bondoso. É seu núcleo de tranquilidade que age como uma força gravitacional sobre o meu centro de caos. Toda vez que o encarei — desde aquela primeira noite cheia de vômito até agora —, senti um zumbido dentro do peito: sou um satélite que encontrou sua baliza, seu espaço seguro.

Poucos dias depois de nosso encontro de amigos, encurralo Josh no trabalho para um intervalo e o convido para tomar sorvete. Em parte é porque, lá no fundo, quero mesmo tomar sorvete em vez de almoçar todos os dias nesse verão, mas em parte também é a lembrança da expressão de Josh enquanto ele lia as mensagens de Tabby. Parecia ter levado um chute. Ainda estou esperando ele me atualizar, contar o que aconteceu com ela, mas, apesar da emoção que ele demonstrou comigo em casa, Josh voltou a expressar seu eu calmo e de humor mordaz.

Tenho medo de contar para Emily o que a mensagem dizia, porque tenho a distinta impressão de que ela não gosta da senhorita Tabitha, e também sinto que a última coisa de que Josh precisa é uma irmã cheia de opiniões lhe dizendo como se sentir a respeito disso tudo. Vou ter que tomar coragem e perguntar para ele eu mesma.

— *Então...*

Sorrio por cima do meu cone para ele.

Josh sabe exatamente o que o aguarda e apenas me encara, inexpressivo.

Devo ser muito fácil de interpretar, porque parece que Josh nunca se surpreende com nada do que eu digo.

— Você ama ou odeia o jeito como venho me insinuando de volta à sua vida?

Ele dá uma mordida no sorvete de menta com chocolate e engole o pedaço.

— Ainda estou indeciso.

— E, mesmo assim, está aqui. — Faço um gesto grandioso para indicar a mesa ao ar livre e a beleza diante de nós: o potinho dele, de tamanho infantil, e o meu cone enorme, de duas bolas, escorrendo sorvete. — Desfrutando de uma pausa magnífica no trabalho.

Josh arqueia uma das sobrancelhas.

— Eu não recusaria um sorvete.

Reconheço isso com um aceno de cabeça, sabiamente.

— Bem, independentemente disso, Jimin, eu gosto de você.

— Eu sei.

— E como alguém com quem você jamais namoraria, mas que em breve será sua melhor amiga, posso dizer sem nenhum motivo escuso que não gosto do fato de você estar num relacionamento com uma quenga potencialmente infiel.

Os olhos dele se arregalam.

— Uau. Chegando com os pés no peito.

— Ha! — Dou um tapa na minha coxa. — É, isso saiu um pouco mais direto do que eu pretendia. O que eu queria dizer era...

— Pigarreio com delicadeza. — Você falou com Tabby depois de domingo?

— Estamos brincando de pega-pega pelo telefone. — Ele me dá uma olhada cautelosa antes de voltar a atenção para o sorvete, raspando a borda do copinho. — E, sim, percebo como é esquisito, considerando que estamos no mesmo fuso horário. Ela está evitando essa conversa. Talvez eu também esteja.

Espere aí. Faz cinco dias desde que aquela mensagem estranha chegou, e eles sequer conversaram um com o outro? Estaria me sentindo uma granada com o pino solto. Claro, é provável que eu tenha certa tendência a verificar demais as coisas, e não o contrário, mas estar num relacionamento e me perguntando se está acontecendo uma infidelidade e não obter a resposta o mais breve possível?

— Vocês dois estão mortos por dentro?

Ele não hesita nem um instante.

— Talvez.

— Por que você não vai para L.A. e faz isso pessoalmente?

Ele olha para mim, soltando a colherzinha no copo vazio.

— Então, é nisso que estou preso. Ela não vai se mudar para cá de novo. Entendo isso agora. Então, se resolvermos isso, ou eu me mudo para Los Angeles…

— Credo. — Franzo o nariz.

— Exatamente, ou ela e eu… fazemos o quê? Mantemos um relacionamento de longa distância para sempre?

— Se seguirem nessa direção, vai ficar com cotovelo de tenista, porque vai ser muito sexo por telefone. — Lambo uma gota de sorvete de chocolate que escorre do meu cone e, numa lembrança tardia, acrescento: — Ainda bem que você é fisioterapeuta.

Josh olha para mim, impassível.

— Talvez ela devesse arranjar emprego num lugar que fosse melhor para os dois…

Ele balança a cabeça em uma negativa.

— Tenho uma clínica já estabelecida aqui, Haze.

— *Ou* — continuo, sentindo um brilho quente me preencher quando me dou conta de que ele encurtou meu nome com familiaridade — ela poderia resolver que L.A. não é para ela. Geografia não é apenas espaço; você não pode deixar isso ficar entre vocês, se tudo o mais for bom.

Josh me encara sem piscar.

— Pensei que não quisesse que eu ficasse mais com uma "quenga infiel"?

— É claro que não quero. Mas temos certeza de que ela é infiel mesmo? — Dou uma longa lambida no sorvete. — Você nem *conversou* com ela.

Ele resmunga alguma coisa e se levanta para jogar o copo fora numa lixeira próxima.

— Preciso voltar para o trabalho.

Segurando meu cone, eu me levanto e o sigo pelo quarteirão. Ele está voltando todo rígido, quase um soldado em marcha, e tenho que correr para acompanhá-lo. A segunda bola no topo do sorvete escorrega e aterrissa na calçada com um som doloroso. Eu a encaro, desolada.

— Chego a ver você pensando se está tudo bem apanhar aquilo ali e botar de volta. — Ele coloca a mão no meu braço. — Não faça isso.

O chocolate com manteiga de amendoim começa a derreter e um gemido escapa de minha boca.

— Estava tão delicioso! Vou culpar você por andar tão depressa e com tanta raiva.

A mão dele continua ali, e faço um beicinho ao olhar para ele, que logo desfaço, assim que percebo que ele está ruminando esse negócio da Tabby na mente como se fosse uma peça de Tetris.

— Você deveria ir para L.A. — digo a ele. — Seja para consertar as coisas ou para terminar tudo, isso não pode ser feito pelo telefone, e, definitivamente, nem por mensagem de texto.

— Zack e Emily acham que eu devia terminar tudo, e eles nem sabem sobre a mensagem. — Ele retira a mão do meu braço. — Minha mãe e meu pai também não gostam dela. Obrigado por ao menos considerar a possibilidade de ela não ser uma quenga infiel. — Ele faz uma pausa. — Mas estou preocupado que ela seja, sim.

— Por que eles não gostam dela? — pergunto.

Endireitando-se, ele se vira para retomar a caminhada. Dou um adeus carinhoso ao meu sorvete derretido antes de segui-lo com relutância.

— Eles não se conhecem muito bem.

— Como isso é possível? Vocês estão juntos há dois anos!

— Tabby nunca se empenhou muito em construir uma relação com *umma*, minha mãe, e meu pai é quieto com todo mundo, mas não sei se ela sequer tentou alguma vez uma conversa com ele. Especialmente para os meus pais, isso é algo bem difícil de superar.

Ele procura no bolso o celular quando aparelho soa com um toque que já entendi ser da Tabby. Observo enquanto ele lê a mensagem algumas vezes e depois olha para mim.

— Parece que você e a Tabby estão lendo o pensamento uma da outra. — Ele me mostra a mensagem.

> Você pode tirar uma folguinha e vir para Los Angeles? Não posso sair daqui, mas quero te ver.

Josh volta para o trabalho, e eu o observo partir, sentindo-me protetora. Ele tem o físico de um atleta — puro músculo e definição —, mas existe uma vulnerabilidade nele em algum ponto, na nuca, talvez, na pequena inclinação para baixo em sua cabeça. Somos amigos há uma semana, e não quero que ele tenha o coração partido. Também estou chateada que não vá encontrar ninguém para me encher o saco do jeito que ele enche — de uma maneira tão direta e, mesmo assim, lá no fundo, divertido comigo mesmo assim.

Para piorar as coisas, quando volto ao apartamento, ouço Winnie latindo feito uma maníaca lá dentro. Em pânico, entro correndo e meu primeiro passo esbarra em algo úmido. Arfando, percebo que meu apartamento está completamente inundado. O carpete esguicha água sob meus pés. Winnie late do quarto e, entre seus berros, um chiado baixo escapa de algum lugar lá dentro; há água jorrando com alegria para todo lado. Um cano deve ter estourado, porque há um lago em miniatura se espalhando pela sala e pela cozinha, seguindo pelo corredor. Perambulo pelo local, procurando a fonte, antes de me dar conta de que é a pia do banheiro.

Encontro Winnie de pé na ilha que minha cama se tornou, gritando comigo. Vodka, enfurecido, grasna de seu poleiro quando me vê, e Janis pula em sua jaula feito doida. É um momento tão digno de série de comédia, que acabo rindo, mas o som logo morre em um gemido pequenino.

Dou apenas alguns giros na válvula para desligar a água, mas o dano já está feito. Desabo de volta na poça mais profunda e fico olhando pela porta do banheiro. Os carpetes estão arruinados. A mobília também, provavelmente arruinada. Pilhas de papéis que eu havia deixado no piso da sala se desintegraram. Livros, roupas, sapatos, brinquedos caninos, tudo.

Por alguns minutos, fico apenas atordoada. Não tenho nenhum outro pensamento além de

Ah, merda.

Ah, merda.

Ah, merda.

Odeio ter que ser a adulta em situações assim. Sei que não é culpa minha, mas meu senhorio vai surtar com isso, e terei que me esforçar muito para não sentir a necessidade de pedir desculpas. Ele vai botar a culpa de tudo em Winnie ou Janis de alguma forma, porque tive que jogar muito charme pra cima dele para que me autorizasse a tê-las comigo, para começo de conversa. (Não me joguei em cima dele, veja bem. Isso seria nojento.) Vou precisar tirar tudo do apartamento e me mudar — ao menos por algum tempo. Não posso ficar no apartamento minúsculo da mamãe com a cachorra, o papagaio e a coelha, *mais* o possivelmente permanente Glenn. Emily tem um quarto sobrando, mas sua casa é tão limpa que só de ficar lá para jantar às vezes eu já me estresso.

Levantando-me, encontro minha bolsa na bancada da cozinha e faço o primeiro telefonema, para o senhorio. Sem surpresa alguma, ele acaba de sair de uma ligação com minha vizinha do andar de baixo, cujo teto começou a pingar, então fico aliviada por não ser eu a lhe dar a notícia. Ele me avisa que vai cobrir o preço do aluguel em outro lugar até que o conserto esteja completo, e sei que meu seguro substituirá qualquer coisa arruinada pela inundação. É um alívio, mas ainda assim uma droga, porque não há ninguém além de mim para guardar tudo, dar um jeito nas coisas e descobrir um lugar onde dormir nesse meio-tempo.

Tenho certeza de que mamãe vai abrigar Janis, Vodka e Daniel. Winnie tem que ficar comigo. Enfio tudo o que posso em um par de malas e embarco minha família animal no carro antes de me sentar lá dentro, olhando pelo para-brisa. Daniel nada graciosamente no copinho enfiado no meu porta-copos. Vodka repete a palavra *cookie* umas setecentas vezes no banco de trás. Winnie se debruça por cima do console e lambe minha orelha. Posso ouvir Janis se enterrando em jornal em sua jaula.

— Somos sem-teto agora, pessoal.

Winnie olha para mim como se eu estivesse sendo melodramática, então ligo para Emily em busca de compaixão.

— *Inundado?* — repete ela. — É sério?

Sinto meu lábio tremer, e o tremor se espalha para o queixo, e aí estou chorando ao telefone, tagarelando sobre todos os projetos de arte arruinados, e o carpete e minhas alparcatas azuis preferidas, e como agora não vou morar com meu papagaio e minha coelha pelas próximas semanas, e como gostava daquele apartamento porque era ensolarado e minha vizinha fazia muitos bolos, então estava sempre cheiroso e...

— *Hazel, cala a boca* — Emily grita ao telefone. — Estou tentando lhe dizer. Acho que você pode ficar na casa do Josh.

Fungo um pouco.

— Se o Josh for como você nos quesitos roupas sujas e aspirador de pó, ele vai me matar enquanto eu durmo.

— Ele está indo para L.A. por algumas semanas.

Faço uma pausa. Então ele comprou a passagem. Estou ao mesmo tempo feliz e triste por Josh. Quero alguém melhor do que Tabitha para ele, apesar de mal conhecê-lo e de nunca ter me encontrado com ela.

— Deixe-me colocá-lo na linha, rapidinho. — Emily desaparece antes que eu possa protestar e, quando volta, ela se certifica de que estamos ambos na linha.

— Estou aqui. — Josh soa cansado e entediado, e não sei dizer se é o comportamento indiferente de sempre ou se ele está aborrecido… ou as duas coisas.

— O apartamento da Hazel inundou — começa Emily.

Josh soa consideravelmente mais alerta quando diz:

— Espere aí, é sério? Enquanto estávamos fora, agorinha?

— Vocês dois saíram juntos agorinha? — pergunta Emily.

Ignoro o interesse estridente na voz dela e explico:

— Um cano estourou, e normalmente eu estaria fazendo neste momento uma penca de piadas terríveis de cunho sexual, mas é sério, e é uma droga. — Reviro as chaves do carro na ignição. — Terei que ficar fora de casa por, no mínimo, três semanas.

Emily salta de volta na conversa:

— Josh, estava pensando que ela podia ficar na sua casa até encontrar algum lugar para ficar a longo prazo. Você vai estar fora e tem espaço de sobra. Ela promete manter o furacão confinado no quarto de hóspedes.

— Prometo? — Eu me pergunto se Emily acredita mesmo nisso.

— Sem bichos — diz Josh de imediato.

— Winnie? — contraponho. — Posso te pagar aluguel.

— Ela é treinada?

Pressiono a mão no peito, genuinamente ofendida.

— Com licença, meu senhor, minha cachorra tem modos impecáveis!

Josh solta uma risada zombeteira.

— Claro, tá bem.

— De verdade? — Danço no meu banco, feliz. — Josh, você é o melhor!

— Que seja.

O tom dele faz meu coração murchar um pouco.

— Você parece tão triste, meu grande amigo.

— *Eu* sou sua grande amiga — Emily me relembra.

Não consigo evitar o tom entusiasmado em minhas palavras.

— Esse era o meu plano o tempo todo, ter vocês dois lutando pelo meu amor.

Josh suspira.

— Vou desligar agora. Estou no trabalho e parto para L.A. às sete. Emily vai te dar o molho de chaves reserva que fica com ela.

— Você está bem? — pergunto.

— Espere aí — diz Emily. — Por que ele não estaria bem?

Solto a primeira coisa que me vem à mente.

— Ele estava com uns problemas intestinais hoje.

Josh solta um grunhido ao telefone.

— Eu *tô bem*. — Faz-se uma pausa e, quando ele fala de novo, seu tom é um pouco mais gentil. — Ligue para mim se você, sabe como é, precisar de alguma coisa, Hazel.

Meu coração se espreme bem apertadinho.

— Obrigada, Josh.

Ele não diz mais nada, mas ouço quando ele desliga o telefone. Emily fica totalmente em silêncio.

— Alô?

Ela pigarreia.

— Ainda estou aqui.

— Então, posso passar aí para pegar as chaves? Foi tão gentil da parte dele, eu não consigo…

— O que tá rolando entre você e Josh?

Faço um gesto frenético de *dá um tempo*, mas Emily não pode ver.

— Nada, *argh*. Não há nada romântico entre mim e Josh, tipo, nadica de nada. Só gosto muito, muito, muito mesmo dele. Ele é um ímã. Amo o senso de humor seco dele e seu sarcasmo, e o fato de que parece *me entender*. Acho que estamos nos tornando muito bons amigos, e isso me deixa muito feliz.

— *Muito?* — diz ela, e começo a responder antes de me tocar que ela está zombando da minha tendência a ser superlativa.

— *Muito* — respondo. — É sério. Existe zero atração nisso.

Emily funga na linha.

— Tá bem.

SEIS

Josh

Dois dias, dois voos, mais drama do que uma noite regada a álcool num dormitório de calouros e aqui estou eu: de novo em casa. Então, é claro que minha porta não quer abrir.

Soltando a chave com jeitinho, me ajoelho até ficar no nível da fechadura. Substituí as duas maçanetas quando reformei as varandas da frente e dos fundos apenas um ano atrás, e não consigo pensar em uma única razão para a porta estar emperrada daquele jeito.

A menos, penso, inclinando-me para observar com mais atenção, que alguém tenha tentado abri-la à força.

Hazel.

Levanto-me, olhando para meu relógio enquanto me debato sobre o que fazer. Esse dia foi todo um pesadelo, e, apesar de saber que deveria ir para a casa de minha irmã e dormir no sofá dela, a única coisa que quero neste momento é tirar a roupa e deitar em minha própria cama. Já passa das duas da manhã, o que quer dizer que Hazel deve estar lá dentro, dormindo no quarto de hóspedes. Não tem problema se eu entrar e explicar tudo na manhã seguinte, certo?

Com isso decidido, pego minha mochila e me viro para a escada, indo para o quintal dos fundos.

A luz da rua não chega a esse lado da casa: aqui é úmido e sombreado por árvores mesmo durante o dia. Agora, está escuro feito breu. Tiro o celular do bolso, direcionado a lanterna para o chão até encontrar o portão. Não venho aqui nos fundos há algumas semanas; a dobradiça protesta quando o abro, e meus passos se afundam ruidosamente na grama úmida enquanto sigo até as escadas do fundo, que vão dar na porta. Por sorte, essa fechadura parece estar boa.

Eu a destranco com rapidez e em silêncio, apenas para tropeçar em algo assim que piso dentro de casa. Um sapato — um em meio a pelo menos seis pares aleatórios empilhados em desordem no canto, esparramando-se pelo tapete. Exausto e cansado demais para me importar, eu os chuto para longe do caminho.

Meu banho vai ter que esperar.

Estou me arrastando para o quarto quando um lampejo de movimento é captado pela lanterna do meu celular. Volto-me para ver um saco de batatas fritas na bancada, uma trilha de migalhas levando a uma caixa vazia de pizza e uma pia cheia de louça suja. Em meu peito, algo se agita para limpar aquilo agora mesmo, mas minha atenção é desviada por alguém arfando atrás de mim. Virando-me, levanto os braços bem a tempo.

— Mer... — é tudo o que consigo dizer antes de uma pontada lancinante de dor, e tudo fica preto.

Quando recobro a consciência, encontro Hazel de pé olhando para mim. Ela parece ter saído de um desenho animado: um olhar insano de olhos arregalados e um guarda-chuva brandido ameaçadoramente acima da cabeça. Ela veste apenas uma regata e o short mais curto que já vi. Se não quisesse matá-la neste momento, poderia de fato tirar um tempinho para apreciar a vista.

— Você me bateu com um *guarda-chuva*?

— Não. Sim. — Ela o larga de imediato. — *Por que está se esgueirando pela sua porta dos fundos?*

A dor em minha cabeça se intensifica ante o volume da voz dela.

— Porque alguém quebrou a fechadura da porta de entrada e minha chave não funcionava.

— Ah. — Ela morde o lábio inferior. — Não está quebrada, sabe. É que me tranquei para fora e tentei abrir com um grampo de cabelo. Tecnicamente, foi o grampo que quebrou. Não a fechadura.

Ela coloca as mãos nos quadris e me encara. O problema disso é que essa posição projeta os seios dela para a frente, e, mesmo na semiescuridão, posso concluir que eu deveria regular a temperatura do termostato. Certeza que Hazel não está de sutiã.

— Pensei que você fosse um assassino. — Ela aponta para a cachorra, que está semiesparramada em cima de mim, lambendo a minha cara. — Winnie começou a rosnar, e aí eu ouvi alguém fazendo barulho na lateral da casa. Você tem sorte de eu não ter espalhado seus miolos por toda essa cozinha ultradesinfetada.

Espremo meus olhos com força. Talvez, se eu os mantiver fechados por tempo suficiente, poderei reabri-los e perceber que o dia de hoje não aconteceu. É, não deu certo.

— Neste momento, parece que uma família de guaxinins está morando aqui.

Hazel tem a decência de aparentar pelo menos um pouquinho de culpa antes de me ignorar com um aceno, indo até o refrigerador para abrir a gaveta do freezer. Desvio os olhos de imediato, antes de ela se abaixar.

— Eu ia limpar — diz ela, com um saco de ervilhas congeladas na mão. — Por que está em casa? — Ela se ajoelha, entregando o saco para mim. — As coisas não correram bem?

— *Não correram bem* é pouco. — Sento-me e levo as ervilhas geladas à testa, onde já posso identificar um galo. De certa maneira, este é o final adequado para essa viagem infernal. Dia um, Tabby admitiu que vinha dormindo com outra pessoa. Passei o resto da tarde na praia, encarando o mar e me sentindo não surpreso, exatamente, mas me empenhando para considerar de verdade a insistência dela de que podíamos superar isso. Porém, no dia dois, ela admitiu que eles começaram a dormir juntos antes de ela se mudar para Los Angeles; que ela se mudou para ficar mais perto dele; e que ele a ajudara a arranjar o emprego. A gota d'água foi quando ela me disse que esperava poder continuar saindo com nós dois.

O dia dois também foi, por acaso, hoje.

— Quer conversar a respeito?

Está começando a cair a ficha de que acabou tudo entre mim e Tabitha. Deixo meu olhar se perder em um ponto adiante, os olhos fixos naquela única pinta no ombro de Hazel. O que significa o fato de estar mais interessado em perguntar quando ela notou aquela pinta pela primeira vez do que em explicar o que aconteceu com Tabby? Estou em choque? É exaustão? Fome? Arrasto meus olhos de volta para o rosto dela.

— Eu tô bem. — Olho para minhas meias. São cinza, estampadas com abacaxis minúsculos e copos de chantili, um presente de Tabby em uma das minhas primeiras visitas lá depois da mudança. Ela me levou para a Disneylândia, e me lembro de ter ficado pensando na fila: *Vou me casar com essa mulher algum dia.* Que idiota.

Dois anos juntos — com ela em L.A. durante metade desse tempo —, e tudo o que consigo pensar é em como fui ludibriado e como sou patético.

Hazel se senta perto de mim no piso escuro.

— Suponho que tenham terminado.

— É. — Ajeito melhor o saco de ervilhas e olho para ela. — No final, ela *é mesmo* uma quenga infiel.

Hazel faz uma careta mal-humorada.

— E já era desde antes de se mudar.

Ao ouvir isso, Hazel acrescenta um rosnado feroz.

— Espere aí, é sério?

— Sério. Ela estava dormindo com ele antes de ir embora. Ela se mudou para ficar mais perto dele.

— Mas que *filha da mãe*!

— Sabe — digo —, o pior não é nem que vou sentir saudade dela. É quanto eu me sinto tolo. Cego. Esse outro cara sabia de tudo a meu respeito, mas eu não fazia ideia. — Olho para ela e, já que sei que vai entender por que isso me mata, acrescento: — O nome dele é *Darby*.

— Ela tem transado com um cara chamado Darby?

A raiva se revira, ardente, dentro de mim.

— Exato.

Ela solta uma risada explosiva.

— Tabby e Darby. Isso é idiota demais até para a Disney!

Um único riso seco me escapa.

— Mas por que ela não queria me contar sobre ele? Por que ficar me enrolando?

— Acho que ela queria continuar com você, porque você é o modelo da Perfeição. — Pausa. — Sabe, tirando aquele negócio do *Aliens*.

O cabelo dela é um ninho no topo da cabeça. Os olhos estão inchados de exaustão. Ainda assim, ela sorri para mim como se eu estivesse fora há meses. Será que Hazel Bradford para de sorrir em algum momento?

— Está tentando fazer com que eu me sinta melhor — acuso.

— Claro que estou. Não é você o babaca da história.

— É verdade, você é que é, por ter quebrado a minha cara.

— Sua cara está ótima. — Ela se levanta e estende a mão. Aceito seu auxílio para ficar de pé, e ela dá tapinhas no meu peito. — Como está esse coração?

— Vai se recuperar.

Ela assente e se abaixa para afagar uma Winnie sonolenta.

— Nunca mais entre escondido numa casa com uma mulher sozinha dentro dela, ou corre o risco de levar um guarda-chuvada na cara.

— É a *minha* casa, tonta.

— Uma mensagem de texto me avisando que estava voltando podia ter salvado a sua cara, *tonto*. — Ela se vira para voltar ao quarto de hóspedes. — Durma um pouco. Vamos jogar golfe em miniatura com minha mãe amanhã.

Estou tão cansado e pego num sono tão profundo que me esqueço das últimas palavras dela, até acordar e entrar na cozinha arrastando os pés, dando de cara com Hazel de bermuda, meias quadriculadas três-quartos, camisa polo e boina. Eu a conheço bem o bastante agora para me dar conta de que essa deve ser sua fantasia de Golfista. Ela também está com meu avental e de pé junto à pia, com uma nuvem de fumaça negra ao seu redor.

— Não estou acostumada com seu fogão — diz ela a título de explicação, contorcendo o corpo para esconder seja lá o que está acontecendo diante dela.

— É só o gás. — Abaixo-me para pegar uma toalhinha e a uso para envolver o cabo da frigideira de ferro fundido, ainda fumegante. O aroma de bacon queimado logo satura minha camiseta. Cruzo a porta dos fundos com a frigideira ainda na mão e a coloco na varanda de concreto pintado para esfriar.

— Tenho um fogão a gás em casa, mas ele não faz *isso*.

— Não faz o quê? — pergunto, olhando por cima do ombro. — Fogo?

— Não faz um fogo tão quente assim!

Fechando a porta ao passar, jogo a toalhinha na bancada e analiso o estrago. *Acho* que a intenção dela era fazer panquecas. Ou pelo menos é o que o líquido bege escorrendo pelas portas dos gabinetes inferiores indica. Há um saco de farinha rasgado e o que deve ser o conteúdo da minha despensa inteira espalhado pela bancada. Tem louça suja *por toda parte*. Inspiro profundamente para me acalmar antes de prosseguir.

— É um fogão industrial. — Apanho a lixeira para jogar um punhado de cascas de ovo lá dentro. — Tem mais btus, então fica mais quente, mais depressa, e pode gerar chamas maiores.

Ela responde com um sotaque britânico afetado.

— Fascinante, sir.

Winnie se ajeita perto da cozinha, obediente, e assiste à cena com o que juro ser um olhar que só tem um significado: *Vê o que eu tenho que aguentar?*

É, Winnie. Vejo, sim.

— Hazel, o que está fazendo?

Ela levanta as duas mãos. Numa está uma espátula de Mickey Mouse que ela deve ter trazido de casa; a outra mão está manchada de roxo. Acho que na verdade não quero saber.

— Estou fazendo o café da manhã antes de irmos jogar golfe.

— A gente podia ter saído para tomar café.

Pelo jeito, vamos ter que fazer isso de qualquer maneira.

— Tá, obviamente o bacon está um pouco… *mais próximo de carvão* do que costumo comer — diz ela —, mas ainda podemos comer panquecas.

Ela retira do fogão duas das panquecas mais tristes que já vi. Virando-se para mim, mostra o prato, orgulhosa.

— Quantas você quer?

Fico surpreso pela onda de ternura que perpassa meu peito. Hazel quase criou um incêndio em minha cozinha, eu tenho um galo na testa causado por um guarda-chuva — e uma fechadura para consertar —, mas preferiria engolir a seco um prato cheio da sua comida a magoá-la enquanto está com essas meias quadriculadas e sua boina.

— Só duas mesmo.

— Que bom — diz ela, animada, colocando o prato no balcão e depositando um vidrinho de calda ao lado dele. Pronta para começar outra porção, ela apanha uma jarra e despeja a massa numa frigideira que, posso ver de onde estou, está quente demais. — Falei com sua irmã hoje cedo.

Levanto a cabeça, raspando com delicadeza um pouco das partes mais queimadas.

— Já? — Olho para o relógio no fogão. — Nem são oito horas ainda.

— Eu sei, mas mandei uma mensagem de texto para ela ontem quando achei que alguém tinha tentado entrar. Tive que informá-la de que não fui assassinada em minha cama, o que me levou a ter que contar a ela que você estava em casa.

Maravilha. Se tem alguém que vai tripudiar em cima disso, é Emily. Talvez ela até dê uma festa. Volto minha atenção para as panquecas.

— O que ela disse?

— Não dei detalhes. Ela quer que você ligue para ela quando acordar.

— Claro que quer — falo, bem baixinho, mas ela ouve.

— Sabe, você não tem que contar tudo pra ela. Dizer que terminou já é o bastante.

— Acha que isso vai funcionar? — Levanto a cabeça, observando-a colocar uma mecha de cabelo atrás da orelha, expondo o contorno de seu pescoço. — Você seria capaz de não deixar escapar em algum momento que Tabby estava me traindo há mais de um ano?

Hazel olha para mim, inquisitiva.

— O segredo não é meu para contar a alguém.

A ideia de não ter que compartilhar detalhes específicos faz um alívio me percorrer, frio e ágil. Emily jamais se daria por satisfeita com os seus *eu avisei*.

Olho para baixo e me deparo com uma Winnie com cara de vítima me encarando, os olhos castanhos implorando para eu deixar algo cair. Arranco um pedaço de panqueca e o entrego com cuidado para a cachorra.

— Não a mime — Hazel me diz por cima do ombro.

— Hazel, a cachorra que você não quer que eu mime está usando uma camiseta da Mulher Maravilha.

Ouço o clique da boca do fogão sendo desligada, e um segundo depois ela está diante de mim, debruçada na outra extremidade do balcão.

— O que quer dizer com isso?

— Nada, não. — Dou outro bocado de panqueca para a cachorra. — Mas tenho mesmo que ir jogar minigolfe?

Ela arranca um naco de panqueca fumegante e o coloca na boca.

— Você não *tem* que ir. Mamãe e eu vamos, e achei que fosse preferir não ficar sozinho.

Assim que ela diz isso, sei que tem razão. Mas também deveria dar uma passada em casa. Já faz algumas semanas que não tiro um tempo para minha família.

— Ia visitar meus pais mais tarde.

Ela dá de ombros.

— Você é quem sabe. Se quiser vir com a gente, posso ir com você para a casa dos seus pais depois. Ainda não os conheci.

— Não precisa agir como minha babá, Hazel.

Ela se afasta do balcão e me oferta um sorriso culpado.

— Tá. Desculpe. Estou sendo Hazel demais.

Eu a observo lavar a louça e limpar a cozinha com bastante competência enquanto belisco meu café da manhã. Ela não está chateada, e não parece que a magoei — honestamente, parece apenas ter ouvido algo em meu tom que não tive a intenção de colocar nele.

— O que é que isso quer dizer — pergunto —, *sendo Hazel demais*?

Virando-se com um pano de prato na mão, ela dá de ombros.

— Tendo a tagarelar demais, ser tola demais, exuberante demais, aleatória demais, empolgada demais. — Ela abre os braços. — Hazel demais.

Ela é isso tudo, mas é por isso mesmo que gosto dela. Hazel tem uma personalidade só dela. Estendo a mão e a detenho pelo punho quando ela faz menção de sair da cozinha.

— Onde é que vamos jogar minigolfe?

Hazel não se parece em nada com a mãe, mas a genética funciona de um jeito doido e misterioso, porque jamais duvidaria, nem por um instante, de que ela nasceu dessa mulher, Aileen-Pike-não-Bradford, como ela me é apresentada. Ela veste uma saia esvoaçante com pavões bordados e uma regata de um azul bem vivo, e não só tem anéis em todos os dedos, mas seus brincos chegam a roçar os ombros. Ela e Hazel se vestem de uma forma totalmente diferente, mas o estilo de ambas grita em silêncio *Mulher Excêntrica*.

Aileen me abraça assim que me cumprimenta, concorda com Hazel que sou adorável, mas não o tipo dela, e depois pede desculpas pelo e-mail de Hazel, escrito há tanto tempo sob efeito de analgésicos.

— Sabia que devia ter digitado por ela.

— Ainda tenho o e-mail impresso. — Abro um sorriso diante da total ausência de vergonha de Hazel. — Talvez o emoldure enquanto durar a visita de Hazel lá em casa.

— Uma lembrança eterna do meu charme?

Pego o taco de golfe e uma bola rosa-choque com o cara atrás do balcão.

— É.

— Falando na sua casa — começa Aileen —, minha filha está destruindo tudo?

— De leve.

Hazel passa sua bola azul de uma mão para a outra, como se fosse uma malabarista. Com uma única bola de golfe.

— Eu o nocauteei com um guarda-chuva ontem à noite.

Diante do tom orgulhoso da filha, Aileen lança um olhar astuto para mim.

— Fique feliz por não ter sido uma frigideira, acho...

Considerando que o guarda-chuva me deu um galo na testa do tamanho da mão de um bebê, não posso discordar.

— Ela tem uma pegada ótima.

Abrimos caminho até o moinho no começo do campo e, por cortesia aos mais velhos, deixamos que Aileen seja a primeira. Ela acerta com facilidade o buraco em uma tacada só: atravessando o moinho em movimento, passando por cima de uma pequena colina e descendo o buraco no cantinho lá adiante.

Levo dez tacadas para conseguir — tanto tempo que Hazel e Aileen estão sentadas no banco junto ao riachinho, esperando por mim, quando me aproximo. Hazel tem na mão um punhado de seixos do caminho e está tentando acertar um na boca da estátua de peixinho.

— Você é craque no minigolfe? — pergunto.

— Se pelo menos isso me rendesse algo útil. — Aileen ri e, mais uma vez, percebo a semelhança com Hazel. Ela tem a mesma risada rouca e profunda que parece sair dela com tanta naturalidade quanto o ar. Essas duas mulheres: fábricas de risos.

— Mamãe me trazia aqui todo sábado — explica Hazel —, enquanto papai assistia futebol universitário.

Elas trocam um olhar repleto de informações, que vira um sorriso, e então Aileen pede à filha uma atualização sobre o apartamento. Faltam algumas semanas para ficar habitável de novo. Escuto as duas conversando, e fico fascinado com como elas parecem se comunicar por frases pela metade, terminando pensamentos com

O GUIA PARA ~~NÃO~~ NAMORAR DE *Josh e Hazel*

um movimento de cabeça, uma expressão, um gesto dramático das mãos. Parecem mais irmãs do que mãe e filha, e, quando Hazel enche o saco da mãe sobre o namorado dela, eu olho para Aileen, em choque, esperando por sua expressão escandalizada; em vez disso, ela apenas ri e ignora as provocações de Hazel.

Hazel e Aileen têm o mesmo nível de maluquice, com um traço de confiança inabalável; elas atraem o olhar das pessoas quando passam, como se emanassem algum tipo de magnetismo enquanto dançam, indiferentes, pelo campo de golfe. Vou atrás, registrando a rapidez com que me tornei um homem excessivamente sério diante das palhaçadas de Hazel.

Acabo ficando feliz por não termos feito apostas nesse passeio; Aileen acabou com a gente. Para compensar nosso ego ferido, ela nos paga um café com cookies, e sou agraciado com várias histórias incríveis sobre Hazel, como a vez em que ela pintou os pelos da perna de azul, a vez em que ela decidiu tocar bateria e entrou para o show de talentos do ensino médio depois de apenas duas semanas de aula, e a vez em que Hazel levou para casa um cachorro de rua que na verdade era um coiote.

Quando voltamos para meu carro, percebo que há mais de uma hora não penso em Tabby, mas, assim que essa consciência bate, a reviravolta amarga retorna a minhas entranhas e eu fecho os olhos, voltando o rosto para o céu.

É isso mesmo. Minha namorada estava dormindo com outro cara durante a maior parte do nosso relacionamento.

— Nossa — diz Hazel, olhando para mim por cima do teto do carro. — Você acaba de deixar a bolha da felicidade.

— Só me lembrei de que sou um idiota.

— Então, o negócio é o seguinte. — Ela entra no carro. — Sei que essa coisa da Tabby é uma droga, mas *todo mundo* se sente um trouxa nos relacionamentos por, no mínimo, uma parte do tempo, e você tem uma desculpa melhor do que qualquer um. Já eu tenho que me empenhar para não me sentir uma idiota na maior parte do tempo. Nem sempre entendo a melhor forma de interagir com outros seres humanos.

Abro um sorriso para ela.

— *Não* me diga.

Ela me ignora.

— Costumo me entusiasmar demais, sei disso, e digo tudo o que se pode dizer de errado. Sou elétrica. Então é isso, os caras já me fizeram me sentir uma idiota um *trilhão* de vezes.

— Sério?

Ela ri.

— Isso não deve ser surpresa para você. Eu sou doida.

— Sim, mas uma doida inofensiva. — Viro a chave na ignição e ambos acenamos enquanto Aileen sai de sua vaga, um adesivo colado com orgulho no para-choque traseiro do Subaru surrado onde se lê NEIL DEGRASSE TYSON PARA PRESIDENTE.

— Sei que encontrar a pessoa perfeita não vai ser fácil para mim, porque sou difícil de aguentar — diz ela —, mas não vou mudar só para ficar mais namorável.

Engatando a primeira marcha, arrisco uma olhada para ela.

— Você é bem apegada a essa sua posição na escala da namorabilidade.

— Aprendi a ser — diz ela, fazendo uma breve pausa. — Sabe quantos caras gostam de namorar a doidinha fofa por algumas semanas, só para depois começar a esperar que eu sossegue um pouco e me torne mais uma Namorada Comum?

Dou de ombros. Meio que consigo imaginar o que ela está dizendo.

— Mas, no final das contas — diz ela, colocando a mão para fora da janela e deixando o vento passar por entre seus dedos —, ser eu mesma é o bastante. *Eu* sou o bastante.

Ela não diz isso para me convencer, nem para convencer a si mesma; já está convencida. Observo enquanto ela pega meu celular e escolhe músicas para o caminho até a casa dos meus pais, e me pergunto se isso não é parte do meu problema: eu pensava ter tudo tão sob controle, mas agora a única coisa que sinto é uma sensação oca de *não sou o bastante*.

SETE

Hazel

Nunca me ocorreu que conhecer os pais de Josh pudesse ser um evento para o qual eu precisasse me preparar. Eles são apenas pessoas, não são? Emily mencionou que eles são superprotetores (principalmente em relação a Josh, já que ele não é casado), mas... que pais não são? Sei que a mãe de Josh está sempre enchendo a geladeira dele com comida, mas isso também não é incomum. É sério, se não fosse pela minha mãe e sua horta vicejante, eu provavelmente teria desenvolvido escorbuto a essas alturas.

Lembro-me de Josh comentar que era tradição familiar levar frutas em uma visita, então o faço parar no mercado no caminho para lá e monto a maior e mais fantástica cesta de frutas que consegui.

— Sabe, um par de maçãs teria sido mais do que suficiente — diz ele, fechando a porta do carro e se encontrando comigo a meio caminho da entrada.

Olho para ele por cima de uma coroa particularmente alta de abacaxi.

— Quero causar uma boa primeira impressão.

— Você é doida. Sabe disso, não sabe?

A cesta começa a escorregar e eu ajeito a posição das mãos, desviando de Josh no exato instante em que ele tenta pegá-la de mim.

— Escuta — digo a ele —, estou planejando fazer o discurso de padrinho algum dia no seu casamento. Esse não é um momento para correr riscos.

Ele ri, guiando-me pelos degraus para uma varandinha cheia de vasos de samambaias e um sino de vento tilintando.

A porta está destrancada, e Josh entra.

— *Appa?* — chama ele, indicando que eu entre. — *Umma?* — Segue-se um fluxo de palavras que não compreendo.

Tropeço na lombada sexual que é o som de Josh falando coreano, mas minha atenção é atraída de imediato por uma voz vinda do outro lado da casa.

— Jimin-ah?

— Minha mãe — explica ele baixinho, tirando os sapatos e os colocando organizadamente ao lado da porta.

— *Umma* — avisa ele em voz alta —, eu trouxe visita.

Imito as ações dele, conseguindo tirar minhas sandálias bem a tempo de contemplar a entrada de uma mulher adorável de cabelos escuros na sala de estar.

Não sei se já tinha notado direito quanto Emily e Josh são parecidos até esse momento, quando vejo o amálgama das feições dos dois postado à minha frente. A mãe de Josh é pequena, assim como a filha, com cabelos escuros cortados na altura do ombro, as pontas, rebeldes, viradas para cima do lado esquerdo. Ela ainda não está sorrindo, mas parece haver um sorriso morando permanentemente em seu olhar.

Josh coloca a mão no centro das minhas costas.

— Esta é minha amiga Hazel.

— Hazel, da Yujin-ah?

Sinto um traço de rivalidade fraterna quando as sobrancelhas dele se juntam no meio.

— Bom… minha Hazel também — diz ele, e não preciso lhe dizer que fico deliciada ao ouvir isso. — Haze, esta é minha mãe, Esther Im.

— Prazer em conhecê-la, Hazel. — O sorriso dela se espalha e toma conta de todo o rosto. É o sorriso solar, inesperado de Josh. Já estou apaixonada por essa mulher.

Meu primeiro instinto é sempre abraçar, agarrar a pessoa, como se houvesse uma linha direta entre o meu coração e meus membros. Felizmente, por acaso estou segurando a maior cesta de frutas do mundo e meus braços estão, portanto, ocupados.

Infelizmente, todo K-drama que já vi escolhe este exato momento para passar pela minha cabeça, e me inclino para a frente, fazendo uma mesura profunda e deixando que maçãs e laranjas saiam rolando pelo piso impecável da sra. Im.

Algumas coisas, então, acontecem em rápida sucessão. Primeiro, solto uma sequência de palavrões — algo que não deveria fazer na frente da mãe de ninguém, quanto mais a meiga *umma* coreana do meu novo melhor amigo. Em seguida, lanço o que restou da cesta para um Josh muito surpreso e desprevenido e mergulho no chão, engatinhando pelo tapete a toda velocidade.

Josh sequer parece horrorizado pelos meus modos.

— Hazel.

— Peguei todas! — digo, tateando de modo frenético e reunindo as frutas em uma bolsa feita com a parte da frente da minha camiseta.

— *Hazel.* — O tom dele é mais firme agora, e sinto suas mãos em minha cintura enquanto ele me puxa e me ajuda a levantar.

Furacão Hazel ataca mais uma vez.

— Desculpe, mil desculpas — digo, ajeitando o cabelo e acertando a saia para a costura voltar ao lugar certo. — Estava tão empolgada em conhecer a senhora e, é claro, isso significa que eu seria capaz mesmo de derrubar uma cesta de frutas. — Com o máximo de graciosidade que consigo reunir, tiro algumas tangerinas de entre os seios. — Posso colocar isso na geladeira para a senhora?

Sentada na bancada da cozinha, encaro o copo de água que Josh colocou à minha frente, resmungando:

— Desse jeito, não vou nem ser convidada para o casamento.

A mãe de Josh está no fogão, colocando cebolas numa panela que parece ter, no mínimo, a mesma idade de Josh.

— Do que você está falando? — murmura ele, sentando-se ao meu lado.

— Ela começou a falar em coreano. Estava dizendo que me odiou?

— Claro que não. Ela acha que você é uma moça bem engraçada.

Bem engraçada? Ou *bem, que engraçada!* É um elogio literal, ou uma expressão de duplo sentido? Sendo o que for, meus olhos se arregalam e abro um sorriso.

— Sua mãe é uma mulher inteligente.

Sem esperar que eu explique esse comentário, Josh brinca com o meu nariz e sai da bancada, pegando algo no armário alto demais para a mãe dele alcançar. Ele não é exatamente o que se chamaria de alto feito uma sequoia, mas é vários centímetros maior do que eu, e parece um gigante ao lado da mãe.

A sra. Im dá uma olhadinha para mim.

— E então, Hazel, onde a sua família mora?

— Meu pai faleceu alguns anos atrás, mas minha mãe mora aqui em Portland.

— Meus sentimentos. — Ela se vira de novo para me dar um sorriso cheio de compaixão. — A avó de Josh morreu no ano passado. Ainda sentimos muita saudade dela. — Ela serve arroz em duas cumbucas, entregando uma para Josh, que imediatamente começa a comer. — Você não tem nenhum irmão ou irmã?

— Não, senhora. Só eu.

Ela atravessa a cozinha para colocar a outra cumbuca à minha frente. O cheiro é incrível.

— E você é professora?

Pego meus pauzinhos — que são metálicos, não de madeira — e consigo levar o primeiro bocado à boca. É uma delícia, arroz frito com vegetais. Talvez eu mesma me case com Josh, se isso significar esse tipo de cardápio todos os dias.

— Ela dá aulas com a Emily — comenta Josh.

— Ah, isso é bom — diz ela. — Fico contente que Yujin-ah tenha boas amigas no trabalho.

Boas amigas. Consigo levantar a cara da comida e levantar meu polegar em um aceno, bem na hora que cai a bomba.

— E Tabby? — indaga a sra. Im. — Faz bastante tempo que não a vemos.

Meus olhos dardejam os de Josh. Sendo a alma gêmea que sempre soube que ele seria, Josh já está olhando para mim. Faço-lhe um gesto de encorajamento, levantando o queixo, querendo relembrá-lo de que esta é a vida dele e ele precisa contar às pessoas apenas aquilo que quiser, pouco ou muito.

Mesmo que essas pessoas sejam sua família.

Pigarreando, Josh finge estar muito concentrado na cumbuca vazia. Ele é um péssimo ator.

— Na verdade, eu queria conversar com vocês sobre isso. — Ele pigarreia outra vez. — Tabby e eu terminamos tudo.

Olha, eu obviamente sou uma estranha no ninho aqui e sei apenas o que me contaram, mas não acho que estaria muito distante da verdade ao descrever a reação imediata da mãe dele como uma euforia do caralho.

Ela se empenha em parecer casual, entretanto, beliscando a cintura dele com o cenho franzido antes de colocar outra colherada farta de arroz frito na cumbuca, mas o gene da péssima atuação parece vir de família.

— Então Tabby não é mais sua namorada.

— Não. — O olhar dela desliza para mim, e Josh lê a pergunta silenciosa presente ali. — *Não* — diz ele, falando sério, e eu até poderia me sentir ofendida, se não tivesse esta tigela deliciosa de arroz para me manter em estado de plena felicidade.

— Tabby nunca nos visitava — ela finge murmurar para mim, indo em seguida até a geladeira. — Deveríamos dar um grande jantar para celebrar.

Se minha vida atual fosse um filme, eu estaria (1) mais arrumada e (2) coestrelando algumas cenas em que Josh fica sentado no sofá vestido de moletom e eu danço na frente dele, tentando fazê-lo rir. Como ele limpou a agenda e tirou uns dias do trabalho para visitar Tabitha, Josh decidiu ficar em casa e descansar pelo resto das duas semanas, o que insisto em dizer que é *chatésimo*. Estou nas férias de verão. Podemos ir a Seattle! Podemos ir para Vancouver! Vamos praticar canoagem, ou caminhada, ou pedalar, ou até ir a um bar, ficar bêbados e tirar a roupa!

Nada. Nenhum interesse. Em vez disso, está assistindo à Netflix com uma das mãos enfiada na cintura elástica da calça de moletom. Nem dizer para ele que quase posso ver os músculos de seu abdômen atrofiando — e essa é uma ideia triste mesmo — o faz sair desse seu desleixo.

Não sei quanto ele contou para Emily. Quando fomos jantar lá na outra noite, ela parecia tão aborrecida com a ex do irmão como sempre, mas não parecia haver uma direção específica para sua ira. Era mais algo na linha de *Como meu irmão incrível pode ter desperdiçado tanto tempo com aquela mulher?* em vez de *Como aquela vadia pode ter traído meu irmão tão incrível por tanto tempo?*

E meio que entendo por que Josh não quer contar para ela. Tirando a gasolina que isso seria na fogueira de seus instintos protetores de irmã, ser traído obviamente é humilhante, e percebo que isso é noventa e nove por cento do motivo pelo qual Josh está grudado no sofá. Seria uma droga a namorada dele colocar o emprego acima do relacionamento deles, mas deve ser ainda pior se dar conta de que Tabby na verdade escolheu outro cara (Darby!!), que a ajudou a conseguir um emprego, e que ela o enrolou com alegria porque ele é o modelo de Perfeição e, quem sabe, talvez porque também é muito incrível na cama.

Esse tipo de compreensão — de que alguém o tratou de maneira tão descuidada e ele não fazia ideia — não apenas faria com que os outros o vissem com outros olhos, mas é bem provável que faça Josh se ver com outros olhos também.

Então entendo essa inclinação a se tornar um vegetal no sofá, mas isso também me chateia. O negócio é o seguinte: Josh é um gato, como já ficou estabelecido, e não é só isso; ele também tem um bom coração, apesar da fachada de sarcasmo. Ele está permitindo que eu fique em sua casa — apesar de ele próprio estar em casa. Faz questão de me agradecer quando eu lavo a louça uma vez a cada dez que ele lava, e sempre me traz café quando volta de sua corrida matinal.

O GUIA PARA ~~NÃO~~ NAMORAR DE *Josh e Hazel*   77

Conversamos de maneira franca e honesta: os sonhos que tivemos na noite anterior, dramas políticos, coisas que nos chateiam ou que acontecem no nosso dia. É como morar com sua melhor amiga, que na verdade é um homem, e muito agradável de se olhar. Não que eu queira morar aqui para sempre, mas não tem sido exatamente uma merda morar com Josh Im pelas últimas duas semanas.

Ainda assim, com dois dias da folga dele ainda pela frente, estou prestes a explodir. Num dia, Dave e eu fomos caminhar no Macleay Park. Em outra tarde, Emily e eu encontramos uma feira de produtos direto da fazenda, e Dave fez um jantar incrível. Josh também ficou sentado no sofá deles, olhando para seja lá o que estivesse na TV — um torneio de verão de softbol. Hoje, saí para brincar com cães e gatos na Sociedade Protetora dos Animais, e a única coisa que Josh diz quando volto para a casa dele é que preciso tomar um banho.

— Você não quer fazer sexo? — berro.

Ele me encara, lentamente tirando a mão de cima das calças.

— Olha só o seu corpo! — Gesticulo, indicando o esplendor daquela visão com minha mão. — Você é fantástico. E o seu rosto? Excelente pra caralho também. Vamos, Josh, cadê a sua libido?

Os olhos dele se arregalam devagar e me dou conta de que ele acha que estou lhe fazendo uma proposta indecente enquanto cheiro a estábulo.

— Não *comigo*, Jimin, digo com alguém do seu nível! Você não quer uma companheira? Nem só pelo sexo, mas para passar o tempo, conversar e desfrutar a vida? Ter alguém para brincar com o seu pau seria apenas um bônus!

— Hazel.

— *Josh.*

Ele faz um gesto dramático e abrangente com uma das mãos.

— Eu estou aqui, não estou? Passando o tempo e conversando com você.

Ele volta para a reprise de um episódio de *Law & Order*.

— Joooooosh — murmuro para ele.

Ele aciona o mudo da televisão e olha para mim com um suspiro profundo.

— Odeio ter encontros e não quero estar num relacionamento.

— Mas e sexo?

— Eu gosto de sexo — ele concorda —, mas o que vem com ele não é muito atraente no momento. — Ele solta um grunhido e muda de posição no sofá. — Os joguinhos? Toda aquela dança de me-conta-mais-sobre-você? Ter que colocar calças de verdade? Não, obrigado.

Sentando ao lado dele, pego sua mão. É agradável, quentinha, mas, lembrando-me de onde ela estava, devolvo-a à coxa dele.

— Olha. Sei que a Safadinha fez um estrago na sua cabeça, e que você acha que todas as mulheres são umas escrotas. Não somos.

— *Você* não é — diz ele. — É só irritante.

— Certo. Mas você não quer me comer.

— E você não quer dar pra mim — responde ele. — Mas, Hazel, não que você esteja também tendo um encontro atrás do outro. Quando foi a última vez que ficou com alguém?

— Ficar, tipo, namorar? Ou ficar, tipo, sexo?

Ele franze o nariz.

— São respostas diferentes?

Olho para ele como se estivesse maluco.

— Já fiz sexo com caras com quem não namorei, e já namorei caras com quem não fiz sexo.

É a vez de ele me olhar como se talvez eu fosse maluca.

— Que foi? — digo. — Você nunca só… meteu com alguém?

Ele esconde seu rubor fingindo estar enojado comigo.

— Essa palavra é a pior de todas.

— Meter. Meter. Meteu. Metelaaaaaança.

Ele recosta a cabeça no sofá.

— Deus do céu, por que você não some?

Ignoro isso.

— E se eu arranjasse um encontro para você?

— Não.

— Só escute — digo a Josh, sentando-me perto dele e invadindo seu espaço. — E se eu arranjasse alguém para você, e você arranjasse alguém para mim, e nós saíssemos juntos?

— É sério?

— Sério. Sem joguinhos, sem expectativas. Encontro duplo às cegas. Só para dar umas risadas.

— Não.

— Vamos, Josh, só uma vez.

Ele vira a cabeça para mim.

— Se eu topar, vai me deixar em paz pelo resto do dia?

— Vou.

— E, se eu odiar, nunca mais terei que fazer isso.

Concordo, levantando a mão para bagunçar o cabelo dele. Os olhos de Josh se fecham.

— Se você odiar, *nós* nunca mais teremos que fazer isso. Você pode morrer em paz e nunca mais terá que tirar as mãos de dentro das calças.

Ele fica quieto por um minuto. Será que está cogitando a proposta? Foi o acréscimo das mãos nas calças que fez a diferença? Ele volta a abrir os olhos.

— Tá bom.

Sento-me mais ereta.

— Tá bom? De verdade?

— Sim. Mas certifique-se de que ela não seja uma escrota.

OITO

Josh

Marcamos o encontro para uma sexta à noite, quase quatro semanas depois de nosso trato original, e concordamos em passar a noite no Rumrunner's Tree House, um barzinho meio brega que Hazel descobriu no centro da cidade. A localização talvez devesse ter sido minha primeira pista.

Adam — jogador de defesa num time de futebol americano de arena — aparece em casa enquanto Hazel ainda está se aprontando. Eu o deixo entrar, mantendo a expressão neutra enquanto nós dois fingimos não ouvir o som horrível da cantoria dela vindo do outro lado da casa.

Os reparos no apartamento de Hazel estão demorando mais do que o esperado, mas conseguimos encontrar um meio-termo feliz entre minha necessidade de ordem e a trilha de caos que a segue por onde quer que vá. Como a casa parece apresentável pela primeira vez em dias, levo Adam até a cozinha para uma cerveja.

Ele me acompanha com Winnie colada em seus calcanhares e ocupa um assento à mesa da cozinha.

— A casa está linda. — Ele assente, olhando ao redor. — Acho que a última vez que estive aqui você ainda estava terminando os pisos.

— Terminei os pisos na primavera e acabo de colocar os novos batentes nas janelas. Eu te aviso da próxima vez que fizer um churrasco. Zach vai gostar de bater papo.

— Ótimo.

Conheci Adam num evento para jovens de que ambos participamos alguns anos atrás. Tínhamos acabado de abrir a clínica e Adam estava lá com a equipe em que jogava na época. Ele é um cara até que bem legal — é claro, senão não teria falado dele para Hazel — e, com um metro e noventa e dois de altura e cento e seis quilos de músculo, sem dúvida nenhuma tem boa aparência, embora esteja mais para um sujeito quieto. Meu primeiro instinto foi o de que seria um contraste bom de personalidades, mas agora me pergunto se o Furacão Hazel vai devorá-lo vivo.

— Isso é meio esquisito, não é? — diz ele, abaixando-se para esfregar as orelhas de Winnie. — Digo, vir buscá-la aqui? Com vocês dois morando juntos? Não iria querer...

Sigo seu olhar para o corredor, onde Hazel canta a plenos pulmões uma versão em ópera de "Cum On Feel the Noize", do Quiet Riot, e me dou conta do que ele quer dizer.

— Ah, não! Não. — Espalmo as mãos erguidas. — Hazel e eu nunca estivemos juntos, nem estamos agora.

— Então vocês são só colegas de quarto?

— Colegas de quarto *temporários* — corrijo. — Ela tem o apartamento dela, mas estão fazendo umas obras no prédio e ela precisava de um lugar para ficar por algumas semanas. Ou meses, acho.

— Eu me perguntei o que estaria rolando quando me ligou, porque você é a última pessoa que eu esperaria que quisesse uma colega de quarto. — Ele ri enquanto leva a garrafa aos lábios, parando para acrescentar: — Sem ofensa, cara.

Meu sorriso é sarcástico enquanto tomo um gole da minha garrafa. Volto minha atenção para a cachorra.

— Winnie? Banheiro? — Ela dispara para junto de mim. Abaixando-me, finjo cochichar para ela: — Fique longe dele, tá? Ele é um babaca.

Adam ri e Winnie late no que considero ser um sinal de concordância, antes de me seguir pela porta dos fundos e saltar pelos degraus até o quintal.

Quando volto para a cozinha, Adam está olhando o desenho de um unicórnio que Hazel fez enquanto eu preparava o jantar ontem. Ele tem dois chifres, crina roxa, pelagem cor-de-rosa e um pênis amarelo gigante.

Adam olha para mim com a cerveja parada a meio caminho da boca.

— Ela não é tipo... doida nem nada assim, é?

Sinto uma pontada nas entranhas ao ouvir isso, uma aversão protetora quanto à palavra, mas consigo me conter no pedido para que me defina o termo *doida*. Em vez disso, ignoro o comentário com um aceno.

— Definitivamente, não é *doida*.

É claro que é este o momento em que ela decide aparecer, irrompendo na cozinha em um vestido amarelo de verão.

— Quem é doida?

— A Winnie — digo com rapidez. — Ela andou perseguindo esquilos de novo. — Colocando a mão na parte de baixo de suas costas, eu a conduzo para que se aproxime. — Hazel, este é Adam, meu amigo. Adam, esta é a Hazel. Vocês dois vão poder se ver de fato este ano, porque a Hazel acabou de arranjar um emprego em Riverview, e o time de Adam participa do programa de jovens de lá.

Adam se levanta para cumprimentá-la, e observo enquanto os olhos dela se arregalam e viajam visivelmente por todo o comprimento dele. Quanta sutileza, Haze.

— Prazer em conhecê-lo — diz ela, balançando a mão dele com vigor. — Não deixe de dar uma passadinha para falar um oi quando estiver na escola. — Inclinando-se para junto dele, ela põe a mão ao lado da boca e acrescenta, conspiratória: — A menos, é claro, que hoje seja uma droga, aí você nunca mais fale comigo. Ai, meu Deus, Josh, a sua cara! Estou brincando!

— Definitivamente, não é doida — resmungo, movendo-me para deixar Winnie voltar para dentro de casa antes de bater palmas. — Vamos lá!

Cali, a amiga de Hazel — uma funcionária da administração da escola em que ela trabalhava —, planeja nos encontrar no bar, então nos amontoamos em meu carro, com Adam encolhido na frente e Hazel no banco de trás, enfiando a cabeça entre nós dois.

Ela se debruça um pouco mais para enxergar pelo para-brisa quando estacionamos.

— Não é ótimo? — diz ela, quase em meu colo. — Nem sabia que este lugar existia até que o Google mandasse uma mensagem para a minha alma.

Na rua, olho para o alto, em direção à marquise iluminada que anuncia ser a noite do jogo de trivialidades. Os outros pontos comerciais da área são modernos, de vidro, ou em estilo retrô hipster e pintados de cores berrantes. Não têm semelhança alguma com o prédio marrom-escuro à nossa frente, o teto triangular contornado em luzes de neon emitindo um zumbido.

A calçada que leva à entrada não tem iluminação e está toda rachada, mas é margeada por tinas de samambaias brilhantes e flores de um roxo vívido. Os sons de Elvis Presley e guitarras elétricas podem ser ouvidos já do lado de fora. Hazel quase saltita até a porta.

— Há sempre a opção de irmos a outro lugar — tento disfarçar e pego sua mão para contê-la, trazendo-a para mais perto de mim.

— Está brincando? — Ela aponta para um fio de luzinhas e um teto falso de sapê preso logo acima de um par de portas de vidro. — Quero dizer, *olha só* este lugar.

— Ah, estou olhando…

Ela me dá um cutucão bem-humorado na barriga antes de me dar um puxão para a frente.

— Vamos. Cali já está aqui e eu juro que você vai se impressionar. Ela faz ioga — acrescenta, subindo e descendo as sobrancelhas sugestivamente.

Pago nossa entrada junto à porta e a sigo para dentro do bar mal iluminado. Está cedo, mas o local já está lotado. O salão principal reflete-se num espelho esfumaçado que serve como pano de fundo para um pequeno palco. Lanternas de papel oscilam acima de nós e garçonetes em saias de grama serpenteiam por entre as mesas cheias, bandejas mantidas no alto e repletas de todo tipo de coisa, desde garrafas de Corona com uma espiral de casca de limão até taças em formato de lanternas tiki com fumaça colorida subindo pelas bordas.

Hazel e Cali se vêm de lados opostos do bar, e Cali nos chama com um aceno para onde estava guardando uma mesa.

Hazel deve ver como meus olhos se arregalam, porque fica na pontinha dos pés e cochicha:

— Não falei?

Adam vai na frente, comigo e Hazel logo atrás.

— Sei que falou — digo, inclinando-me para responder acima do burburinho ambiente —, mas também a descreveu como uma tricoteira ávida, de ótima personalidade e com três gatos. Perdoe-me por me manter cautelosamente otimista.

Cali tem mais ou menos a altura de Hazel, com cabelo entre ruivo e loiro, e olhos claros. Quando ela se levanta para abraçar Hazel, sou brindado com uma visão de pernas compridas em um shortinho vermelho e curvas que não acabam mais. Flagro Adam reparando também.

Hazel faz as devidas apresentações e, quase assim que nos sentamos, nossa garçonete se materializa, jogando descansos de copo à nossa frente.

— O jogo está prestes a começar — diz ela, tirando um lápis do cabelo e pressionando-o num bloquinho pautado. — Algo que eu possa trazer pra vocês antes?

Fazemos um pedido de bebidas, escolhemos um mix de aperitivos diversos, e ela nos deixa com nossos cartões de marcação.

— E então, como se conheceram? — Cali faz um gesto indicando a mim e Hazel.

— A versão mais curta é que nos conhecemos na faculdade — diz Hazel —, e aí nos reencontramos há pouco tempo. Sou amiga da irmã dele.

— Vocês namoraram na faculdade? — pergunta Cali.

Não sei qual de nós se apressa primeiro em corrigi-la, mas há muito chacoalhar de cabeça e, a certa altura, Hazel faz uma reconstituição cômica de alguém engasgando.

— Estávamos mais para conhecidos casuais — digo, impassível.

Cali aponta para Adam, e seu sorriso aumenta.

— E como é que você conhece Josh?

— A gente se conheceu num evento esportivo para jovens.

O interesse dela definitivamente se amplia.

— Você é atleta?

— Futebol americano. — Ele lhe abre um sorriso orgulhoso, cheio de dentes brancos e uma covinha. É o bom e velho sorriso americano, do tipo que se espera encontrar em caixas de cereais e telas gigantes de estádio. Infelizmente, eu já vi esse sorriso pelo menos uma dúzia de vezes, só que direcionado para líderes de torcida e fãs em festas pós-jogo. Meus olhos voam para Hazel, e só agora me ocorre que arranjei um encontro entre ela e Adam, o Destruidor de Calcinhas, e que ela mora comigo.

Brilhante, Josh.

— Rompi o ligamento do joelho há dois invernos — prossegue ele —, e Josh me colocou de volta ao campo a tempo para o treino de primavera.

A conversa diminui quando a garçonete volta. O drinque de Hazel é literalmente um aquário cheio com uma bebida alcoólica azul e peixinhos de gelatina. Quando a atenção de Adam e Cali é desviada por um estrondo atrás de nós, Hazel me informa por mímica que é meu dever garantir que a camiseta dela continue no corpo.

Atacamos os tira-gostos na mesma hora em que um cara de meia-idade vestindo calça jeans e blazer — o mestre de cerimônias da noite — sobe ao palco.

— Oi, gente! — ele grita, recebendo aplausos surpreendentemente entusiasmados. — Alguns de vocês talvez me reconheçam do *Notícias do Fim de Semana do Canal Quatro*. Meu nome é Paulo Tomás Turbano, e serei o apresentador do jogo de hoje.

— Paulo Tomás Turbano? — Hazel me olha, boquiaberta, por cima de seu drinque. — O nome dele é *Tomás Turbano*? Sabia que esta noite seria incrível!

Adam pisca algumas vezes ao lado dela, confuso.

— Não entendi.

Há cerca de mil coisas não ditas no olhar que ela me dá antes de voltar a atenção para Tomás.

— Vamos jogar sete rodadas esta noite — diz Tomás. — Cultura pop, música, matemática e ciências, história mundial, esportes — Adam comemora com um gesto neste instante —, vida selvagem e gramática.

Uma vaia coletiva percorre a plateia ao ouvir o último tema, mas ele continua:

— Vocês podem notar vários aparelhos de TV pelo bar, cortesia da Bob's Sports, obrigado, Bob!, onde as perguntas serão exibidas. Todos devem ter sete cartões de marcação para as respostas, cada um com sua respectiva categoria. Vamos pontuar cada categoria individualmente e depois contabilizar tudo para termos um vencedor no final. Quem quer saber qual é o prêmio?

Solto uma risada quando o braço de Hazel é o primeiro a se levantar.

— O terceiro lugar receberá um kit de facas para churrasco da Kizer. *Kizer: porque facas chinesas também podem ser incríveis.* A equipe que ficar em segundo lugar ganhará uma assinatura de um ano dos Filés Omaha, avaliada em mais de trezentos dólares. — O recinto se enche com a reverberação coletiva de *oooohs* e *aaaahs.* — Nosso último prêmio é o maior, pessoal. Como toda a renda do jogo de hoje vai para o Fundo contra o Câncer Infantil, a Cruzeiros Econômicos doou generosamente um cruzeiro de três dias na Costa do Pacífico!

Enquanto Cali e Adam ouvem as regras, Hazel se debruça por cima da mesa.

— Você tem que ficar no meu time.

— Caso não tenha notado — eu a relembro —, estamos aqui para um encontro duplo. Com outras pessoas. Jogue com Adam.

Endireito as costas, mas ela estende a mão e agarra minha camisa.

— Eu quero esse cruzeiro, Josh, e você é mais inteligente.

— Por que acha que sou mais inteligente?

— Vi Adam flexionando os músculos na frente do vidro da janela, fora do carro. Pode chamar de um palpite.

— Hazel, um cruzeiro normal já é ruim. Quer mesmo um bufê coma-quanto-quiser num cruzeiro *econômico*?

— É *de graça*.

— Diarreia nunca é de graça.

Ela se esparrama de volta na cadeira, e sei que vou me arrepender disso.

— *Tá bom* — digo. — Mas você fica me devendo uma. Da próxima vez, eu escolho o que vamos fazer.

Ela se anima no mesmo instante.

— Da próxima vez?

Esclareço com rapidez. Deus, faz dois segundos e ela já parece tão cheia de si.

— *Se* fizermos isso de novo. Olha, posso admitir que foi bom sair de casa. Estava passando tempo demais lá e...

— ... ruminando.

— Não.

— Brincando sozinho, porque ninguém mais quer te fazer companhia?

Lanço um olhar de alerta para ela.

— É possível que esteja certa sobre o *ruminando*.

— É possível — diz ela, com um sorrisinho.

— Além do mais, e não posso acreditar que estou dizendo isso, gosto muito de vencer.

— Eu *sabia*! Sabia que você era tão competitivo quanto eu. — Ela aponta para a minha barriga. — Digo, uma pessoa não consegue um abdômen assim sem muita determinação...

— Tudo bem? — pergunta Adam.

— Claro! — Hazel se inclina mais para perto, pegando no braço dele e abaixando a voz, mas ainda posso ouvi-la. *Todos* podemos ouvi-la. — Ei, tudo bem se eu jogar com o Josh? Ele não é muito bom nesse tipo de coisa, e não quero que ele se sinta mal. Falta de confiança, sabe?

— Eu bem aqui do seu lado — comento, irônico.

— Claro — Cali concorda, empática. — Adam e eu podemos formar uma equipe!

Com isso resolvido, uma Hazel sorridente entrega os cartões. Quando recebo os meus, ela já escreveu o nome da nossa equipe no topo: *Escola de Religião Stephen Hawking*.

A primeira rodada é de cultura pop, e, ao ouvir a pergunta inicial — *O personagem Jar Jar Binks apareceu pela primeira vez em que filme da franquia* Star Wars? —, ela logo anota a resposta correta.

As perguntas voam, e até a quinta rodada damos um jeito de acertar todas.

— Uau — diz Cali, olhando para o nosso total do outro lado da mesa e franzindo a testa ao conferir o deles. — Quem imaginaria que vocês eram tão inteligentes? Acho que o coitado do Josh não precisava de tanta ajuda assim, afinal…

— O que posso dizer? Sou uma enciclopédia de informações inúteis. — Hazel encolhe os braços, inocente, antes de apontar para o palco. — Ah, olha, o Tomás está de volta.

— Nossa próxima categoria e, a julgar pelo número de latas de Budweiser no latão de reciclagem, aquela pela qual muitos de vocês estavam esperando, é esportes!

— Aê! — Adam bate a mão na mesa, derrubando sua cerveja enquanto Cali solta um grunhido. — *Finalmente*, caralho!

— Bom, essa aqui é meio difícil — diz Tomás, olhando para o salão.

— Pode mandar! — berra Adam, cheio de confiança e cerveja.

— Lee Corso, o analista da ESPN, jogou futebol americano na faculdade. Ele frequentou a universidade Florida State em meados da década de 1950 e dividiu o dormitório com outro jogador que alcançaria mais sucesso nas telonas. Quem era o colega de quarto de Lee Corso que ficou famoso?

Adam parece totalmente boquiaberto. Cali parece estar a dois segundos de jogar a toalha. Eu não faço a mais remota ideia de quem seria o Famoso Colega de Quarto do Ex-jogador de Futebol Americano Universitário que Virou Analista da ESPN, mas, quando olho para Hazel, seus olhos estão muito arregalados e vidrados com o que começo a entender se tratar de uma lembrança.

— Eu sei essa… — resmunga ela.

— Como é que você pode saber essa? — pergunta Cali. — Você nem gosta de esportes!

Debruçando por cima da mesa outra vez, Hazel me puxa para perto.

— Meu pai amava Dolly Parton e toda vez que passava ela na TV, ele gravava. Ele assistia reprises do programa dela.

Aguardo, confiante de que ela nos conduzirá a algum ponto útil.

— Certo.

— A resposta é Burt Reynolds. Eu sei.

Recosto-me na cadeira. Burt Reynolds foi meio-campista na universidade Florida State. Caralho, ela está certa. Hazel Bradford é um gênio.

Quando chegamos à última rodada, não consigo acreditar no quanto estou me divertindo. Adam está conversando com uma garota na mesa vizinha, e sinto uma pontada de culpa quando Cali começa a mexer no celular, mas Hazel e eu mal nos contínhamos a essas alturas. Segundo o placar — e com o último cartão ainda não contabilizado —, as duas equipes com mais pontos estão empatadas e precisamos da próxima pergunta para ganhar. Nunca desejei tanto um cruzeiro abominável.

Tomás tira seu casaco e embaralha um conjunto de cartões, aumentando o suspense, enquanto se prepara para fazer a última pergunta.

— Certo — diz ele, falando de modo solene ao microfone. — Chegou a hora. Vai ser morte súbita, então vamos fazer um pouco diferente nesta pergunta. Quando tiverem completado a resposta, por favor, mandem o capitão do time para o palco para podermos conferir se vocês acertaram e são, de fato, os vencedores. Boa sorte, gente!

Ele respira fundo antes de baixar os olhos para o cartão.

— O termo *pronome* abrange muitas palavras. Para a pergunta final, especifique sete tipos de pronomes.

Hazel encosta o lápis no papel e hesita por apenas um instante.

— Eu sei só dois — cochicho, mas ela já está escrevendo. Um segundo depois, arranca sua página, levanta-se da mesa e corre até o palco.

— Muito bem, muito bem. — Tomás pega o papel da mão dela. — Como você se chama?

— Hazel — a voz dela é quase um grasnado ofegante ao microfone. Ela acena para o público, e eu balanço a cabeça, rindo.

— Certo, Hazel, capitão da... — Ele espreme os olhos para o nosso cartão. — Escola de Religião Stephen Hawking? Leia sua resposta para mim.

— Então, Tomás... posso te chamar de Tomás?

— Muitas mulheres me chamam assim — diz ele, com uma piscadinha lasciva.

— Sabe, Tomás, eu sou professora do ciclo básico, mas também tenho uma memória péssima.

— Deve ser algo difícil, Hazel.

— Nem me fale. Por causa disso, estou sempre procurando maneiras de tapear meu cérebro. — Hazel levanta um dos dedos e vai contando enquanto recita: — Pegar Pepeca Dá Trabalho Intenso, Requer Intenção. *Ou*: pessoais, possessivos, demonstrativos, de tratamento, indefinidos, relativos e interrogativos!

Tomás faz uma pausa para conferir a resposta antes de pegar a mão de Hazel e elevá-la acima da cabeça em sinal de vitória.

— Que resposta mais inapropriadamente correta! Hazel, a professora de ciclo básico, e seu parceiro ganharam! Temos um time vencedor!

— Não sei como você conseguiu. — Emily entra na sala com uma tigela de pipoca num braço e uma garrafa de vinho no outro. — Não só fez meu irmão ir a um boteco para um encontro às cegas, como ganhou um cruzeiro tranquiera *e* ele ainda se divertiu. Sem dúvida, você é a Encantadora de Puritanos.

— Ei! — Olho feio para minha irmã.

— Na verdade, eu não o convenci a fazer nada.

Volto-me para Hazel, aninhada no sofá atrás de mim, e abro um sorriso. Hazel: defendendo minha honra, como fazem os bons amigos.

— Nem *precisei* convencê-lo. A natureza competitiva dele tornou muito mais fácil manipulá-lo.

— *Ei!* — Agora, olho feio para Hazel.

Emily solta uma risada, que por sua vez faz Winnie, deitada a meus pés, latir.

— Até você? — pergunto à cachorra, inclinando-me para afagar seus pelos. Ela é uma encrenca igual à dona, um incômodo total, mas mesmo assim... de algum modo, cativante.

— Meu irmão fresco num cruzeiro econômico. Nunca imaginei que veria isso.

— Ah, não comece a se preocupar com ele ainda. — Hazel alonga as pernas apenas o suficiente para invadir meu espaço. — O cruzeiro vai rolar só na primavera. Tenho certeza de que até lá Josh vai achar um jeito de fugir dele.

Com o filme prestes a começar, jogo o controle remoto na mesa e me viro de frente para ela.

— Com essa atitude, boa sorte quando me implorar para que eu te envie Imosec da terra firme.

Dave se junta a nós na sala.

— Têm certeza de que não são casados?

Hazel retorce a cara em uma careta antes de jogar uma pipoca nele. Winnie logo devora a pipoca.

— A única pessoa com quem discuto com tanta tranquilidade assim é a minha esposa — diz ele —, e é uma habilidade que levamos anos para aperfeiçoar.

Contornando o sofá, ele se joga na almofada ao lado da minha irmã. Eles parecem tão à vontade juntos. É difícil não me perguntar se algum dia *eu* terei algo parecido. A julgar pelos meus resultados com Cali, a coisa não parece boa para o meu lado.

Felizmente, tenho pouco tempo para ruminar, porque Hazel mete o pé no meu rim, tentando abrir espaço para Winnie debaixo do cobertor. Eu empurro o pé dela para longe.

— Você sabe que esse sofá tem outro lado, não sabe?

Dave olha para nós, convencido.

— Viu?

— David, que nojo! — Hazel puxa o cobertor. — A gente acabou de comer.

Emily pega um punhado de pipoca e se recosta no sofá.

— Então, voltando ao encontro duplo que deu para trás, o que aconteceu com aqueles dois? Presumo que não queiram ver nenhum de vocês, já que basicamente são dois *nerds* de jogos de trivialidades que planejam nunca mais pegar ninguém.

— Ah, não contamos a melhor parte... — faço menção de dizer, mas Hazel me interrompe.

— O *cruzeiro* é a melhor parte, Jimin.

Eu a empurro da beirada do sofá e continuo:

— Eles foram para casa juntos.

O queixo de Emily cai.

— Não é possível.

— É possível, sim. — Hazel assente, feliz, aterrissada no chão, como se estivesse empolgada por eles. — Passei na frente da minha escola antiga ontem para entregar uma caixa de materiais e vi Cali na sala dos professores passando corretivo num chupão enorme. Quem é que deixa chupões hoje em dia? Francamente.

— Mas vocês vão tentar de novo, não vão? — pergunta Emily, observando Hazel ir para o sofá de novo, invadindo rudemente meu espaço outra vez. — Por favor, não deixe meu irmão voltar para as calças de moletom.

Hazel joga um milho de pipoca na boca e dá de ombros para mim.

— Não sei, o que você acha?

— Assim, de cabeça, não consigo me lembrar de nenhum amigo que eu queira afastar do meu convívio — respondo. — Mas não me oponho a tentar.

Hazel considera minhas palavras.

— É, mais ninguém no meu emprego, antigo *ou* novo. Tenho que manter um fino verniz de atitude profissional. E a maioria das minhas amigas é casada ou gay, ou ainda mais esquisitas do que eu.

Franzo a testa para ela.

— Difícil de acreditar.

— Nós conhecemos um monte de gente! — intromete-se Emily, arrastando-se para a extremidade do sofá e voltando-se para o marido. — Que tal aquela garota adorável no seu quiroprático?

Dave vasculha a memória em busca de um rosto.

— A ruiva? Ela é lésbica.

— Josh não vai pegar ninguém tão já mesmo — diz Hazel —, então não importa.

Emily volta para sua posição de antes.

— Ah! E o seu irmão? Ele se divertiria muito com Hazel.

— Meu irmão está noivo.

Emily lança um olhar penetrante sobre ele.

— David, todo mundo sabe que aquilo não vai durar.

— Ainda assim, talvez seja bom esperar acontecer.

Hazel pega a garrafa de vinho e resmunga para mim:

— Acho que vamos precisar disso.

— E aquele cara no consultório do dentista — diz Dave —, aquele que agenda as consultas? — Ele corre o olhar pelo local. — A gente devia achar um caderninho para anotar isso tudo.

Emily o procura numa gaveta da mesinha de canto, e levanto minha taça para Hazel encher.

Lápis na mão, Emily começa a tomar nota.

— O cara que cuida do seu gramado está sempre brincando com Winnie, Josh. E ele é uma graça.

Dave olha para ela enquanto pega um cookie.

— Ele não tem, tipo, dezenove anos?

— Talvez você tenha razão. — Ela se vira para Hazel. — Haze, você tem algo contra homens mais jovens?

Hazel arrota antes de responder.

— Não.

— Joshy, e você?

— Eu não tenho nada contra homens mais jovens, mas prefiro mulheres. E no mínimo com idade suficiente para dirigir, por favor.

Os olhos de Dave se acendem.

— E se fizéssemos perfis para eles em aplicativos tipo Grindr ou eharmony, ou qualquer outro do tipo?

As sobrancelhas de Emily se juntam.

— Acho que Grindr não é o mais adequado. Deixe-me procurar no Google.

Hazel se recosta em meu ombro, olhando fixamente para eles.

— Eles nem precisam de nós aqui para isso.

Tomo um golinho de vinho.

— Acho que você tem razão.

— Sabe... a minha cabeleireira é bem bonitinha — diz Hazel, pensativa. — E também engraçada. Talvez você goste dela.

— Mesmo?

Ela me encara. Está tão perto que seus olhos cor de uísque parecem mais claros esta noite.

— Ahã. Ela gosta de pescar. Você gosta de pescar?

— Gosto.

— Tenho um horário marcado com ela na semana que vem. — Com uma das mãos, ela puxa o cabelo para o topo da cabeça. — Talvez eu possa falar com ela, que tal?

— Mas e quanto a você? — pergunto. — Se vamos fazer isso, ainda quero que seja juntos.

Hazel abre a boca para responder, mas para. Sigo seu olhar para onde Emily e Dave estão, ambos nos observando.

— Que foi?

— Nada. — Emily se abaixa para anotar algo, e suponho que seja apenas um rabisco à toa porque a flagramos nos encarando. — Vocês são muito fofos juntos.

Hazel fica ereta, aparentando presunção.

— Isso porque nós dois somos loucamente atraentes. — Ela olha para mim. — Mas acho que Josh talvez goste mesmo da minha cabeleireira. Ele só não pode estragar tudo, porque adoro o jeito como meu cabelo está agora.

Levanto minha taça.

— Palavra de escoteiro.

Dave pega no braço de Emily.

— Sabe aquele barista da Heavenly Brews? Aquele que está sempre flertando com você?

Emily levanta as duas mãos em uma postura defensiva.

— Só disse que ele nunca me cobra pela dose dupla de expresso.

— Enfim, eu poderia conversar com ele sobre Hazel. — Ele acrescenta, voltando-se para ela: — Ele até que é bem bonitinho, para um cara. Cabelo escuro, atlético. Nenhuma tendência psicótica óbvia que eu tenha notado, e faz um cappuccino soberbo. Acho que ele está fazendo mestrado ou algo assim.

Hazel balança a cabeça para cima e para baixo.

— Estou interessada. Baristas tendem a gostar de garotas peculiares.

— Temos um plano, então? — pergunta Emily. — Hazel vai conversar com a cabeleireira dela e Dave pode conversar com o barista bonitão. Vamos nos encontrar aqui para finalizar os detalhes?

Hazel oferece a mão e estendo a minha para apertá-la. Isso tudo está se tornando muito… comunitário. Só espero que ninguém fique mais determinado a arranjar alguém para mim do que eu mesmo.

NOVE

Hazel

Infelizmente, passo a manhã do sábado após o encontro número dois procurando uma nova cabeleireira.

Estou passeando por resenhas do Yelp quando Winnie começa a latir, o focinho úmido pressionado contra a janela da sala da frente. Pobre Josh e suas vidraças, antes impecáveis.

Winnie mal consegue se conter e corre de um lado para o outro, o rabo se agitando em fúria e os pés derrapando no piso de madeira. Existem apenas duas pessoas capazes de gerar uma reação dessas. Uma delas acordou com dor de cabeça e voltou para a cama, e a outra é minha mãe.

— Acalme-se — digo, puxando-a pela coleira para poder abrir a porta. — Dá até para pensar que ninguém te dá atenção.

— Aí está ela — cantarola minha mãe. — A minha menina linda e boazinha.

Fico chocada — *chocada*, repito — ao descobrir que ela não está falando comigo.

Winnie dança em volta das pernas de mamãe enquanto ela entra em casa e eu fecho a porta.

— Também fico muito feliz em vê-la, mamãe!

— Deixe disso — diz ela, entregando-me um saquinho branco de papel que tem um cheiro suspeito de muffins de mirtilo. Está tudo perdoado. Dando uma rápida olhada para a cozinha, ela acrescenta: — Vejo que ainda não botou fogo nas coisas.

Faço um sinal de positivo por cima do ombro.

— Até agora, tudo bem!

Graças a Deus meu apartamento em breve estará pronto. Estou empolgada para voltar ao meu espaço, com minha coelha, meu papagaio e meu peixe. Ainda assim, admito que vou sentir saudades de coabitar com meu novo e grande amigo.

Winnie segue mamãe enquanto ela atravessa a sala, ajeitando-se confortavelmente aos pés dela debaixo da mesa da cozinha.

— Cadê aquele mocinho cativante? — pergunta mamãe.

Tiro dois pratos da lava-louças e coloco um muffin em cada um.

— Sabe, a maioria das mães teria mais a dizer sobre a filha delas morando com um cara desconhecido do que comentar sobre como ele é *cativante*.

— Vai me dizer que estou errada?

— Ah, nem um pouco. Mas não deixe aquela carinha te enganar, ele é um pé cativante no saco.

— Deve ser por isso que vocês se dão tão bem — diz ela com um sorriso encantador.

— Há, há, há.

— E aí, cadê ele?

A cafeteira gorgoleja ao fundo, e eu levo os pratos até a mesa.

— Ele voltou para a cama.

Ela olha para o relógio e de novo para mim, os lábios curvados num sorriso de quem entendeu tudo.

— O que você fez com ele?

— *Eu?* — Empenho-me ao máximo para aparentar inocência. Ela não acredita. Flagrada, coloco o bolinho dela à sua frente e me viro outra vez para a cozinha. — Digamos apenas que o encontro número dois foi bizarro.

— Pode me atualizar? Era o cara da cafeteria e... — Ela faz uma pausa quando me vê assentindo. — Ah, meu bem.

— É.

— Vocês estavam entusiasmados para esse. Não foi divertido?

Não sei se eu descreveria como divertido, mas o encontro definitivamente foi algo *digno de nota*.

Partindo do pouco que contei a ele sobre McKenzie, Josh fez os arranjos para passarmos o dia pescando no Columbia. Fiquei tão empolgada que estava de pé, vestida e na cozinha fazendo sanduíches antes mesmo que ele tivesse saído da cama.

Tínhamos combinado de nos encontrarmos e passar pela doca antes do nascer do sol. O barista bonitão — também conhecido como Kota — já estava lá, uma bandeja de bebidas com quatro cafés na mão. Ponto para o moço. Fiz uma anotação mental para agradecer a Dave, porque, olhando para Kota... Dave *não* tinha exagerado.

O céu estava obscuro e cor de *sherbet*, e o ar ainda tinha o frio da aurora quando nos apresentamos. Kota tinha cabelo escuro raspado acima da orelha e pintado de vermelho nas pontas. Ele usava brincos e tinha um trecho de uma tatuagem aparecendo na nuca, acima da camisa. Não vou mentir, fiquei apaixonada.

Aí McKenzie apareceu.

Estávamos ao lado do barco, conversando com tranquilidade enquanto esquentávamos as mãos nos copos de café, quando um Honda Civic vermelho entrou no estacionamento. Reparei que Kota engasgou na história que estava contando de quando Dave comeu um sanduíche de salada de ovo estragado na cafeteria. Mas ele ainda estava falando, e ainda era bonito, então não deixei que isso me distraísse demais.

Ouvi uma porta de carro se fechar, e depois o som de botas estalando pelo cascalho ecoou pela manhã. Virei-me para McKenzie e sorri, acenando com o braço bem alto. Enquanto ela acenava de volta, Josh ficou quieto, obviamente dando uma olhada nela. Presumo que deva ter sido algo assim: *gostosa, corpão, não é doida logo de cara. Estou devendo um favorzão para a Hazel.*

Pelo menos, é como deveria ter sido.

Mas, junto a mim, senti Kota se enrijecer e observei enquanto o reconhecimento apagava seu sorriso tranquilo. Conforme McKenzie se aproximou, vi o mesmo acontecer com o rosto dela também.

Hum.

Decidindo ignorar esse detalhe, adiantei-me para recebê-la.

— Você chegou! — falei, envolvendo-a em um abraço apertado. Ela cheirava igualzinho ao salão de beleza que eu tinha começado a amar e torci para que Josh estivesse prestando atenção enquanto eu ameaçava subliminarmente as bolas dele caso ele desse um jeito de estragar tudo. Afastei-me dela, saltitando um pouco e batendo palmas. — Estou tão feliz que tenha vindo!

— Claro que vim! — Os olhos dela dardejaram por cima do meu ombro, a coluna rígida.

Enfiei meu braço no dela e nos guiei até onde os rapazes estavam.

— Tudo bem?

Ela acompanhou meu ritmo, caminhando ao meu lado e olhando discretamente para mim por debaixo dos cílios.

— Como é o nome daquele cara?

As ondas batiam contra o píer enquanto a maré subia, e uma gaivota grasnou lá no alto.

— Aquele ali é o Josh! O amigo de quem eu lhe falei. Juro que você vai adorá-lo…

— Não, o outro cara.

Olhei para eles e de novo para ela.

— Ele se chama Kota. Você o conhece?

— Mais ou menos — disse ela baixinho, exatamente quando chegamos onde eles estavam.

— Josh, esta é McKenzie.

Josh estendeu a mão para apertar a dela e… *hã*. Deu-lhe seu sorriso mais atraente. Não a versão breve e meiga que ele dá para a pessoa no caixa do mercado, mas aquele que eu amo — aquele que chega até seus olhos e esculpe uma covinha em sua bochecha.

Seu sorriso solar, inesperado.

Calma lá, Josh, deixe ela se acostumar com o ambiente antes de atacar com munição pesada.

— E, Kenzie — falei —, este aqui é…

— Oi, McKenzie — interrompeu Kota, um músculo saltando em seu maxilar.

Josh deu uma olhadinha de soslaio para mim e voltou a se concentrar neles.

— Vocês dois se conhecem?

— A gente saiu algumas vez… — Kota começou a dizer, antes que McKenzie erguesse a mão espalmada.

— Transou. A gente *transou* algumas vezes, e aí ele nunca mais me ligou.

— *Vissshhhhh* — foi basicamente esse o único som que consegui fazer enquanto o desconforto criava uma bolha ao nosso redor. Olhei para Josh em busca de ajuda.

Ele esfregou a palma das mãos.

— Talvez devêssemos nos separar e fazer alguma outra coisa, o que acham?

McKenzie deu um passo à frente, enfiando o braço no de Josh.

— Não é necessário. — Seu sorriso era para ele, mas o veneno na voz era todo para Kota. — Estou aqui com você. — Uma pausa cheia de significado. — Ele não importa.

— Tud… tudo bem. — A súplica por ajuda no olhar de Josh estava tão clara quanto um sinalizador que tivesse sido disparado acima de sua cabeça.

Viramo-nos ao ouvir nosso guia descendo a prancha que levava até a doca, uma prancheta na mão. Demos entrada e fomos recebidos a bordo, onde nos entregaram trajes impermeáveis e botas. Foram feitas apresentações antes de uma breve palestra sobre coletes salva-vidas e onde tínhamos ou não permissão para ficar no barco. Disseram para tomarmos cuidado com as cordas no convés, porque elas estavam em todo lugar e eram perigosas e fáceis de se tropeçar. A expressão *armadilha mortal* foi usada, com essas palavras. Conversamos sobre enjoo devido ao movimento e nos explicaram onde poderíamos vomitar. Encontrei os olhos de Josh por cima da cabeça de Kenzie e fiquei quase zonza ali mesmo ao vê-lo sorrir para mim e dizer em silêncio: *Não nos meus sapatos*.

Piadas de cumplicidade, o sinal de uma verdadeira amizade.

As coisas pareciam bem quando saímos para a água e começamos a pescar.

Prestei atenção em tudo o que o nosso guia falou e fiz como o marinheiro instruiu. Kota estava ao meu lado, emanando seu charme de supergato. Apesar do começo desconfortável, ele era bem divertido. Mesmo assim, era difícil não deixar minha atenção se desviar para onde Kenzie — claramente fazendo uma encenação para Kota — ria e se agarrava ao braço de Josh como se ele tivesse acabado de pedi-la em casamento.

Em certo momento, minha linha fisgou algo e começou a sumir do molinete. O marujo veio ajudar, assim como Josh, mas Kota e McKenzie meio que desapareceram ao fundo. Quando enfim estava com meu peixe pendurado à minha frente, eles tinham sumido.

Josh acabou pegando um peixe e tiramos algumas fotos, mas, quando uma hora havia se passado e nossos parceiros ainda não tinham voltado, devoramos nosso almoço e passamos simplesmente a conversar. Josh me contou um pouco mais sobre as crianças que eles orientavam na clínica, sobre o casamento de Emily e como ele nunca se preocupava com ela, nem por um segundo, porque Dave era quem ele teria escolhido para ela.

Falei um pouco sobre minha mãe, sobre Winnie e minha empolgação para voltar às aulas. Contei a ele sobre quando me encontrei com meu ginecologista na reunião de pais e mestres e ele fingiu não me reconhecer.

— Isso não me parece tão estranho — disse Josh, debruçando-se para conferir sua linha. Às vezes um esturjão se fazia notar saltando à distância, mas bem longe dos anzóis. Pelo menos por enquanto.

— Por que eles fazem isso? — perguntei, observando o corpo brilhante se agitar no ar antes de cair com um esguicho de água. — Entendo que façam isso quando estão presos no anzol; eu também me debateria. Mas isso parece tão contraprodutivo. Tipo, você é um peixe e tem gente tentando te encontrar. Esconda-se!

Josh riu e colocou os cotovelos na amurada do barco. Ele era tão bonito. Quando superasse essa história com Tabby, haveria uma fila de mulheres. Agora, porém, ainda podia ver a introspecção tensionando seus ombros, fazendo a hesitação que ele sentia se espalhar por cada um de seus traços.

— Não sei se alguém já perguntou isso diretamente aos esturjões, mas acho que é para limpar as guelras… Ou talvez evitar predadores.

Espremi os olhos, fitando a distância.

— Talvez seja só divertido.

Josh ficou quieto e me virei, encontrando-o já olhando para mim.

— Nunca pensei no assunto por esse ângulo. — Ele voltou a olhar para o rio; a água tinha ficado um pouco mais agitada e nos inclinamos mais na direção um do outro, em uma preparação instintiva. — Não acredito que estou incentivando essa conversa, mas você estava contando sobre o seu ginecologista que fingiu não te conhecer, e fiquei curioso de verdade para saber o final da história.

— Aí eu parei no meio do ginásio de esportes e sorri para ele. Não meu sorriso de cortesia, meu sorriso de verdade. E ele simplesmente passou batido.

— Talvez não tenha te visto.

— Tenho certeza de que me viu. Não me entenda mal, eu encontro toda hora com caras que já viram minha vagina e fingem não saber quem eu sou. As coisas não dão certo, e tá tudo bem. Mas eu *paguei esse cara.*

Os cantos dos lábios de Josh se curvaram para baixo.

— Talvez ele estivesse ocupado. Talvez não quisesse misturar negócios com lazer. Já vi você evitando alunos quando estamos passeando.

— Isso é diferente, e eu só ignoro os pestinhas, ou os pais deles, se não estiver usando sutiã. — Josh balançou a cabeça, mas eu prossegui, ansiosa para fazê-lo compreender meu argumento. — Não deveria haver um certo nível de reconhecimento público quando você já viu os órgãos genitais de alguém?

Josh me olhou com a mesma expressão que usa quando está torcendo para eu não ter dito algo, mas tem praticamente certeza de que eu disse.

— Ai, meu Deus, Hazel. — Desta vez, porém, seu sorriso era amplo demais para conter. — E aí, o que você fez?

— Nada — falei, os ombros murchando. — Acho que essa foi uma história bem anticlimática.

— Até que não. Pelo menos agora eu conheço o protocolo do dia seguinte, se um dia virmos os genitais um do outro.

— O que não vai acontecer.

— O que definitivamente não vai acontecer — concordou ele, e então se virou para o ponto de onde vinham vozes em um tom elevado.

Kota caminhava em nossa direção, as mãos na frente do corpo enquanto terminava de fechar o zíper da calça.

Só podia estar de brincadeira comigo.

— Então é isso? Vai simplesmente sair andando outra vez? — Kenzie tropeçou um pouco enquanto atravessava o convés atrás dele, o barco oscilando na água agitada. O cabelo dela estava uma bagunça, o colete salva-vidas solto e retorcido no torso. Não era preciso ser um gênio para decifrar o que eles tinham aprontado. — A propósito, eu estava fingindo.

Kota se deteve, virando-se devagar para ela.

Prendi o fôlego.

Josh soltou um assovio baixo, embaraçado.

— Não foi o que pareceu — disse Kota.

Josh se afastou da amurada.

— Tudo bem por aí?

Kenzie parecia prestes a soltar fogo pelas ventas, e se aproximou o bastante para espetar o peito de Kota com o dedo.

— Como eu disse, estava *fingindo*. Você não deve ser capaz de identificar a diferença porque está acostumado a ouvir isso.

Kota afastou o dedo dela.

— Foi exatamente por isso que parei de te ligar. Você dá trabalho demais.

O que veio a seguir aconteceu meio rápido. McKenzie foi para cima de Kota, e Josh tentou se interpor entre os dois. Foi um borrão de coletes salva-vidas e eu gritando sobre cordas e armadilhas mortais, no momento em que o barco deu uma guinada para cima. Eu acabei caindo com o traseiro no chão e, quando fiquei de pé outra vez e olhei ao redor, Josh tinha sumido.

— Ele caiu no rio? — Mamãe me encara, o café da manhã abandonado no prato.

— Foi. Ele estava com o colete salva-vidas e conseguiram tirá-lo da água, mas ele bateu a cabeça num dos pontilhões de aço quando caiu.

— Ai, meu Deus! Ele tá bem?

— Tô bem. — Josh entra devagar na cozinha, um novo hematoma do tamanho de um morango na testa. Winnie o segue com uma expressão de culpa. — Só um pouco lento para começar esta manhã. E, caso estejam se perguntando, é difícil dormir quando se tem em cima do peito uma cachorra de quase trinta quilos.

— Ela te ama — digo.

Ele me olha com um sorriso cansado, mas mal contido.

— O amor dela é quase tão sufocante quanto o seu.

Abro um sorriso espetacular para ele da outra extremidade da cozinha.

— Você diz as coisas mais belas.

Mamãe puxa uma cadeira.

— Josh, meu bem, sente-se. Trouxe café da manhã, e Hazel estava passando um café. — Para mim, ela acrescenta: — Já acabou de causar concussões neste menino ou devemos nos preparar para uma terceira?

Faço menção de protestar, mas Josh fala antes que eu possa.

— Eu estou bem, de verdade — insiste, mas se senta mesmo assim. — Só estou feliz por ter tomado banho ontem à noite, antes de me deitar. Quem diria que o rio cheirava tão mal?

Estendo o braço e coloco um prato na frente dele, pressionando um beijo cuidadoso no lado sem hematomas de sua cabeça.

— Acho que foi menos o rio e mais o cobertor fedendo a peixe em que te embrulharam depois de tirá-lo da água.

Uma vez aprendida a lição sobre permitir que nossos círculos mais estreitos se cruzem, para o terceiro encontro lançamos uma rede bem mais ampla... digamos assim.

No domingo depois de nosso passeio desastroso com Kota e Kenzie, eu conheci Molly no ônibus que me levou à feira de produtos direto da fazenda, onde gastei praticamente um salário comprando verduras e outros produtos para fazer um jantar elegante em agradecimento por Josh ter me deixado ficar com ele nos últimos dois meses. Embora Molly seja uma desconhecida, ela também é *linda*, além de representante de vendas de uma empresa local de cosméticos orgânicos. Preciso admitir que tenho um motivo ligeiramente escuso aqui: Molly é amistosa e foi tão encantadora quanto se pode ser durante um único passeio de ônibus de dezesseis minutos pela cidade — então, sim, acho que Josh vai gostar dela. Mas o delineado gatinho de Molly também é *perfeito*, e, mesmo que as coisas não deem certo entre ela e Josh... bom, pelo menos posso pegar umas dicas de maquiagem durante o jantar, certo?

Segundo Josh, a pessoa com quem vou sair — Mark — é um ex-cliente dele, e Josh tinha apenas referências excelentes sobre ele. Ao que parece, Mark é alto, bonito e um cara genuinamente bacana. Eles não se veem há algum tempo, mas Josh tem certeza de que vamos nos dar bem.

No final, Josh tinha razão em tudo: ele era alto, bonito, e sem dúvida nos demos bem, mas houve uma pequena surpresinha...

Mark está começando a transição para Margaret, e pensou que estava combinando um encontro com *o* colega de quarto de Josh.

No final, Josh ligou para ela de seu carro, e a recepção estava meio falha pelo caminho. Margaret certificou-se de esclarecer que Josh a tinha ouvido quando explicou que as coisas estavam um pouco... *diferentes* com ela hoje em dia, mas, com a ligação de Josh picotando e sem fazer ideia dos detalhes que havia perdido, ele a tranquilizou com um "É, com certeza. Eu te mando uma mensagem com a hora e o lugar", e desligou.

Pode não ter saído totalmente de acordo com o plano, mas tivemos *mesmo* uma noite ótima, e meu delineado nunca esteve melhor.

Meu apartamento fica pronto duas semanas antes da volta às aulas, durante o último suspiro úmido de verão.

Por mais feliz que Josh tenha ficado por ter Winnie e a mim fora de seu espaço organizado, tenho certeza de que ele deve quase sentir saudade da gente.

Um pouquinho.

Digo isso porque, no último dia, acho que até Josh estava surpreso ao ver como tinha começado a parecer normal morarmos juntos. Barulhento? Sim. Caótico? Sem dúvida. Mas também: confortável. Ousaria até dizer... *fácil?*

Num dia comum, Josh se arrastava para fora da cama, Winnie o seguindo, sonolenta, para encontrar a xícara de café que eu já havia servido a ele no balcão. Eu fazia uma versão de comida queimada para o café da manhã, e conversávamos enquanto comíamos, trocávamos mensagens o dia todo, e depois chegávamos em casa, jantávamos juntos e pegávamos no sono assistindo à TV. Era o mais próximo de estar num relacionamento normal que já estive. Acho que também foi bom para Josh: o nome Tabby não surgia há semanas.

Sempre amei meu apartamento *e* morar sozinha, mas, quando passo pela porta recém-pintada e me detenho sobre o piso novo de madeira para avaliar o que haviam feito, é impossível não notar a sensação de vazio.

Winnie parece ter chegado a uma conclusão semelhante. Farejando um caminho porta afora, ela prescreve um círculo rápido pela sala e sai outra vez, emitindo um suspiro pesado, e depois se esparrama no capacho da entrada.

— Entendo o que quer dizer — digo a ela, abrindo caminho e largando minhas sacolas no sofá recém-entregue. Tirando ele, não há muitos móveis. Muitos deles tinham sido destruídos quando o cano estourou, e a maioria do que podia ser salvo estava tão velho que não valia mesmo a pena resgatar. Como toda pessoa que eu conheço na casa dos vinte anos, encomendei esse novo na Ikea, mas ele parece estar a um milhão de quilômetros do couro macio e gasto da sala de Josh.

Winnie está relutante em admitir que é aqui que vamos ficar. Mesmo depois que consigo persuadi-la a entrar, ela insiste em acampar perto da porta. Teimosa. Desempacoto algumas coisas e ajeito o restante dos animais, coloco lençóis novos no colchão novo e inspeciono os acessórios atualizados no banheiro e os armários da cozinha. Sem nada além de ração para os bichos em casa e nenhuma vontade de corrigir isso esta noite, peço delivery e me dedico a desembaraçar cabos e fios, e instalar a TV outra vez.

Estou no estágio do processo de instalação de tecnologia em que solto gemidos e me deito de barriga para baixo no piso da sala, quando meu telefone toca no canto em que o joguei, não muito tempo atrás.

Foi esquisito não tropeçar nos seus sapatos quando cheguei em casa.

Sabia que ia sentir saudades.

Talvez, um pouquinho.

Quero dizer, quem é que vai usar toda a água quente todas as manhãs?

Esquece meu número.

Tô brincando.

A casa parece meio vazia.

A afeição oprime meu coração, mas a afasto antes de começar a digitar a resposta.

> Winnie tá toda tristonha e não quer sair de perto da porta.

> Acho que ela tá com saudade de você.

A Winnie. Claro.

> Você sabe como ela vira um grude.

Como tá o apê, aliás?

Penso um pouco antes de responder, correndo os olhos pela sala de estar limpa e clara. Paredes vazias, uma pilha de caixas que precisam ser abertas, uma labradoodle descontente. Suponho que poderia ser pior.

> Bem bom. Um pouco pelado, mas a gente chega lá.

Eu ia passar aí, mas achei que você preferiria se ajeitar antes.

Manda uma foto.

Tiro algumas fotos, inclusive uma em que metade da minha cara ocupa a maior parte da tela, e outra em que uma massa de cabos emaranhados repousa perto de uma TV triste e escura.

Como Josh é protetor, meu telefone toca quase de imediato.

— Casa de Hedonismo da Hazel.

— Quer que eu vá te ajudar? — pergunta ele, e há um sentimento dentro do meu peito. Vitória, sim, porque estava torcendo para ele vir, mas também tem outra coisa. Como uma chuva morna, um cobertor quentinho. Quero muito vê-lo. E a Winnie também. Olha só pra ela. — Posso instalar a TV enquanto você faz as outras coisas.

Como uma mulher forte e independente, deveria recusar, dizer que eu mesma vou cuidar disso — o que eu faria, em algum momento —, mas hoje é dia de *RuPaul's Drag Race*, e uma recusa seria inconveniente, além de tolice.

— Pedi o jantar — digo, em vez disso. Mais do que suficiente para duas pessoas, agora que paro para pensar. — Winnie vai ficar feliz em te ver. Talvez o mau humor dela até desapareça.

— Deixa só eu tomar um banho, chego aí em vinte minutos.

— Fechado. Provavelmente ainda estarei neste mesmo lugar quando você chegar, então pode ir entrando.

— Entendido. Ah, e Haze?

Abro um sorriso junto do telefone.

— Sim?

— Diga para a Winnie que eu também senti saudade dela.

DEZ

Josh

Depois de ajudar Hazel a levar as coisas para sua nova sala de aula, mal a vejo por dias — o que, levando em conta que ela saiu daqui há uma semana, é estranhamente desorientador. Meu status mudou de "em um relacionamento longo" para "solteiro", e então minha vida virou de cabeça para baixo com o surgimento de uma colega de quarto em questão de dias. Era de se imaginar que ficaria feliz por ter meu espaço de novo, sem ter que me preocupar com o que outra pessoa está fazendo — ou queimando. Era de se imaginar que estaria preparado para encontrar certo nível de novo normal. No entanto, quem pensasse assim estaria enganado.

Quem diria que eu ia achar o normal tão entediante?

Da mesma forma que vi minha irmã fazer uma dezena de vezes, Hazel mergulha numa zona intensa de foco, coisa de professora, e não tenho o direito de criticá-la por ser tão focada. Pelo que posso deduzir observando seu júbilo contagiante ao decorar as margens dos seus quadros de avisos, a volta às aulas do começo do ano é melhor do que o Natal e o aniversário juntos.

— Amo pra caralho ser professora — diz ela ao telefone, pouco depois da Noite de Volta às Aulas, antes do primeiro dia. Não sei se algum dia já ouvi o mesmo entusiasmo vindo de Em, mas Hazel é Hazel. Ela ama com intensidade. — Sou um desastre noventa por cento do tempo, mas alunos do terceiro ano são a minha cara.

— Não me surpreende — digo a ela. — Assim como as crianças de oito anos, você também tem dificuldade para pegar as coisas nas prateleiras mais altas e para se lembrar de ir ao banheiro antes de passeios longos de carro.

— Valeu, Jimin.

Um órgão pequenino e desconhecido em mim dói pelo fato de termos uma conversa tão familiar pelo telefone, em vez de no mesmo sofá.

No dia seguinte — o primeiro dia de Hazel como professora em Riverview —, sou saudado por um zumbido constante e agudo enquanto passo pelas portas. Parece um pouco com um enxame, emanando pelo corredor e vindo da cafeteria. A sala de aula da Hazel é a número 12, então, depois de acenar para um Dave em frangalhos pelo primeiro dia de aula através do vidro do escritório do diretor, e dar uma espiada em minha irmã enquanto ela lida com um amontoado caótico de alunos do quinto ano, sigo pelo corredor para a porta coberta de pacotinhos de molho de pimenta e as palavras *Aqui Você "Taco" Conhecimento!*

Pela janelinha, posso vê-la à frente da sala, observando os alunos trabalharem de maneira independente, e me pego rindo. Essa é a Hazel — é claro que ela vestiria algo assim. Seu vestido azul é preso na cintura por um cinto decorado com maçãs vermelhas e livros coloridos. Ela lembra muito a srta. Frizzle, de *O Ônibus Mágico*, um visual que eu não teria imaginado que me atrairia, mas basta bater o olho no pescoço longo e delicado de Hazel e no brilho de seu rabo de cavalo e… bem, aqui vamos nós.

Ela me vê do outro lado do vidro, abrindo um sorriso amplo antes de se aproximar — apesar de eu acenar indicando que posso esperar até a classe estar no refeitório para o lanche. Os olhos dela são todos uísque e flerte. Seus lábios, uma cereja selvagem. Algo dentro de mim estremece.

— Bem-vindo à *fiesta*! — Brincos de lápis de madeira balançam com o movimento alegre de sua cabeça.

Eu lhe entrego uma maçã e um buquê de girassóis embrulhado em celofane.

— Pensei em encontrar você na hora do intervalo. Queria te desejar um feliz primeiro dia.

Ela pega as flores e as abraça junto ao peito.

— Você já fez isso quando me mandou mensagem hoje cedo!

— Bem, fico feliz por ter decidido fazer o serviço completo, senão teria perdido tudo isso. — Gesticulo, indicando-a dos pés à cabeça, onde, por acaso, há uma traça de cerâmica afixada em seu cabelo.

Ela dá uma voltinha.

— Gostou? É a minha fantasia tradicional de primeiro dia de aula.

— E pensar que minha irmã está usando só um cardigã novo. Como foi até agora?

— Muito bom! Sem nenhum colapso nervoso e apenas um incidente no espirobol durante o intervalo. Os alunos estão anotando seus objetivos para o ano. Quer entrar e conhecê-los?

Estou no meio da minha negativa quando ela estende a mão para minha jaqueta e me puxa para dentro.

— Classe. — Vinte e oito pares de olhos se erguem dos papéis e se concentram totalmente em mim. — Quero que conheçam meu melhor amigo, Josh.

Há um coro combinado de *ooooh* e um único rebelde que grita:

— E aí, ele é seu namorado?

Segue-se o som de risadinhas.

Hazel inclina a cabeça de modo estudado, e a sala silencia com rapidez.

— Josh é um convidado em nossa sala, por isso devemos tratá-lo com a máxima educação, mas ele também é irmão da senhora Goldrich. Vamos todos dar as boas-vindas ao nosso novo amigo.

— Bem-vindo, amigo! — eles dizem em uníssono, e, sem o escândalo de um namorado obcecado para prender a atenção deles, logo perdem o interesse e voltam para seus projetos.

— Muito bom trabalho, senhorita Bradford. Isso foi impressionante — digo a ela. — Você é incrível no comando de humaninhos. Só falta agora conseguir fazer isso com a Winnie.

— O único jeito de fazer Winnie me ouvir é colocar um bagel na cabeça — diz ela, e se vira para depositar as flores em sua mesa. — E obrigada de novo por elas. No que diz respeito a grandes amigos, você só perde para um unicórnio, Josh Im.

— Queria ver você no seu hábitat, e isso me deu uma boa desculpa para passar e informar sobre um desdobramento na saga de encontros duplos de Josh e Hazel.

— Olhaaa! — Ela bate palmas, observando enquanto saco meu telefone.

— Meu amigo Dax é veterinário e cria pôneis Shetland ou algo assim em Beaverton. E é bem bonitão, também.

Abro meu aplicativo do Facebook e procuro pelo nome dele.

— Você tem um amigo veterinário com pôneis e só agora me conta sobre ele? Um texugo falante imaginário retomou o segundo lugar na hierarquia dos grandes amigos.

— Eu me esqueci completamente — digo, clicando no perfil dele, dando zoom na imagem para que ela possa visualizar. — Frequentamos o ensino médio juntos, e ele apareceu em minha timeline hoje cedo.

Hazel se inclina para ver mais de perto.

— Ele vai levar um pônei no encontro?

— Sempre é possível pedir.

Ela pega meu telefone e observa as outras fotos dele.

— Ele não tem aparência desagradável e a perspectiva de futuros passeios de pônei ajuda.

— Devo ligar para ele? — pergunto, analisando-a.

Ela me devolve o telefone.

— Estava pensando em convidar a salva-vidas que trabalha em minha piscina — diz ela em resposta, os lábios franzidos enquanto considera. — Ela parece bem legal *e* pode salvar sua vida se você cair no rio outra vez.

— Eu não *caí* no rio, fui meio que empurrado.

— Pela gravidade.

Ignoro o comentário.

— Talvez possamos marcar algo para sexta-feira, que tal?

— Vou passar na piscina a caminho de casa e te aviso.

O ruído na sala de aula atrás de nós está subindo, e sei que essa é minha deixa para deixá-la em paz.

— Legal, vou conversar com Dax e aí podemos combinar.

É apenas quando estou de volta ao meu carro que registro a razão pela qual havia pensado em outro encontro duplo: quero passar mais tempo com Hazel.

Quando chego em casa na sexta-feira à noite, fica evidente que Hazel já está lá dentro. Posso ouvir a TV assim que entro na garagem, e grito:

— Querida, cheguei!

Winnie derrapa em uma curva ao me ouvir, quase me derrubando enquanto tiro os sapatos. Senti saudades dela, mas, como cão de guarda, ela é terrível.

Hazel endireita o corpo quando entro na sala de estar e sorri para mim por cima das costas do sofá.

— *Hola, señor.*

— Desculpe o atraso. — Nosso encontro com Dax e Michelle é hoje e tenho tempo apenas para tomar um banho e trocar de roupa se quisermos chegar a tempo para nossa reserva. — As consultas foram atrasando, e fiquei enrolado com umas coisas de plano de saúde.

— Meu apartamento estava um tédio, por isso decidi vir para cá. E ainda bem, porque a sua mãe acabou de sair. — Ela levanta uma tigela fumegante e um par de palitinhos. — E ela trouxe comida!

Eu me debruço por cima do sofá para ver o que ela está comendo e meu estômago ronca.

— Você sabe que a gente vai jantar daqui a, tipo, uma hora.

— Eu te desafio a encarar a comida da sua mãe e recusar. — Hazel leva uma tira de bife com cebolinha à minha boca e eu solto um gemido enquanto mastigo. Deveria estar me arrumando; em vez disso, ajusto a mão dela nos palitinhos, aceito mais um bocado, e dou a volta no sofá para me sentar a seu lado.

— Quando ela foi embora?

Hazel se separa da comida apenas tempo suficiente para responder:

— Há uns vinte minutos? Mas ela ficou aqui um tempinho. Mostrou algumas fotos embaraçosas suas de quando era bebê e conversamos sobre como você trabalha demais e tem muitos pares de tênis pretos. — Ela ri enquanto mastiga. — Gosto muito dela.

Isso chama minha atenção, e meu olhar se volta para ela. Posso contar nos dedos da mão quantas vezes *umma* e Tabby estiveram juntas sem mim, e Tabby se certificava de reclamar de cada uma delas o máximo possível depois. Ela nunca se importou em conhecer os meus pais. E, com certeza, jamais *gostou* deles.

— Acho que é conveniente ela gostar também de você.

— É claro que gosta — diz Hazel, entregando-me a cumbuca e rindo quando ataco de imediato. — Joguei frutas nela na primeira vez em que a vi, e sou a única que comeu aquele peixe fermentado fedido que ela fez na outra noite. Segundo sua irmã, eu sou no mínimo metade coreana agora.

— Aquilo se chama *hongeo* e nem eu como. — Pego outro bocado e ofereço um para Hazel. Foi um dia longo, e uma noite fora de casa soa menos atraente a cada minuto. — *Umma* gosta de você porque você é bizarra, encantadora e permite que ela se preocupe um pouco menos com o fato de que eu vá morrer sozinho e em sofrimento.

— Sozinho e em sofrimento. — Ela bufa. — Já se olhou no espelho? Só precisamos aprimorar o processo de busca.

Aplausos vindos da TV chamam minha atenção, e só agora reparo no que ela está assistindo.

— São as Olimpíadas de… Londres?

— Adoro os programas de destaques. — Quando arqueio uma das sobrancelhas, desconfiado, ela suspira, os ombros se afundando contra o sofá. — Não consegui encontrar o controle remoto.

— Você chegou a procurar? Provavelmente sentou em cima dele de novo.

Faço menção de me levantar, mas ela me impede, colocando a mão em minha barriga.

— Você não pode trocar de canal agora, estou interessada!

— Haze, temos que ir.

— Então grave isso para mim.

— Você sabe que pode ver no Google como isso terminou, não sabe?

Ela me faz uma careta de Muppet ranzinza.

— E qual é a graça disso? Pesquisar resultados olímpicos no Google corta o barato de qualquer um.

— Ou poupa o tempo, sei lá. — Levanto-me do sofá. — Vamos. Vou me arrumar rapidinho.

Tenho uma impressão incômoda por ter arranjado um encontro entre Dax e Hazel no momento em que colocamos os pés no restaurante e ele a vê. Claro, não sou especialista na grande variedade de expressões humanas, mas aquela leve dilatação das narinas e o franzido na testa quando os olhos dele se arrastaram para ela — seu indefectível coque alto, regata com estampa imitando couro de vaca e saia jeans desfiada com botas verdes de caubói — não podem ser um bom sinal.

Apertamos as mãos, nos apresentamos e seguimos a *hostess* até nossa mesa bem no meio do restaurante movimentado. Hazel alisa a saia sobre as coxas e se vira para Dax, sorrindo. Em meu peito, o coração se derrete com o esforço que ela dedica a cada pessoa, mesmo àquelas que a olham como se ela fosse inferior.

— E então — diz ela —, de onde você é, Dax?

— Michigan, originalmente. — Ele se debruça na mesa, cruzando as mãos. — E você, morou em Oregon a vida toda?

Michelle é bonita e, sendo salva-vidas, é claro que está em forma. Porém, mesmo que pareçamos ter muito em comum, não consigo prestar tanta atenção nela quanto gostaria, considerando que o que ouço do outro lado da mesa lembra mais a Inquisição Espanhola do que o diálogo Quero Te Conhecer Melhor.

Dax quer saber sobre os parentes de Hazel, seu emprego, sua casa. Ele lhe pergunta se planeja comprar uma casa ou continuar pagando aluguel. Parece preocupado por ela não saber que tipo de plano de aposentadoria o universo escolar oferece.

Enquanto Michelle e eu batemos papo, escuto Hazel respondendo às perguntas dele com alegria, até acrescentando uma ou outra anedota sobre sua mãe ("Ela é muito afinada para cantar, mas só no chuveiro"), seu apartamento ("Ele inundou feito um oceano dois meses atrás... talvez seja por isso que todos os meus sonhos agora envolvam estar num barco"), e seu emprego ("Dois dias atrás voltei para casa cheirando a seiva de árvores, e não faço ideia do motivo. Terceiro ano, cara"). Entretanto, apesar de todos os seus esforços para ser amistosa, Dax continua a responder às perguntas que ela contrapõe com uma só palavra — às vezes, até monossílabos.

Quando Hazel se levanta para fazer um telefonema, Dax encontra meu olhar e faz cara de desespero, querendo, segundo acredito, me comunicar algo como *Uau, esta é maluca*, mas finjo não entender.

— O que foi? — pergunto, notando o traço agressivo em minha voz.

Ele ri.

— Nada. É só...

— Só *o quê*?

Posso sentir Michelle olhando para mim, e a tensão esquisita sobe no ar como fumaça.

— Ela é... hã... um tanto excêntrica para o meu go... — Dax fecha a boca no mesmo instante em que Hazel volta para a mesa.

Ela se joga na cadeira e explica:

— Desculpem. Era minha mãe. Ela comprou botas novas, e acho que ia continuar me enchendo de fotos até eu ligar pra ela e concordar que são incríveis. — Dando uma garfada na comida, ela acrescenta: — Só para registrar, elas são mara. São turquesa, com apliques em formato de conchas no contorno do topo, e aposto que elas a fazem se sentir como uma deusa unicórnica feérica quando está cuidando do jardim. Apesar de serem, tipo, botas de caubói.

Dax morde o lábio, franzindo o cenho para a mesa. Embora Hazel esteja lidando com ele com a alegria despreocupada que é sua marca registrada, quando ele se levanta para ir ao banheiro, minutos depois, ela busca meu olhar e finge que está virando uma garrafa inteira de algo alcóolico.

— Nossa — resmunga.

— Ele parece um pouco… intenso — murmura Michelle, fazendo uma careta para Hazel.

Hazel sorri, jogando um nacho na boca.

— Um tantinho. Pensei que ele criasse pôneis. Como alguém pode ser tão rabugento criando *pôneis*?

— Desculpe. — Estendo a mão para o outro lado da mesa, apertando a dela. — Podemos passá-lo para a pilha do Nunca Mais.

Dax retorna e dá uma olhada rápida no prato de Hazel, onde restam apenas um pouquinho de feijão e o último bocado de sua *enchilada*.

— Você comeu tudo aquilo?

Ela o encara por um segundo longo e contínuo. Dentro do meu peito, o coração parece um pedaço de carvão em brasa. Assisto quando ela força um sorriso em seu rosto.

— Nossa, comi pra cacete! Meu jantar estava incrível *pra caralho*.

Dax levanta o copo e, se é que é possível tomar um gole de água repleto de reprovação, é o que ele faz. Coloca o copo cuidadosamente na mesa antes de erguer a cabeça.

— Seria justo de minha parte dizer agora que não acho que essa seja uma boa combinação?

Ele não diz isso apenas para Hazel; diz para mim, para a mesa toda, e o silêncio recai sobre nós quatro.

— Tá falando sério? — Michelle parece não conseguir mais se conter e joga o guardanapo no burrito pela metade. — Tenho certeza de que Hazel se sentiu exatamente assim no minuto em que você perguntou sobre o plano de aposentadoria dela. — Ela se vira e pousa um olhar severo sobre mim. — Josh? Você parece um cara bacana. Mas posso lhe dar um conselho? Está com a pessoa errada no encontro de hoje.

Levantando-se, ela faz um aceno desanimado para Hazel antes de sair.

Dax ergue o guardanapo, usando-o para limpar a boca em tranquinhos.

— Boa ideia, Josh, estimativa errada. — Ele também se levanta, pega a carteira e tira de lá uma nota de vinte. Sorrindo para mim como se não houvesse nada de errado, ele diz: — Vamos almoçar juntos esta semana?

Encontro o olhar de Hazel. É neste momento que me dou conta de que a conheço quase melhor do que ninguém, exceto talvez por Aileen. Ela exibe uma expressão cautelosamente ensaiada de indiferença e divertimento, mas, por dentro, está arrancando os olhos dele com as unhas.

Ele permanece imóvel, esperando minha resposta.

Contente, digo:

— Vá se foder, Dax.

— Eu me sinto como se tivesse saído na mão com alguém hoje — diz Hazel, seguindo-me para dentro de casa. Ela se larga no sofá. — Dax vai exaurir uma mulher decente algum dia.

— Ele era legal. — Deixo minhas chaves na tigela perto da porta e tiro os sapatos. — Ou talvez ele sempre tenha sido um escroto e eu é que nunca estive por perto dele quando havia mulheres envolvidas.

— Muitos caras são ótimos com outros caras, e idiotas de marca maior com mulheres.

Detenho-me a caminho da cozinha, inclinando-me para plantar um beijo na testa dela.

— Sinto muito, Haze.

Ela agita um braço cansado e aponta para a televisão, indicando que deseja que eu a ligue. Enfio a mão por baixo da almofada do sofá onde ela está sentada e retiro de lá o controle remoto, entregando-o para ela.

Sigo então para a cozinha e lembro de imediato que minha mãe tinha vindo aqui mais cedo. Meu estômago volta à vida, roncando; basicamente, fiquei revirando minha tilápia Veracruz no prato, preocupado demais com Dax e Hazel para comer.

Era isso que Michelle queria dizer ao se despedir? Que o encontro deveria ser entre mim e Hazel?

Uma onda de calor sobe ao meu rosto, como se eu tivesse dito isso em voz alta e Hazel tivesse me ouvido. Na bancada, a panela de arroz está cheia e na programação para manter o conteúdo aquecido. Na geladeira, encontro prateleiras cheias de Tupperware e potinhos de manteiga reaproveitados, todos rotulados com o que tem lá dentro e até que data o conteúdo deve ser consumido. Há até alguns com o nome da Hazel, presumo que cheios de arroz frito com *kimchi*, o prato preferido de Hazel.

Como se pudesse ler minha mente, ela grita da sala:

— Não coma meu arroz frito!

Olho para ela pela lateral da porta do refrigerador.

— Então por que você comeu meu *bulgogi*?

Ela faz a cara mais dramática de *que burro, hein?*

— Porque não tinha seu nome nele!

Pego um dos recipientes, distribuo em duas tigelas e as coloco no micro-ondas, apanhando duas cervejas quando a comida está pronta, e carrego tudo para a sala.

Hazel está assistindo ginástica olímpica do ponto em que havia parado e, na tela, um grupo de jovens atletas caminha de um lado para o outro ansiosamente nas laterais enquanto aguardam o momento de se apresentar. Já conheço os resultados — vi as pontuações quando isso foi ao ar, anos atrás —, mas não consigo evitar uma careta mesmo assim quando a terceira garota perde o equilíbrio e aterrissa com força em um dos pés.

Espio a tela entre os dedos.

— Não tem mais nada passando?

Hazel vai até a beirada do sofá e se vira para mim.

— Você gosta de condicionamento físico, como pode não gostar disso?

— *Gosta de condicionamento físico?*

— Você sabe o que quero dizer.

Uso meus palitinhos para apontar para a TV.

— Porque olhe só para isso. Esse negócio acaba com o seu corpo.

Hazel olha de relance para a tela.

— Você quer dizer, tipo, ossos quebrados, essas coisas?

— Sim. Mas também no longo prazo. Essas crianças começam tão pequenas, e esse tipo de esforço e treinamento são difíceis para corpos em crescimento. Fraturas por estresse podem ocorrer depois, em outra fase da vida, porque o percentual baixo de gordura corporal pode levar à puberdade tardia e ossos mais fracos. Pode até prejudicar o crescimento. Sem mencionar o esforço genuíno ao qual o corpo está sujeito. Esses punhos e tornozelos fininhos não foram feitos para esse tipo de impacto.

Ela franze a testa.

— Nunca pensei nisso por esse ângulo. Elas parecem tão em forma. Como maquininhas musculosas.

— E elas estão em forma. Isso é parte do problema. Elas treinam sem parar, e esse estilo de vida extenuante é quase impossível de manter. Por que você acha que a maioria das ginastas se aposenta com vinte e tantos anos?

— Mas aí elas podem ir atrás de uma carreira totalmente nova. Eu deveria ter feito ginástica. Aposto que poderia fazer agora.

— Você tem o quê? Vinte e oito?

Ela toma um susto.

— Vinte e sete.

Solto uma risada ao ver o vestígio de um insulto em seu rosto.

— Tá, vinte e sete. Aposto que você virava estrelinhas o tempo todo.

— Está brincando? Constantemente.

— Mas talvez não pudesse fazer isso tão bem agora. Nosso centro de gravidade muda e, mesmo que ainda estejamos fortes e em forma, nos tornamos menos flexíveis conforme ficamos mais velhos.

Ela franze a testa para mim.

— Está me chamando de velha?

Coloco minha cumbuca na mesinha de centro à nossa frente antes que ela me faça vestir o conteúdo.

— *Mais* velha, não velha.

Hazel deposita a tigela perto da minha e fica de pé, estendendo a mão para mim.

— Vem comigo.

— Como assim? — Ela ergue uma das sobrancelhas em provocação, mas não dá mais detalhes. Pego a mão estendida e deixo que ela me ajude a levantar. — Certo… Aonde estamos indo?

— Lá fora, ser jovem de novo.

— Certo. É claro. Ouviu isso, Winnie? Vamos lá fora para ser jovens.

Winnie trota com alegria atrás de nós, porque claramente a única coisa que ela ouviu foi *lá fora*.

Hazel nos conduz pela cozinha, e saímos pela porta dos fundos, a porta telada se fechando após nossa passagem. O sol já se pôs faz tempo, mas as luzes se acendem ao detectar movimento, lançando sombras de uma extremidade do quintal até a outra. O tempo está mais pendendo para o frio, e parece que vai chover. Mesmo no ar noturno, Hazel avança saltitante pelos degraus, indo para a grama.

Satisfeita por ter encontrado o lugar certo, ela dobra a metade superior do corpo para baixo, juntando o cabelo comprido de novo e torcendo-o em outro coque que desafia a gravidade. Winnie para ao meu lado, a cabeça inclinada enquanto nós dois observamos, ansiosos para ver o que Hazel nos reserva.

Endireitando as costas, ela me acena para que eu me junte a ela. Cruzo o gramado.

— O que você tá… — começo, mas minhas palavras são interrompidas pelo suspiro que escapa de meus pulmões quando sou puxado para a grama orvalhada. Hazel se ajoelha ao meu lado e tira minhas meias, uma de cada vez.

Olho para meus pés descalços e, em seguida, para minha calça social e camisa.

— O que… a gente vai fazer?

Ela me analisa por um momento mas não para, mordendo o lábio enquanto passa a abrir os dois primeiros botões da minha camisa, perto do colarinho.

— Posso fazer uma pergunta pessoal? — ela pergunta, puxando meu braço para si e começando a dobrar a manga da camisa.

— Claro.

— Você sente saudades da Tabby?

Isso me pega de surpresa, e olho para ela. Hazel está tão perto, pairando logo acima de mim. Vejo uma pintinha minúscula na qual nunca havia reparado antes, na parte de baixo do queixo.

— Por que está perguntando isso?

Ela dá de ombros.

— Você tinha razão. Namorar, ter encontros é difícil. Acho que tinha me esquecido. Ou talvez nunca tenha feito desse jeito antes.

Hazel olha para baixo, sustentando meu olhar por um instante antes de voltar a atenção para o trabalho com as minhas mangas. Seu toque é suave e focado; torna-me hiperconsciente, trazendo o calor de volta ao meu rosto enquanto penso de novo no que Michelle disse. Pelo tempo de uma inspiração, imagino inclinar minha cabeça, sentindo a pressão da boca de Hazel na minha. Engulo em seco, sem saber de onde veio esse pensamento nem o que fazer com ele.

— Agora sei por que você estava tão relutante em voltar a mergulhar nisso — diz ela, baixinho. — Sei lá. Estava só me perguntando se você sentia saudade de estar num relacionamento com ela.

— Eu me achava um bom namorado. Pensando agora, acho que talvez não fosse.

Ela sustenta meu olhar de novo, um brilho protetor ali.

— Eu conversei com Emily. Você foi um ótimo namorado. Tabby é que foi uma escrota.

— Não sei … talvez fosse meio que conveniente para mim, sabe? Eu estava começando a perceber quanto tínhamos nos distanciado, mas era mais fácil manter as coisas como elas eram do que ser a pessoa a tomar a decisão.

— Faz sentido.

— Acho que eu gostava da ideia de ser uma pessoa importante na vida de alguém.

Os dedos de Hazel se detêm no meu punho, e ergo a cabeça outra vez para captar sua reação. Ela não me olha nos olhos, mas um rubor se aprofunda no alto de suas bochechas.

— Você é uma pessoa importante na minha vida — diz ela. — Obrigada por me defender esta noite.

Ela me oferta essas palavras vulneráveis tão livremente que faz a afeição apertar alguma coisa em meu peito. Pegando sua mão, eu a levo até a boca e dou um beijo rápido nos nós de seus dedos.

— Eu gosto de ser importante pra você.

Os cantinhos da boca de Hazel se curvam para cima, e ela se agacha.

— E da Winnie também, pelo visto. Quem diria que ela cairia tão fácil por um rostinho bonito?

Abro um sorriso.

— O que posso dizer?

Hazel solta um grunhido, revirando os olhos antes de ficar de pé.

— Tá bom, gostosão. Vamos dar umas estrelinhas para eu poder rir de você e tirar essa expressão convencida da sua cara.

— Não sou eu quem está insistindo que ainda consegue fazer isso. Por mim, tudo bem ser um homem mais velho.

Eu a sigo, observando as pernas dela ao atravessar o gramado. O céu parece um hematoma atrás dela, azul e roxo em meio à poluição luminosa e poeirenta do centro da cidade. Distraio-me por um instante pela aparência de sua pele sob os feixes de luz do quintal.

Hazel se prepara chacoalhando as mãos e inclinando a cabeça algumas vezes para a direita e para a esquerda.

— Sério, será que isso é tão difícil? — Ela afunda a saia jeans entre as pernas da melhor maneira possível. — É como andar de bicicleta, certo?

Aponto para a casa.

— Será que a gente devia pegar o kit de primeiros socorros ou…?

Endireitando-se, ela estica os braços acima da cabeça, mas não antes de lançar um olhar enviesado. Espera um, dois, três segundos e vai: o corpo girando para a frente, os pés no ar e a regata soltinha caindo na cara dela, exibindo uma visão estendida do sutiã amarelo-neon.

Quando a cabeça dela volta para a posição original, o coque tombado para o lado, sua expressão é de puro orgulho.

— Ai, meu Deus! Isso… foi tão DIVERTIDO! — Ela afasta o cabelo do rosto e prende a parte da frente da regata na cintura da saia. — E, hã… desculpe pelo exibicionismo.

Seguro uma risada.

— Não foi um sofrimento. — Inclino a cabeça. — Vai de novo?

Ela vai, e, se possível, seu sorriso é ainda maior do que da primeira vez.

— Por que foi que parei de fazer isso? — diz ela, claramente tonta, mas continuando a executar uma estrelinha atrás da outra na grama.

Assim que está na vertical, ela aponta para mim.

— Sua vez.

— *Eu?*

— É!

Envolvendo meus punhos com os dedos, Hazel me puxa e me posta na frente dela.

— Não posso. Sou mais alto que você.

Ela pisca algumas vezes, confusa.

— E daí?

— A queda é maior.

— Ah, deixa disso! A gente faz junto.

— Hazel.

— *Josh.*

Olho para o quintal ao meu redor, subitamente nervoso.

— Os vizinhos vão me ver.

Inabalável, ela para ao meu lado e se coloca em posição.

— Vamos lá, está escuro. Braços para cima. Um… dois… três!

O mundo vira de cabeça para baixo e, quando volta à posição certa, Hazel e eu somos um emaranhado de braços e pernas na grama, e estou rindo tanto que chega a doer.

— Ai — digo, esfregando a barriga e todas as outras partes que estiquei no caminho até o chão.

— Não tinha razão? — Ela está sem fôlego, o cabelo bagunçado e o rosto corado, e como ninguém nunca viu quanto ela é maluca e incrível pra caralho?

Decido garantir que alguém veja isso no mesmo instante.

— É, Hazel. Tinha, sim.

ONZE

Hazel

Eu não diria que estávamos chegando ao fundo do poço no sétimo encontro, mas Josh sentiu a necessidade de fingir diarreia, e prontamente o conduzi até o carro, pedindo desculpa várias vezes por cima do ombro aos nossos pares confusos.

Para sair com ele, convidei uma garota que conheci na fila do mercado. Aqui cabe um conselho: essa é uma péssima ideia, tá? Ela parecia tão legal quando conversamos sobre nosso amor pelo balcão de sucos da loja, mas, no final, suco era basicamente a única coisa de que Elsa queria falar, tirando os comentários particulares para Josh sobre quanto ela estava disposta a pagar um boquete para ele no banheiro.

Para meu parceiro, Josh convidou um sócio da filial Fidelity, que administra o dinheiro dele. (O fato de Josh ter dinheiro suficiente para alguém "administrar" ainda me deixa boquiaberta. Fico emocionada quando me sobra o suficiente no final do mês para pedir uma pizza.) Esse sócio, Tony, não tinha má aparência, mas passou os primeiros vinte minutos falando sobre o que ele podia ou não comer do cardápio, e os vinte minutos seguintes bancando o doutor pica-explica das regras do futebol para mim e Elsa. Ela não pareceu reparar; segundo Josh, Elsa tentava meter a mão nas partes baixas dele por baixo da mesa a cada intervalo de alguns segundos. Ele disse que foi como se defender de piranhas no rio Amazonas.

Provavelmente eu teria aguentado o encontro inteiro, porque meu frango à parmegiana estava uma delícia, mas Josh não aguentou e fugiu para o banheiro masculino, com Elsa em seu encalço.

Apenas seu grito de "Ai, minha barriga! Preciso do banheiro!" a impediu de entrar atrás dele.

Josh me mandou uma mensagem de texto do banheiro, um sos maníaco, e cinco minutos depois estávamos no carro dele, a música estrondando e a bênção do alívio puro e imaculado correndo por nossas veias.

— Esse foi o pior até agora — diz ele, virando à direita para pegar a Alder. — Ainda consigo sentir aquele punho nas minhas bolas.

— Eu pediria desculpas e desejaria que isso nunca tivesse acontecido, mas aí eu não teria tido o prazer de ouvi-lo usar a frase *punho nas minhas bolas*.

Ele me olha feio por um breve momento.

— Nem tente dizer que não é engraçado, Josh. É *incrivelmente* engraçado.

Eu o vejo conferir as horas no painel, e sigo seu olhar. Não são nem oito da noite numa sexta-feira. Não estou a fim de voltar para o meu apartamento, e sei que, se Josh voltar para a casa dele, vai botar a calça de moletom e assistir tv. Segundo Emily, houve uma retomada dramática no uso de moletom por parte de Josh desde que me mudei.

— Ainda estou com fome — digo a ele. Fazer com que ele continue fora de casa não será fácil, e, se um teatrinho for necessário, estou disposta a isso. Esfrego minha barriga e me empenho em parecer desnutrida. — Deixei meu delicioso jantar para ajudar a proteger sua virtude.

Começa a chuviscar lá fora, e Josh me surpreende, baixando o volume da música. Eu o conheço o suficiente para prever que sua próxima frase é uma oferta de paz. Por algum motivo maluco, Josh fará o impossível para me deixar feliz.

— A gente pode continuar a noitada mais um pouquinho.

Abro um sorriso no carro escuro.

— Você está lendo a minha mente, Jiminnie.

Ele dá uma olhadela para mim e aciona a seta.

— Topa uns drinques com uns petiscos?

— Quando é que já recusei?

Só vi Josh altinho uma vez, na casa de Emily, depois de algumas garrafas de *soju*. Ele ficou rosado e risonho, e falando alto (bem, alto para o padrão Josh), antes de pegar no sono encostado em meu ombro e acordar como se nada tivesse acontecido. Tirando essa ocasião, ele não é muito de beber e, quando bebe, é adoravelmente lento. Ele enrola com um único copo de gim-tônica enquanto eu consigo mandar pra baixo três drinques, um hambúrguer e uma cesta de batata chips.

Ele pega o copo dele, os dedos compridos limpando as gotas de condensação.

— Por que somos tão ruins nisso?

— Fale por você. — Levanto meu copo vazio. — Eu sou incrível.

— Estou falando dessa coisa de encontros, namorar. — Ele passa a mão pelo cabelo. — As pessoas ou têm zero interesse, ou querem trepar no restaurante.

A bartender leva a cesta vazia e a substitui por uma nova, cheia de batatas quentinhas. Digo a mim mesma que não vou querer mais batatas, mas quem é que estou enganando? Estendo a mão e pego um punhado, dizendo:

— Isso me parece bem normal. É nada, ou sexo.

Ele balança a cabeça, bebericando o drinque que, a essa altura, deve ser quase só gelo derretido.

— Juro, sua experiência com encontros é das mais estranhas.

Olho para ele. Josh é tão ridiculamente lindo que me espanta que todas as mulheres não reajam a ele do mesmo jeito que Elsa. Mas, em certos sentidos, ele também é muito inocente.

— Não, Josh, escuta. Você nunca teve vontade de só arrancar a roupa de alguém?

— Claro que sim.

— Então você concorda que sentiu uma atração instantânea com toda pessoa com quem acabou transando?

— Bem, sim, claro — ele fala —, mas, na maior parte do tempo, não estou tentando masturbá-la por baixo da mesa na primeira vez que saímos para jantar.

Um calor sobe pelo meu rosto, e pigarreio. A imagem que acaba de deixar um rastro de fogo em meu cérebro — Josh estendendo o braço, pressionando a boca aberta em meu pescoço e deslizando a mão pela minha calça — foi... inesperada.

— Talvez só seja difícil resistir a você.

Ele dá uma olhada crítica para seu copo. Eu o observo pegar com cuidado o canudinho para tomar outro gole. Quando ele não responde, eu pergunto:

— Com quantas mulheres você já esteve?

Ele faz uma pausa, olhando para o teto enquanto conta. Assisto à bartender servir sete drinques durante o tempo que Josh leva para terminar a conta. Talvez eu tenha que reajustar minha imagem mental da vida sexual dele. Manda ver, Josh.

Após outro momento de silêncio, ele se vira para mim e diz:

— Cinco.

Largo minha batata.

— Você levou quatro minutos para contar até cinco? Elas não devem ter sido muito memoráveis.

— Estava só enchendo o seu saco. — Ele pega minha batata e sorri para mim, mostrando todos os seus dentes brancos perfeitos. — Mas todas foram relacionamentos duradouros. Você deve ter notado que não sou muito bom nessa coisa casual. — Ele sorve outro gole, maior desta vez, secando o copo. — Sua vez.

— Eu? — Honestamente, não faço ideia de com quantos caras já fiquei, então tiro um número baixo qualquer do nada. — Talvez uns vinte.

Os olhos dele se arregalam e ele tosse, tentando engolir.

— Vinte?

— Na verdade, deve ser mais... Digamos uns trinta.

Josh balança a cabeça e ri.

— Uau, tá bom.

Essa resposta não melhora muito a situação.

— Não faça isso. — Aponto um dedo para ele. — Não aja como se eu tivesse ultrapassado algum limite numérico mágico adequado para uma mulher. Se eu fosse um cara e tivesse dito isso, você responderia: *No ensino médio, né?*, e me daria um *high five*, me chamando de *mano*.

Também termino meu drinque e ele me observa, parecendo divertido e envergonhado.

— É justo. — Ele me encara, os olhos se movendo pelo meu rosto como se o avaliasse de algum jeito. — Desculpe. — Erguendo a mão, ele me oferece um *high five* conciliador. — Mandou bem, *mano*.

Dou uma risada, bato a palma na mão dele, e Josh pega seu copo, girando o líquido lá dentro.

— Quanto tempo durou seu relacionamento mais longo?

Estreitando os olhos, tento me lembrar.

— Seis meses, acho?

— Sério?

Eu me viro e o encaro.

— Você precisa parar de ser tão crítico. Já te contei que relacionamentos são difíceis para mim. Acho que a maioria dos caras é meio entediante, e todo cara de quem eu gosto acaba decidindo que sou doida demais ou esquisita demais depois de algumas semanas. Só consigo manter escondido o que há sob a pontinha do iceberg de esquisitice por certo tempo.

Algo amolece na expressão dele então, como se trocasse o modo chocado para afetuoso.

— Só para deixar registrado, eu já vi o que tem além da ponta e é bacana. Esquisito, mas bacana. — Ele aperta os olhos ao ver minha expressão deliciada. — Sei que tem uma piada sobre o *além da pontinha* aqui, mas preciso de outro drinque antes.

Ele ergue a mão, chamando a bartender para nos servir outra rodada.

Desta vez, porém, em vez de pedir gim-tônica, ele pede um uísque Talisker, puro. E esse drinque ele termina em menos de quinze minutos, logo pedindo outro.

Conforme bebemos e conversamos, e bebemos mais um pouco, o rosto de Josh fica corado e ardente, e *suas* palavras começam a fluir com mais facilidade: seu primeiro amor foi uma menina chamada Claire, no ensino médio. Ela era coreano-americana, igual a Josh, e as famílias deles se conheciam. Eles frequentavam a mesma igreja e perderam a virgindade juntos depois de namorar por um ano. Ela logo contou aos pais, que contaram para os pais dele, que ficaram furiosos e fizeram com que os dois terminassem.

— E...?

— E me colocaram de castigo pelo resto do ano.

— Isso parece um pouco severo. Provavelmente eu teria dado um piti e acabaria saindo escondida para me encontrar com ela.

— Sua mãe é ótima, então não digo isso como desrespeito a ela, mas nas famílias coreanas é diferente. Sou o filho mais velho, e essa é uma grande responsabilidade.

— Então foi o fim de tudo?

— Nós não desobedecemos nossos pais.

— *Nunca?*

Ele balança a cabeça em uma negativa, bebericando.

Inclino-me para a frente, apoiada no cotovelo, meu terceiro... quarto?... gim-tônica me deixando afetuosa e calorosa.

— Você a amava?

Josh acha graça nisso e se inclina sobre a mesa, imitando minha postura.

— Eu a amava do jeito que amamos no ensino médio, meio que intensa, idealisticamente, e sem conhecer muito bem um ao outro.

Em certo sentido, parece loucura termos passado todo esse tempo juntos — até morando juntos por um período — e eu não saber nada disso sobre ele.

Suspiro.

— Meu primeiro amor foi um cara chamado Tyler. Primeiro ano da faculdade.

— Deixe eu adivinhar: ele era um cara branco e estava numa fraternidade.

Isso me faz rir porque Tyler era *o clássico* cara de fraternidade. Boné dos Yankees virado para trás, queixo quadrado de super-herói, jogador de beisebol, e insistia em dizer que bebia PBR por causa de algo sutil no sabor que a maioria das pessoas não percebia.

— Era, mas ele também tinha um lado profundo.

Josh solta uma fungada no copo.

— Tinha, sim! Ele era bacana por dentro. Foi com ele que passei seis meses — digo, melancólica. — Pensei que seríamos um casal com uma combinação doida de mulher excêntrica e homem atleta, mas aí uma noite ele me disse que o estava envergonhando e eu fiquei, tipo, vá se foder, tô fora.

— Fez bem.

— Você vai me achar uma trouxa se eu disser que ainda gostava dele?

Ele olha para mim por cima do copo.

— Você tá olhando para o cara cuja namorada estava trepando com outra pessoa por mais de um ano.

Suguei o ar por entre os dentes.

— Certo. Quer dizer… Tyler ainda me procurava quando estava bêbado e solitário, e eu deixava ele entrar, pensando se tinha tomado a decisão certa, e aí fazíamos sexo de novo. E então, na festa seguinte, ele diria algo do tipo — faço minha voz de chapada — *Cara… Hazel, você é tão* esquisita.

— Eu já tive uma dessas. — Ele termina o segundo uísque. Suas bochechas estão adoravelmente rosadas, e dou um beliscão mental em uma delas. — A ex que aparece quando está solitária. A minha se chamava Sarah. Só que ficamos juntos por um ano e meio, e ela chorou quando a gente terminou, dizendo que queria casar comigo algum dia, só não *tão já*. Ela queria sair com outras pessoas para ter certeza.

Solto um gemido.

— Que nojo. — Embora, para ser bem transparente aqui, admito que saiu algo mais próximo de *Kinooooooooojj*.

— Ela vinha me ver bêbada e me seduzia, e no dia seguinte eu me odiava.

— É difícil dizer não quando tem uma mulher nua na sua cama.

O rosto dele fica ainda mais vermelho.

— Verdade.

— Seus pais ficavam incomodados por Tabby não ser coreana?

Josh pega seu terceiro uísque da bartender com as duas mãos, agradecendo baixinho.

— Acho que eles se incomodavam mais com o fato de que ela nunca dedicou tempo para conhecê-los, e também nunca tentou se relacionar com Em. Como tenho certeza de que você reparou, meus pais são bem tranquilos. Eles não vão forçar a amizade com ninguém, mas é importante para eles que saibam o que está havendo e que a pessoa com quem eu estou se torne parte da nossa família. Tabby nunca esteve interessada nisso. É engraçado que só agora eu me dê conta de por que eles nunca me pressionaram para que a gente se casasse. Foi um pouco incômodo quando Emily nos contou que Dave a havia pedido em casamento, e eu não estava nem namorando. Acho que todos presumimos que eu me casaria primeiro pelo simples fato de ser mais velho. Mas eles sabiam que ela não era a pessoa certa para mim, mesmo que eu ainda não soubesse.

Penso em minha mãe, e em como ela sabe quase todos os detalhes da minha vida. Não consigo imaginar as coisas de outro jeito.

— Faz sentido.

Ele engole e faz que sim com a cabeça. Seus olhos estão perdendo o foco.

— É, você entende. Tabby nunca entendeu.

— Bem, acho que podemos concordar que Tabby é uma escrota. E é por isso que ela nunca recebeu arroz frito personalizado.

Josh encosta o copo no meu em um brinde.

— Na primeira vez que a sua mãe veio te visitar e você ainda estava no trabalho — digo —, ela passou quinze minutos cortando guardanapos de papel na metade. Ela me disse que eles são caros demais para usar apenas uma vez. — Lembro-me do jeito pragmático com que explicou o que fazia, e me fez pensar em todos os guardanapos de papel que desperdicei na vida. — Digo, se eu fizesse isso, você me acharia uma estranha, mas ela fazendo tem todo o sentido do mundo, certo?

— Ela é ótima para encontrar maneiras de poupar e reutilizar.

As paredes do salão estão um pouco oscilantes, e me recosto no ombro dele, começando a me sentir sonolenta. Contra a minha têmpora, ele é tão sólido, mas além dessa sensação está seu calor vibrante.

— Você é uma fornalha.

Josh assente, e sinto a lateral do rosto dele roçar meu cabelo.

— Eu emano calor.

— Você definitivamente dá calor.

Ele ri, se chacoalhando um pouco contra mim. Sua voz sai meio arrastada:

— Pronta para ir embora?

Viramo-nos para a janela e só agora percebemos que a chuva cai torrencialmente, e nenhum de nós está em situação de ir para trás do volante.

— Táxi? — pergunta Josh.

— Meu apartamento fica a dois quarteirões daqui. Podemos ir correndo. Você pode dormir no sofá com a Winnie.

Estamos ensopados, congelando e totalmente chumbados, subindo a toda velocidade os cinco andares até meu apartamento numa tentativa alcoolizada de nos aquecer. Josh para assim que entra, pingando no tapetinho que fica logo ali, abraçando os próprios ombros e estremecendo de vez em quando. Ele ainda reserva um tempo para tirar os sapatos.

Winnie lhe dá uma farejada de cortesia antes de decidir que está tarde demais para essas bobagens e ir embora. Tenho certeza de que ela presume que ele vai segui-la até a cama.

— Dá aqui suas roupas. — Peço para que ele se aproxime com um aceno. — Vamos.

Estou sem fôlego por causa da corrida, e altinha por causa dos drinques. O piso ondula sob meus pés.

Ele solta umas risadinhas.

— Se eu te der as minhas roupas, aí eu vou ficar sem roupa!

Ele parece ter ficado ainda mais bêbado no caminho para casa. Josh bêbado é o meu Josh preferido.

— Tá bom. — Levo a ponta do dedo até o nariz. — Tive uma ideia. Vá até o banheiro. Tire a roupa e entre no chuveiro. Eu entro, pego as suas roupas sem espiar, coloco tudo na secadora e te levo um cobertor. *Bum*, resolvido!

Ele segue pelo corredor na pontinha dos pés, rindo quando seu ombro colide com o batente da porta do banheiro, oferecendo um *desculpe* baixinho para ele.

A porta se fecha e o chuveiro é ligado, e fico subitamente distraída pelo ruído das roupas encharcadas de Josh caindo no chão, a intensa consciência de que ele *está nu* lá dentro. Com uma clareza que fico surpresa de meu cérebro cheio de bebida conseguir articular, meus pensamentos se voltam para a lembrança dele falando sobre masturbar alguém por baixo da mesa.

Sossega, Hazel Embriagada. Josh já ficou nu em outros lugares perto de você antes. Morei na casa dele, e ele ficava nu o tempo todo. Josh nu não é interessante, certo?

PARE DE FICAR FALANDO NU.

Balanço a cabeça, e isso faz o mundo se inclinar e, devagar, voltar ao lugar. Winnie reaparece e lambe minha mão. Estendo a mão para afagá-la, errando sua cabeça na primeira tentativa.

A cortina do chuveiro se abre com um guincho e fecha em seguida enquanto ele entra, e seu suspiro baixo de felicidade me alcança lá na sala de estar.

Esse som faz coisas estranhas acontecerem comigo. Coisas estranhas, quentes, úmidas, deixando-me de súbito muito consciente de que algumas partes do meu corpo, abaixo da cintura, têm sido ignoradas há bastante tempo.

Mas, assim que tomo consciência dessas partes, minha bexiga abre caminho para o centro do palco à força, praticamente me dando um murro por dentro. *MUITO LÍQUIDO*, grita ela. *ESTOU CHEIA DE GIM-TÔNICA.* Espremo as pernas uma contra a outra com força, saltitando um pouco e praguejando por ter apenas um banheiro e não me ocorrer ter ido no do restaurante. Preciso pegar as roupas dele mesmo... Talvez eu possa me esgueirar lá para dentro e fazer um xixi rapidinho, ele jamais ficaria sabendo de nada, só que peguei suas coisas do banheiro, certo?

Também amaldiçoo minha falta de manutenção das coisas de casa quando a maçaneta range sob minha mão e ouço minha voz arrastada e embriagada alertá-lo:

— Josh, estou entrando para pegar suas roupas.

— Tá bom! — Ele é o bêbado mais feliz que já conheci. O banheiro está cheirando ao meu gel de banho, e ele também deve ter reparado, porque ri outra vez. — Vou ficar cheirando a bolo!

Com toda a furtividade ninja que consigo reunir, abro o zíper da minha calça jeans, puxo-a para baixo junto com a calcinha e me sento no vaso, mas o alívio é tão incrível que solto um gemido antes que possa cobrir minha própria boca com a mão. Olho para a cortina do chuveiro, horrorizada, quando ela se abre, soltando um guincho baixo. Josh me encara, boquiaberto.

Grito para ele o óbvio:

— Tô no banheiro!

Ele ri, os olhos escuros cintilando de embriaguez e a alegria de uma ducha quente após uma corrida congelante pela chuva.

— O que você tá fazendo aí?

Começo a espantá-lo com gestos frenéticos para que volte para trás da cortina.

— Estou mijando! Sai daí!

Ele olha meu corpo todo, da cabeça aos pés, e de volta à cabeça, antes de voltar para trás da cortina. Sua risada ecoa nos azulejos.

Minha vontade é ir descarga abaixo.

— Não acredito que você me viu mijando!

— Eu vi a sua *bunda*. — Sem dúvida nenhuma, ele quer me torturar.

— Não viu, não!

— E suas coxas. — Ele fala todo engrolado, como se tivesse água escorrendo pelo rosto. — Você tem belas coxas, Hazie.

Levanto-me resmungando e com uma ligeira vontade de me vingar. Lavo as mãos e tiro minha calça molhada, quase caindo no processo. Abaixando, apanho a roupa molhada dele junto com a minha e saio do banheiro para colocar tudo na secadora.

O registro solta um chiado quando Josh desliga o chuveiro e, bem quando estou saindo do quarto vestindo o short e a regata do meu pijama de dálmata, ele emerge com uma toalha em volta da cintura.

— Você disse que ia me trazer um cobertor.

Paro de supetão, e meu cérebro é como uma xícara virada: as palavras dele se derramam no chão.

O torso nu de Josh é um estudo de planos e sombras.

— Eu... o quê?

Posso até sentir a profundidade do meu olhar embriagado e lascivo enquanto acompanho seu caminho da alegria.

— Cobertor — ele relembra.

Está relativamente escuro no corredor, o que, segundo se poderia imaginar, seria útil. Mas, de alguma forma, isso só melhora tudo. Ou piora. Já nem sei mais.

— Ah, é — resmungo —, eu... cobertores.

O silêncio cai sobre nós por alguns segundos.

— Você tá me encarando, Haze.

Levanto a cabeça e, para ser honesta, com aqueles olhos escuros e sensuais, aquele maxilar, aquele nariz reto e liso, o rosto dele é tão atraente quanto o peito nu. Tudo nele é perfeito.

— Você não podia ter algum defeito?

— Oi?

— Parece bem injusto que eu possa ver a vida selvagem emoldurada em seu elemento natural — gesticulo, indicando o corpo dele —, e você me veja no *vaso sanitário*.

Acho que ele está sorrindo para mim, mas continuo a encarar seu peito.

— É só que... O seu... — Faço um aceno para seu peito e os mamilos masculinos, de que gosto muito. — E ainda tem... — Agito a mão vagamente em direção à barriga e à linha suave de pelos ali. — É bonito. — Fico mortificada outra vez só de me imaginar toda encolhida em cima da porcelana, gemendo de alívio. — *Vaso*. É tão injusto, Josh.

Não prevejo o que ele está fazendo quando sua mão vai até o ponto em que a toalha está presa em torno da cintura, até ele dar um safanão. O algodão azul cai inaudivelmente no chão, e meu coração dá um salto até a garganta.

Josh

está

nu.

Diante de mim, parece que Josh tem quilômetros e mais quilômetros de pele dourada. Não me lembro nem de como piscar; ele tem músculos cujos nomes Josh, o professor-assistente, me ensinou uma vez, mas que agora só conheço como A Curva Estreita dos Bíceps Dele, Aquela Depressão Atraente Abaixo da Clavícula, Abdominais Comestíveis, e Sombra Lambível Acima do Quadril.

Reparo também que ele não está fazendo nenhuma menção de se cobrir. Em vez disso, me observa com um meio sorriso arrogante, como se soubesse que andava escondendo esse pedaço de obra de arte sob as roupas esse tempo todo e concordasse que eu tenho muita sorte de ver tudo isso agora. O Josh bêbado e risonho é o meu preferido, mas o Josh bêbado e confiante é a minha nova religião.

Meu olhar desce um pouco mais e me dou conta de que quase esperava que ele se abaixasse, apanhasse a toalha e pedisse o cobertor outra vez. Entretanto, no tempo que levei desde a primeira olhada até uma análise deliberada de seu tronco, Josh ficou… duro.

E, com meus olhos focados nessa parte rígida dele…

ele endurece ainda mais.

Só de me observar olhando para ele, ele ficou duro. Nem sei o que fazer com essa informação. Tenho medo de piscar, medo de que tudo isso vá desaparecer no milésimo de segundo que minhas pálpebras se fecharem. Quando olho para o rosto dele, vejo que sua boca está levemente entreaberta. Ele tem uma pergunta no olhar, mas também está olhando para mim de um jeito que, imagino, é similar a como estou olhando para ele.

Não consigo desviar os olhos.

O que é respirar? Por que é que eu preciso fazer isso, hein?

De repente, parece que todos os elementos do meu corpo se amontoam num ponto baixo, entre minhas pernas. Dou um passo adiante e, como não tenho nenhum controle sobre meus impulsos mesmo quando estou sóbria, quanto mais bêbada, deslizo as mãos sobre a pele quente do peito dele. Seu gemido é quase inaudível. Não é um som que já ouvi vindo dele, mas combina com sua personalidade — contido e baixinho, um suspiro discreto de alívio.

Em contraste, solto uma série de palavrões quando meus dedos se afundam nos vãos de sua clavícula. Josh é tão liso, tão gostoso. Quero jogar açúcar nele e limpar lambendo.

Aparentemente, falei isso em voz alta, porque ele murmura:

— Você pode. Se quiser.

Como é?

Josh Im está me dando permissão. Estou tocando o inatingível. Puta merda, o que é que estamos fazendo?

— Essa é uma má ideia — digo a ele.

Ele concorda, mas suas mãos se levantam mesmo assim, os polegares deslizando por baixo do elástico do meu short, acariciando meus quadris. Com gentileza, ele puxa meu short para baixo até ele virar uma poça de manchas de dálmatas aos meus pés.

Deixo meus dedos irem aonde quiserem, e pelo jeito eles querem escorregar pelos sulcos da barriga dele e se fechar em volta do lugar onde ele é tão quente, duro e perfeito. Ele solta um pequeno grunhido e seus olhos se fecham.

— Nós só vamos fazer isso uma vez — prometo a ele.

A voz dele sai tensa, e tenho que soltá-lo quando ele puxa minha regata para cima, tirando-a e jogando-a no chão atrás dele.

— Uma vez.

— Nós dois precisamos aliviar essa tensão.

A mão dele encontra meu seio, o polegar deslizando sobre o bico sensível de um lado para o outro, e depois pressionando-o com força.

— Isso.

— Porque você não quer namorar comigo — eu o relembro, a voz trêmula.

— Você também não quer namorar comigo.

No entanto, assim que ele diz isso, suas mãos sobem para o meu rosto, e sua boca desce sobre a minha, e é intenso, do jeitinho que sempre sonhei que seria beijar alguém que eu já amo tão profundamente e que me viu exatamente como eu sou. Ele ainda tem um gostinho de uísque, a boca é firme e macia, e ele me beija de um jeito tão gostoso, como se fosse isso o que ele precisasse esta noite.

Inclinando a cabeça, ele me ataca outra vez, com mais profundidade, saboreando meus gemidos.

Não consigo me fartar. Sinto como se fosse uma fiel diante de um deus dourado.

As mãos de Josh me despiram com uma combinação fantástica de habilidade e impaciência, e sua língua desliza sobre a minha, seus sons de prazer e desejo ecoando em minha boca, em meu cérebro. Eu me lembro de quanto estamos longe da sobriedade quando desabamos com deselegância no chão; fica claro que vamos fazer isso aqui mesmo, agora mesmo, e não vamos nem nos incomodar em sair do corredor. Minha última peça de roupa é arrancada, e Josh se encaixa entre as minhas pernas, ajeitando com a mão para sentir sua posição, os olhos fechados enquanto ele prende a respiração e penetra fundo.

Mas eu não consigo fechar os olhos. Não consigo parar de olhar para ele, não importa quanto seu contorno flutue acima de mim — mesmo no escuro, mesmo bêbada, posso ver com clareza suficiente: a massa sólida de músculos e ossos, os ângulos perfeitos dos ombros, seu queixo, a boca entreaberta e relaxada, soltando gemidos baixos, graves, a cada investida, a cada volta.

Ele se abaixa, sugando um mamilo e depois puxando-o com os dentes. Arfante, sou pega de surpresa pela mistura de prazer e dor, e sinto mais do que vejo o jeito como ele sorri contra minha pele.

De manhã, tenho certeza de que vou querer me lembrar de cada mínimo detalhe, porque a sensação aqui no piso é frenética, selvagem, com minhas mãos naquela bunda perfeita e minhas pernas cruzadas em volta dele, atraindo-o para mim, dizendo em silêncio:

mais fundo. Vou querer confirmar internamente que fiz, mesmo, sexo embriagado com meu melhor amigo.

De manhã, vou dizer para mim mesma que está tudo bem eu ter gritado no ouvido dele quando meu orgasmo chega com o impacto de um trem desgovernado. Direi a mim mesma que tudo bem eu morder o ombro dele quando surpreendo nós dois, derretendo-me embaixo dele mais uma vez. Agora, porém, só quero pensar em como ele é quente, como é gostosa a sensação de ele se movendo dentro de mim. Quero me concentrar em como seu cabelo escorrega entre meus dedos e como ele balbucia algo sobre *pele* e *macia*, como as palavras *molhada* e *pra caralho* soam ao mesmo tempo reverentes e indecentes em meu ouvido. Concentro-me em como ele beija meu pescoço e enrijece o corpo todo quando me diz que acha que vai gozar.

Ah, Haze… Ah, meu Deus, vou gozar.

Sei que estou bêbada, e sei que é Josh Im — o modelo de Perfeição, que nunca deveria desejar Hazel Bradford —, mas, quando termina, ele fica imóvel em cima de mim, respirando pesadamente em meu pescoço, e escolho me derreter naquele borrão sublime de prazer, do jeito que sempre pensei ser a sensação de viver numa nuvem.

DOZE

Hazel

Devo ter adormecido debaixo de Josh no piso novo de madeira do corredor, porque não me lembro de ir para a cama. A única lembrança de que a noite passada aconteceu é o fato de que estou nua, dolorida e um pouco grudenta. Josh se foi.

Mas, Josh sendo quem é, há um bilhetinho em meu travesseiro que diz, simplesmente:

Ligo pra você ainda de manhã
— J.

Meu estômago salta, ansioso. Por um lado, a noite de ontem foi ótima — acho? —, então não acredito que ele esteja bravo porque nós dois transamos. Por outro lado, sexo sempre muda as coisas, e a última coisa que eu quero é que algo mude entre nós. Posso ter gostado do sexo mais do que vou admitir para ele, mas sou a Hazie Doida e ele é o Incrível Josh (a ressaca me impede de pensar em apelidos que rimem), e nada — e quero dizer *nada mesmo* — me apavora mais do que a ideia de nós dois namorando e ele decidindo que eu sou doida demais, esquisita demais, caótica demais. Demais mesmo.

Rolando na cama, tento afastar tudo isso voltando a dormir, mas minha boca seca marca presença e estou ciente de que preciso tomar um ibuprofeno mais cedo, em vez de mais tarde. Assim que fico de pé, sinto a guinada enjoativa das minhas péssimas decisões alcoólicas se alvoroçar. E meu telefone toca.

São 7h17, e Josh está ligando.

Caio de volta na cama.

— Antro do Pecado da Hazel — atendo numa rouquidão ressequida.

— Oi, Haze.

Minha garganta se aperta com a vibração grave da voz dele, com a lembrança de suas palavras na noite passada:

Você é ainda mais macia do que parece.

Ah, caralho. Você tá molhadinha. Que delícia. Tão gostosa...

Ah, meu Deus, vou gozar.

— Oi... pra você também.

Josh pigarreia, e me conscientizo de que nos vimos pelados. Talvez ele esteja pensando a mesma coisa, porque tudo o que consegue dizer é:

— Então.

Dou uma risada, e soa como um chiado.

— Então.

— Espero que... Tudo bem com você?

— Sim. — Olho para minhas pernas nuas. Tem um hematoma no joelho, e meu cóccix está um pouco dolorido devido à realidade implacável de ter sido fodida no piso de madeira, mas, tirando isso, estou intacta. — Estou bem.

— E com *nós dois*, está tudo bem?

Assentindo, eu me apresso a tranquilizá-lo.

— Sou sua melhor amiga, Josh. É claro que está. Concordamos que seria uma vez só. Está tudo perfeito.

Entendo o alívio quando ele solta o fôlego lentamente.

— Que bom. Que bom.

Ele faz uma pausa, e escuto sua inspiração como se fosse falar alguma coisa, mas a quietude se estende para cinco, dez, quinze segundos pulsantes. Gosto de pensar que sou mais confiante do que a maioria, mas o silêncio dele faz com que bolhinhas de insegurança subam à superfície. Sei que não foi a melhor ideia, mas também não quero que ele, tipo, *se arrependa*.

Arrependa-se *de mim*.

— O negócio — começa ele — é que não usamos camisinha.

Bom, isso explica por que estou tão grudenta. Meu estômago se revira.

— Ah. Não, tudo bem. Estou protegida.

— Você toma pílula?

Isso parece tão esquisito. Não foi assim que imaginei que seria essa conversa. Por outro lado, quando foi que eu imaginei, de fato, ter essa conversa com Josh?

— É. Pílula.

— Então, acho que também preciso perguntar se você fez testes recentemente.

Ah.

— Não quero dizer... — começa ele, quase posso ouvir sua careta.

— É — interrompo —, não, faz sentido. Não fico com alguém há mais de um ano. Mas fiz testes desde então. — Minhas defesas crescem, uma onda quente rastejando pelo pescoço. — E você? Quero dizer, depois daquele negócio da Tabby e do Darby...

— Desculpe — diz ele de imediato. — É claro. Deveria ter dito isso primeiro. Estou limpo.

Um silêncio recai sobre a linha, e me sinto estranhamente melancólica. Não sei muito bem por quê. Vai dar tudo certo comigo e com Josh. Somos à prova de balas. A noite passada foi divertida, e olha só: ele está me ligando às sete e dezessete da manhã seguinte. Ele não me evitou por dias depois da nossa ficada regada a embriaguez. Está tudo bem.

— Haze — diz ele baixinho —, desculpe-me por ter ido embora.

— Não, eu entendo, totalmente. Tenho certeza de que foi esquisito acordar pelado e em cima de mim no corredor.

— Eu não peguei no sono, na verdade. Eu te carreguei para a cama.

E agora tenho essa imagem de mim, um saco de ossos bêbado, roncando imediatamente após o sexo e precisando ser carregada, pelada, suada e *grudenta*, para a cama. Incrível.

— Bem, tenho certeza de que foi uma grande lembrança da minha inamorabilidade.

Ele não responde nada a esse comentário.

De fato, seu silêncio parece brutal.

Pelo menos uma vez na vida consigo me impedir de dizer o que não deveria, palavras que aparecem na minha mente como se fossem projetadas numa tela: *estou delirando ou aquilo pareceu um pouco com fazer amor?* Até eu posso dizer que isso nos levaria para uma área (mais) esquisita, e quem sou eu para saber como seria fazer amor, afinal? O relacionamento mais longo que já tive durou tolos seis meses.

Enfim, ele fala.

— Minha bunda está bem dolorida.

Uma gargalhada inesperada me escapa.

— Acho que me lembro de agarrá-la bastante. Sua bunda é ótima. É provável que tenha marcas nela.

— Seus peitos também são ótimos.

— Emily te falou isso há séculos. Viu, você devia ouvir a sua irmã!

Ele faz uma pausa, e desconfio que estamos ambos pensando em como Emily reagiria a essa informação. Poderia ser muito bem ou muito mal, e isso acrescenta turbulência ao meu estômago inquieto.

— Acho que é melhor não me lembrar de todos os detalhes — ele murmura.

Essa é, sem dúvida, a melhor opinião a se ter, mas estou na verdade desejando que tudo acabe voltando à minha memória. É provável que nunca mais aconteça, e quero poder me lembrar disso para sempre.

— É, também acho — respondo.

TREZE

Josh

MINHA CABEÇA ESTÁ UMA zona. Deslizo meu telefone para a mesa de cabeceira e desabo de volta na cama. Hazel parece bem hoje, o que é bom.

Deveria estar contente por ela ser a mesma Hazel que era quando acordou ontem.

Mas não sou o mesmo Josh.

CATORZE

Hazel

Não vejo Josh há três dias, mas estamos trocando mensagens o tempo todo como antes, sobre nada em particular. Hoje, contei a ele que Winnie latiu de um jeito que soou como *Eu quero!* Ele respondeu que seu sanduíche natural de frango tinha vindo com maionese demais. Disse a ele que encontrei um biquíni novo perfeito para nosso Cruzeiro da Diarreia na próxima primavera. Ele me falou para não mencionar a palavra diarreia logo depois de ele comer maionese demais.

No geral, diria que as coisas estão tão próximas do normal quanto poderiam ficar.

A pergunta é se ainda vamos continuar com esse negócio de encontros duplos depois desse lance todo de transar bêbados. Por motivos óbvios, agora é diferente, mas digo a mim mesma que não precisa ser. Nenhum de nós está nisso para uma conexão amorosa, mas fazer a brincadeira do encontro juntos tem sido superdivertido e uma boa distração do trabalho, das contas e de ter que ser adulta o tempo todo. Nem sempre confio em meu julgamento no que diz respeito a homens, mas Josh jamais me juntaria de propósito com um chernoboy (os encontros seis e sete serão riscados do arquivo). Também gosto de estar com ele, e, quando os encontros são ruins, temos um ao outro.

Pelo visto, não sou a única que precisa verificar como está a situação. Quando nos encontramos na casa de Emily e Dave para o jantar, a primeira coisa que eles perguntam é como está a brincadeira dos encontros. A reação imediata de Josh é olhar para mim em busca de resposta, porque, há!, essa é uma ótima pergunta.

— Bem — digo, respirando fundo e me atrapalhando um pouco. Tento enrolar para ganhar mais tempo, tirando meus sapatos e colocando-os com uma precisão de laser ao lado dos de Josh junto à porta, mas em minha cabeça a imagem dele se movendo cheio de propósito em cima de mim parece bloquear qualquer esperança de raciocínio coerente. Pretendo contar a eles apenas que a maioria dos encontros foi um desastre e ver o que eles sugerem daqui por diante, mas, seguindo o verdadeiro padrão Hazel, minha boca resolve assumir o controle e o que sai é: — Josh e eu acabamos fazendo sexo um com o outro depois de fugirmos do encontro número sete.

O silêncio preenche a pequena entrada como neblina, e me volto para Josh em busca de salvação. Seus olhos estão arregalados, como se assistisse a um avião em queda e rezasse em silêncio para se safar no último minuto. Nós dois sabemos que isso não vai acontecer.

— Então, rolou! — Faço uma dancinha meio espasmódica. — Foi *muito* divertido.

Fecho os olhos com força porque *ah, meu Deus, por que é que eu disse isso?*

Josh pigarreia.

— Concordamos que seria uma vez só. Nós *concordamos* — repito, levantando a mão num gesto que deveria invocar compreensão, ou algo do gênero.

Josh não vem em meu resgate, então fico livre para deixar a situação ainda mais desconfortável para todo mundo. Que é o que eu faço.

— Mas, digo, para duas pessoas das quais uma esteve dentro da outra, estamos bem, não é? Estamos ótimos. Acho que estamos prontos para mergulhar de novo no planejamento do próximo encontro.

Faço que sim com a cabeça, buscando consenso ao meu redor. Emily nos encara, os olhos arregalados.

— Gente, vocês... *o quê?*

Em algum momento durante minha divagação sem pausa para respirar, o tronco de Dave se dobrou para a frente; ele é incapaz de conter o riso.

Emily encara o irmão, algum tipo de comunicação silenciosa acontecendo entre ambos. Como sempre, Josh está ligeiramente inexpressivo, e, engolindo em seco, ele parece retomar o foco, assentindo para mim com um sorriso que cresce devagar.

— É, estamos bem. Nada mudou, graças a Deus.

Emily diz algo para Josh em coreano e ele responde baixinho. Este não é o momento para pensar como é agradável ouvi-lo.

Encontro o olhar de Dave, porque nenhum de nós tem ideia do que eles acabaram de dizer, mas não podemos fingir que não sabemos se tratar do sexo que seu cunhado fez com a melhor amiga da esposa dele.

Constrangedor!

Dave bate palmas uma vez, e o momento se perde. Josh coloca a mão nas minhas costas, dizendo em silêncio para ir na frente até a sala de jantar, em cuja mesa Dave colocou sua mais recente obra-prima culinária.

Josh pega o lugar à minha esquerda, e Emily e Dave se sentam à nossa frente. Observo enquanto Dave serve vinho na taça da esposa, e meus olhos se arregalam quando ele a enche quase até a borda. Josh e eu seguimos encarando enquanto ela ergue a taça e toma metade do conteúdo antes de respirar fundo outra vez.

Dou uma olhadela para Josh, que me dá uma olhadela ao mesmo tempo. Compartilhamos uma expressão de *Isso está indo bem!*, e a dele passa para uma expressão de *Bem, o que você esperava?*. Não tenho como contra-argumentar.

Dave me entrega o pão. Josh se serve de um pouco de frango.

O silêncio é um atentado contra a vida de todos nós.

Emily termina seu vinho, e Dave serve mais. Para alguém tão pequena, Emily aguenta bem a quantidade de álcool.

— Winnie está com verme — digo ao grupo, e passo um pouco de manteiga no pão. — Levei-a ao veterinário hoje. Estava muito preocupada de que precisaria tratar com alguma pomada no traseiro, mas não, é só uma pílula.

Tomo um golinho de vinho e abro um sorriso para eles. Josh solta o garfo e cobre a testa com a mão. Porém, em alguns segundos, todos eles caem na risada, e Emily olha para mim com meu tipo preferido de afeto.

— Ela não tem vermes de verdade, gente. Só estava brincando.

Se tem uma coisa que sei fazer, é quebrar o gelo.

Depois disso, a conversa acaba fluindo. Dave reclama sobre as calhas que vai precisar limpar de novo neste fim de semana. Emily nos conta sobre um menino na sua classe que não chegou ao banheiro a tempo e fez cocô nas calças, e como essa pobre criança vai ser conhecida como Colin do Cocô até os oitenta anos. Comento sobre o projeto em que estamos trabalhando, no qual alunos escolhem várias carreiras para escrever um breve relatório a respeito, e como um dos meus meninos informou à classe que seu pai (um cirurgião plástico) tocava em seios para ganhar a vida. Josh nos conta sobre sua nova paciente, uma mulher de setenta anos que o procurou antes da cirurgia de prótese no quadril, e que lhe fez propostas indecentes nada menos que dez vezes só na última semana.

Mesmo considerando como a noite começou, o jantar foi bom, no geral.

E, assim que tenho esse pensamento — no carro, enquanto Josh me leva de volta para casa —, viro-me para ele e digo:

— O jantar foi bom, no geral. *No geral.*

Se ele entende a referência a *Aliens*, não sei dizer. Ele continua a olhar para a frente e me dá um meio sorriso minúsculo, apontado para o para-brisa.

Suspiro, espetando a covinha na bochecha direita dele com o dedo.

— A gente precisa conversar a respeito?

Ele engole em seco, apertando os dedos em torno do volante.

— Conversar a respeito de quê?

Aceno com a cabeça, retirando o dedo e falando um *tudo bem* baixinho, virada para a janela do passageiro. Também posso fazer esse jogo. *Sexo? Que sexo?*

— Você quer dizer, sobre termos feito sexo? — diz ele. — Ou sobre o fato de que você contou para a minha irmã e meu cunhado, também conhecidos como sua melhor amiga e seu chefe?

Argh. Meu estômago se revira. Angústia. Dou uma olhadela para ele de novo.

— Escapuliu, desculpe.

Ele balança a cabeça.

— Eu não me incomodo que eles saibam, na verdade.

— Só despejei. Vim com defeito.

— É provável que tivessem visto na nossa cara de qualquer forma — Josh me tranquiliza. E, embora tenhamos conversado sobre isso por telefone, é muito bom falar com ele aqui também. Cara a cara. Sem nada entre nós. Hazel e Josh.

— Às vezes, sua falta de filtro me mata — diz ele. — Não é nem que lhe falte um filtro, falta um funil.

— Mas é sério. — Viro-me no banco para encará-lo, puxando as pernas para baixo do corpo. — Entendo o que foi aquilo, e não há motivos para mudarmos nada. De certa forma, faz sentido. Você é meu melhor amigo, e é atraente. É claro que eu te ataquei quando estava embriagada.

O sorriso dele desliza um pouco.

— É assim que você se lembra que foi?

— Quero dizer, você participou — concordo —, mas praticamente implorei para você me mostrar a mercadoria.

Isso o faz rir e posso ver que ele tentou segurar aquele riso por alguns segundos.

— Porque eu te vi mijando. Você não existe.

Eu me afundo no bando.

— Nunca vou superar isso.

— Você vomitou nos meus sapatos — diz ele, lançando-me uma olhadela num farol fechado —, mas eu ter te visto mijando é a vergonha que vai te acompanhar para sempre?

— Também tenho vergonha de ter vomitado nos seus sapatos. — Estremeço com a memória visceral que me perpassa. — Estou felicíssima por você se lembrar disso.

Ele estende a mão, pegando a minha.

— Está tudo bem entre a gente, Haze. Eu juro.

Com um aperto rápido, ele tira a mão, e a minha parece estranhamente fria.

Mamãe estende o braço para baixo, sem nem tentar ser sutil ao pegar um biscoitinho marrom do bolso do avental e entregá-lo para Winnie. Pai do céu, essa mulher nem tem cachorro e já está guardando petiscos caninos no avental de jardinagem.

— Certo, mocinha. — Ela coloca as mãos nos quadris. — Vai falando.

Levanto-me, limpando terra do traseiro e ajustando minhas luvas.

— Falando o quê?

Os olhos dela se estreitam e ela coloca a mão em meu queixo, deixando uma mancha de terra enquanto vira meu rosto para o sol.

— Você está estranha hoje.

Prendo o fôlego, sentindo o rosto começar a esquentar na mão dela. Os olhos dela relaxam, sua expressão se suaviza.

— Vai falando, meu bem.

— Na outra noite, Josh e eu... — Dou de ombros.

Ela morde os lábios antes de dizer:

— Eu *sabia.*

— Ah, o que é isso? Você não sabia, não. Nem *eu* sabia.

— Intuição de mãe.

— Acho que isso é um mito.

Ela dá gargalhadas como se eu fosse uma tapada.

— Pelo menos foi divertido?

— Acho que sim... Eu estava basicamente bêbada, mas, do que me lembro, foi muito bom, sim.

Mamãe faz um *hummm* e puxa uma erva daninha alojada perto do seu pé.

Solto um grunhido. Pensei que contar a ela fosse me fazer sentir melhor, mas ainda me sinto toda revirada por dentro.

— E as coisas já estão diferentes. Decidimos que não ficariam, mas...

— Vocês *decidiram*? Ah, crianças. — Ela ri enquanto apanha a pazinha e um pacote de brotos de repolho, inclinando o queixo à frente para me indicar que eu a siga até a próxima floreira. — Meu bem, isso não é algo que se possa decidir. Sexo muda as coisas.

O GUIA PARA ~~NÃO~~ NAMORAR DE *Josh e Hazel*   153

Agachamo-nos junto da terra recém-revirada, e pego um pacote de raízes, entregando-o para mamãe depois que ela cavoucou um buraquinho.

— Mas eu não quero que as coisas mudem — falo.

Mamãe coloca a mão suja no joelho, ainda agachada, e se vira para mim.

— É sério? Você quer que as coisas fiquem como estão entre você e Josh para sempre? Encontrando outras pessoas para ir a encontros ruins? Voltando para casa e encontrando só a Winnie lá?

— E Vodka, Janis e Daniel Craig.

Ela ignora meu humor como mecanismo de defesa e abre outro buraco, estendendo a mão para outro cubo de terra e raízes delicadas.

— Não sei como explicar — acrescento baixinho, entregando as raízes.

— Tente.

— Josh sempre foi alguém que eu admirava. Digo, ele é lindo, a gente sabe disso. Mas ele também tem uma espécie de inteligência inacreditável, e uma postura… Ele tem controle emocional. Nunca fui capaz de conseguir esse tipo de calma, mas, para ele, vem naturalmente. — Espeto o chão com a ponta da pazinha. — E como amigo? Ele é simplesmente… adorável. Leal, atento, gentil e atencioso. Eu meio que venero ele. — Mamãe ri e eu lhe entrego outro amontoado de raízes. — Sei que sou como o Chiqueirinho do Snoopy, e tem uma nuvem de caos ao meu redor, mas é como se ele nem ligasse. Ele não precisa que eu mude ou finja ser outra pessoa. Ele é muito importante na minha vida. Ele é meu melhor amigo.

Mamãe endireita as costas, avaliando seu trabalho.

— Não sei não, meu bem, isso parece meio que maravilhoso para mim.

Um lampejo sombrio de ansiedade espirala em meu interior.

— E é. Era. Mas aí fizemos sexo. O negócio é que eu sei, em algum nível instintivo, que não sou a pessoa certa para o Josh. Sou bagunceira, besta e leviana. Eu me esqueço de pagar contas e canto músicas inventadas para a minha cachorra em público antes que me dê conta do que estou fazendo. Passei um verão todo discutindo com

154   CHRISTINA LAUREN

o conselho municipal por não poder criar galinhas em meu apartamento, e lembra aquela vez que comprei aquele monte de balões porque eles estavam a cinco centavos cada um e aí não consegui nem colocá-los no carro? Eu sei, sem sombra de dúvida, que *esse* não é o tipo de mulher de que ele precisa.

Uma pequena centelha fagulha nos olhos dela.

— Como pode dizer isso?

Encolho os ombros.

— Eu o conheço. Ele me ama como amiga. Talvez como uma irmã.

— Ele *fez sexo* com você — mamãe relembra, e sinto a memória em forma de uma pulsação no peito. — Para a maioria, isso não é algo exatamente fraternal. Hazel, meu bem, você está apaixonada por ele?

A pergunta me atinge de um jeito, e não faço ideia do porquê. Era para onde nos dirigíamos durante toda a conversa. Aperto as mãos sobre a barriga, analisando o que está ali e tentando traduzir essa dor em palavras.

— Não estou, sabe, porque acho que tem um dispositivo de segurança em algum lugar aqui dentro. Não acho que conseguiria me recuperar disso.

Mamãe assente, os olhos se suavizando.

— É estranho que eu nunca tenha tido um desses? Nunca tive um amor que pudesse me consumir. Queria conhecer esse tipo de fogo.

— Nem sei se *eu* quero isso. Se dedicar meu coração a alguém e essa pessoa me deixar e seguir a vida, acho que isso me destruiria.

Mamãe levanta a mão, deslizando um polegar enlameado pelo meu queixo.

— Entendo, meu bem. Só quero que possa ter o mundo todo. E, se o seu mundo todo é Josh, então desejo que seja corajosa e corra atrás.

— Porque você é a minha mamãe.

Ela concorda.

— Algum dia, você vai entender.

QUINZE

Josh

Como sempre, Emily leva uns bons dez minutos de análise silenciosa do cardápio para decidir o que quer. Somos clientes desse restaurante há anos. Sempre peço a mesma coisa, então passo o tempo de inspeção do cardápio organizando o açúcar, arrumando o sal e a pimenta, olhando pela janela e tentando não pensar em Hazel.

Hazel sob mim, o calor de suas mãos descendo pelas minhas costas, o arranhado de suas unhas. Seus dentes em meu ombro, e o grito brusco que soltou na segunda vez em que gozou.

A *segunda* vez. Quando ela gozou, e gozou, e gozou.

Definitivamente não estou pensando em como ela murmurou que me amava quando depositei com cuidado seu corpo nu e semiconsciente sobre a cama.

Emily empurra o cardápio na mesa, tirando meu foco da janela e colocando-o de volta no garçom que se aproxima. Ela sorri para mim, fazendo seu pedido antes de mim e entregando nossos cardápios. Ainda não dissemos nem uma palavra um para o outro, e parece o começo tenso de uma partida de xadrez, ou a quietude antes do primeiro saque em Wimbledon.

Minha irmã e eu desenrolamos o guardanapo em uníssono, ajeitando-o no colo, e depois inspiramos, os olhos se encontrando. Quando ela me encara, não precisa nem dizer o que está pensando. Mas esta é Emily, então é claro que ela diz.

— Cara.

Faço que sim com a cabeça.

— Eu sei.

— Josh. — Com os cotovelos plantados na mesa, ela se debruça para mais perto. — Tipo… sério mesmo.

Balanço a cabeça e agradeço ao garçom quando ele volta para colocar o café a minha frente.

— Eu sei, Em.

— O que é isso? — pergunta ela, abrindo as mãos como se Hazel e eu estivéssemos nus bem aqui na mesa.

Ergo um dos ombros. Francamente, não faço ideia. Só aconteceu. Porém, pensando agora, tenho a impressão de que estávamos caminhando para isso desde a primeira vez em que nos vimos no churrasco. Mesmo em nossos encontros, ela sempre foi o centro da minha atenção, a pessoa com quem eu *realmente* estava.

— É algo verdadeiro?

O pé de Emily quica debaixo da mesa, e estico o meu por cima dele, paralisando-o.

— Para quem? — pergunto. — Para ela ou para mim?

— Qualquer um. Os dois.

Acrescento um pouco de creme a minha caneca.

— Eu não sei o que é, tá? Minha cabeça está uma bagunça.

— Eu te conheço, Josh — ela quase vocifera. — Eu te conheço. Você é o cara mais monogâmico em série que eu já vi. Você não *faz só sexo* com ninguém. Não estou nem aí para quanto estava bêbado.

O que posso responder? É a mesma coisa que ela me disse baixinho na casa dela, antes do jantar. E não está enganada. Nunca fiz sexo casual. Para ser honesto, nunca entendi o impulso; sexo é algo tão supremamente íntimo. Entrego um pedaço não retornável de mim mesmo, toda vez.

Quando não respondo, ela bate o indicador na mesa como se para enfatizar seu argumento.

— Você não é esse tipo de cara. Nunca nem tentou ser.

— Emily. — Deposito o recipiente de creme na mesa com gentileza, sentindo a tensão ir da ponta dos dedos até o ombro. — Sei disso a meu respeito. Olha só para mim, não estou sendo blasé. Isso está mexendo com a minha cabeça, tá bom?

— Oppa — diz ela, passando para coreano —, você a ama?

Não respondo. Não posso, porque a ideia de dizer isso me dá a impressão de escancarar algo dentro de mim, expondo um órgão precioso. Venho evitando a palavra desde que saí da cama dela, peguei minhas roupas na secadora e fui embora do seu apartamento. Entreguei meu amor com muita facilidade para Tabby e, comparado ao que sinto por Hazel... aquelas emoções agora parecem pateticamente dissolvidas; mas, ainda assim, fiquei magoado. Essa palavra, *amor*, me parece uma bola de demolição. Tenho a imagem mental de abrir uma noz e fitar os pedaços internos na palma da mão, sabendo que ela jamais ficará inteira outra vez.

—Josh?

Parece difícil encontrar ar suficiente para formar palavras. A boca e os ombros de Hazel, as pontas rosadas e macias de seus seios, sua risada explosiva e o jeito singelo com que pediu que eu continuasse dentro dela antes de pegar no sono embaixo de mim, no chão — tudo isso flutua pela minha cabeça.

— Não sei.

Minha irmã se afasta, recostando-se na cadeira como se tivesse levado um empurrão.

— *Não sei* quer dizer sim.

— Acho que é possível. — Olho para Emily. — Acho que é possível que esteja apaixonado por ela.

Nossa comida chega e agradecemos ao garçom com sons inteligíveis. Observo Emily levantar o garfo e cutucar a salada. De repente, não consigo nem me imaginar comendo.

E se isso não for apenas uma paixonite confusa depois de uma boa transa? E se for o que meu cérebro e meu coração parecem crer, e eu realmente ame Hazel? E se ela for a mulher da minha vida, e eu não for o homem da vida dela?

Empurro meu prato alguns centímetros para longe.

—Josh, vocês são *tão* diferentes.

Francamente, essa é a última coisa que preciso ouvir neste momento.

— Ah, não diga. Sei disso.

— Ela nunca será uma pessoa sossegada. Hazel não tem sossego.

Apesar do meu estado de humor, isso me faz rir.

— Em, qualquer um que tenha passado mais de cinco minutos com ela sabe disso.

Sou atingido pela imagem mental da mão roxa de Hazel enquanto ela fazia panquecas para mim. Pergunto-me se algum dia vou descobrir de onde veio aquela mancha.

Como se tivesse dito algo maldoso, Emily acrescenta num sussurro:

— Mas ela é ótima. Hazel tem um coração gigantesco.

Uma fera dentro de mim fecha o punho em volta do meu coração quando ela diz isso. Hazel é, sem dúvida, a melhor pessoa que já conheci.

— Pensei que queria que a gente saísse juntos, Em. Depois do churrasco, lembra?

— Eu queria — diz ela. — Mas vocês são muito próximos agora. Isso me preocupa.

— A mim também.

— Você não pode magoá-la.

Sustento o olhar da minha irmã e vejo fogo ali. Passa-se um momento até que eu possa falar, superando a emoção que trava minha garganta.

— Eu não a magoaria. Não vou magoá-la.

— Estou falando sério. — Ela aponta o garfo para mim. — Você tem que ter certeza. Tem que ser definitivo. Hazel é como uma estrela renegada que meio que flutua por aí. Ela tem muitos amigos, porque como alguém pode não amá-la, mas apenas alguns poucos de quem ela é próxima. Você é *realmente* importante para ela. Ela ficaria devastada se o perdesse, Josh, honestamente.

Olho para ela, cético. Hazel é feita de tijolos, fogo e ferro.

— Ah, Em, não exagera.

— Acha que não estou falando sério?

— Hazel não é frágil. Ela é forte.

— Ela é frágil no que diz respeito a você. Ela te idolatra. — Uma das bochechas dela se ergue num sorriso sarcástico. — Sabe-se lá Deus por quê.

Suspiro, olhando para o redemoinho branco em meu café.

— Mas, se mudar de ideia a respeito de algo assim — diz Emily —, acho que essa é a única coisa que poderia diminuir a luz dela. Nós dois sabemos que Hazel é uma borboleta. Acho que você tem o poder de tirar o pó das asas dela.

DEZESSEIS

Hazel

Um mês como período passado juntos dentro da normalidade parece ser o que Josh e eu precisamos para parar de fazer piadinhas sobre Sexo Embriagado o tempo todo para mostrar quanto estamos DE BOA COM ISSO. Todo fim de semana, pelas quatro semanas seguintes, fazemos coisas muito apropriadas para amigos, como assistir a algumas peças, passear por galerias de arte locais, jantar com Emily e Dave, garantir que não transemos de novo, e evitar bares e bebida (e nudez) sempre que possível. Josh começa até a me trazer o almoço toda quarta-feira na escola para podermos Apenas Ficar Juntos.

No final, talvez seja bom que eu tenha conhecimento íntimo do pênis dele para poder recomendá-lo com confiança a amigas em encontros.

Estamos definitivamente — e muito *oralmente* — Totalmente Prontos para Tentar de Novo os Encontros Duplos, então vou buscar a moça com quem marquei para sair com ele, Sasha, no estúdio de ioga onde ela dá aulas, porque ela diz que será mais fácil para ela tomar banho e se aprontar do que ir até em casa de ônibus. Coisas que descobri sobre Sasha desde que a convidei para este encontro duplo às cegas:

1. Ela nunca teve um carro, nem planeja ter.
2. Suas roupas são todas feitas de cânhamo, couro vegano ou garrafas pet recicladas.
3. Ela não corta o cabelo há quatro anos porque sente que ele não lhe deu permissão.

Apesar de parecer uma pessoa adorável e muito conscienciosa, já não sinto muita firmeza em que ela seja uma boa combinação para Josh. Para ser perfeitamente honesta, pode estar na hora de admitir que não sou uma boa casamenteira — tivemos muitos fracassos.

Vamos jantar num dos restaurantes de John Gorham, Tasty n Sons. Toro Bravo é, provavelmente, meu restaurante favorito em toda a Portland, mas nunca fui a esse, e não comi nada de propósito desde o café da manhã para poder encher a pança e depois instruir Josh a me levar para casa rolando num barril, com ou sem encontro.

Quando a busco, Sasha está com uma aparência fantástica. Usa calça jeans preta e uma camiseta vermelha muito fofa, que destaca seus belos seios. Bom trabalho, cânhamo! O cabelo dela está numa trança meio Rapunzel, que parece pesar uns trinta quilos. Quando entramos no restaurante, várias cabeças se viram para acompanhar. Tenho certeza de que, se Josh e o cara que ele vai trazer — alguém chamado Jones — não aparecerem, Sasha e eu teremos uma noite de garotas bem quente.

Mas vejo um braço se levantar lá no fundo e acenar para nós; é claro que Josh já está aqui.

— Ai, meu Deus, é ele?

Sasha se inclina para o lado, mirando de longe Josh, agora de pé. Começo a concordar que sim, eu sou a aluna de ioga mais generosa da classe dela, e ela com certeza deveria me dar um desconto, mas aí a pessoa ao lado dele também se levanta e, ah.

Minha cabeça dá um branco por

uma,

    duas,

        três,

            quatro inspirações.

Eu já *conheço* "Jones".

Ele não é Jones Alguma Coisa. Ele é Tyler Jones.

Raros são os momentos que me abalam, mas esse foi bizarro. Tyler foi meu relacionamento de seis meses. Seis meses juntos, seguidos por anos de ele me manipulando com cuidado para pensar que talvez um dia fôssemos ficar juntos de novo, para que eu transasse com ele mais uma vez, e mais uma vez.

Josh sabe sobre Tyler, mas não a extensão dos jogos mentais que ele fazia, e sem dúvida Josh não faz ideia de que meu ex, Tyler, seja o camarada da academia que ele chama de Jones.

E, mas que droga, Ty está bonito. Ele ainda tem aquele cabelo de skatista, loiro e macio, meio caído no rosto por cima do olho esquerdo. Seu sorriso de amolecer os joelhos não mudou com o tempo, a cicatriz no queixo ainda é o melhor jeito de deixar um belo rosto ainda mais belo, e ele ainda é insanamente alto, sem nenhum motivo aparente. Essa noite ele está vestindo uma camisa de flanela gasta e uma calça jeans de botão perfeitamente surrada que cobre o que sei ser um pau mágico. Aposto que, debaixo da mesa, vou ver seu indefectível All Star preto de cano alto, e no bolso de trás está enfiado seu boné dos Yankees. É como dar marcha a ré na minha vida para seis anos atrás.

O sorriso cheio de expectativa some do rosto de Tyler quando ele me vê e contorna a mesa. Ele abre caminho pela multidão, aproximando-se de mim como um predador, e sou a presa sem nenhuma habilidade de sobrevivência — só paralisada no lugar. Sasha se aproxima de Josh e presumo que estejam fazendo as apresentações sem nós, porque tudo o que posso ver de fato é Tyler chegando cada vez mais perto, cabeças se virando porque, vamos encarar, ele é um cara gostosão e decidido. Antes que eu tenha decidido se vou ficar ou dar meia-volta e fugir, seus braços estão em volta da minha cintura e sou levantada do chão com o rosto dele pressionado em meu pescoço enquanto ele repete meu nome sem parar.

Hazel, Hazel, Hazel.

Ah, meu Deus.

Puta merda, o que está fazendo aqui?

Como vai?

Não fazia ideia de que seria você!

Puta merda. Puta merda. Puta merda.

O olhar de Josh encontra meus olhos arregalados por cima do ombro de Tyler, e posso vê-lo tentando decifrar o que está havendo. Sem contexto, deve parecer um cumprimento e tanto para um encontro às cegas. As sobrancelhas dele se juntam em questionamento, e minha boca forma apenas uma palavra: *Tyler*.

Posso entender daqui o palavrão dele. *Tyler* Jones?, os lábios dele formam em seguida, e faço que sim com a cabeça.

Sasha coloca a mão no braço de Josh para redirecionar sua atenção para ela, mas posso ver que ele está apenas dez por cento ali. A cada poucos segundos ele me olha, e o observo como se ele pudesse de algum jeito me conduzir quanto ao que fazer.

— Não acredito que é você — diz Tyler, colocando meus pés de volta no chão, encaixando a mão em meu queixo e se abaixando para ficarmos cara a cara.

Mordo o lábio, recuando um pouco porque tenho a distinta impressão de que ele está prestes a me beijar.

— Foi… uma surpresa para mim também.

— É mesmo? — A boca de Tyler se estica em uma curva de presunção e ceticismo. — Pensei que Josh tivesse te contado com quem você ia se encontrar.

— É, mas… eu não te conheci como "Jones".

Somente agora ocorre para ele que eu não estava tentando surpreendê-lo com esse encontro "às cegas", e que não tinha ideia de que ele estaria aqui. Deus, é tão típico de Tyler pensar que isso, de algum jeito, foi tudo orquestrado para ele.

Ele se abaixa outra vez, capturando meu olhar.

— Espero que tenha sido uma surpresa boa…

Isso me desconcerta um pouco, essa demonstração de incerteza.

— Ainda estou decidindo — digo a ele. — Da última vez em que o vi, você estava escapulindo do meu quarto sem se despedir. Você partiu para a Europa no dia seguinte, com a pessoa que descobri depois ser a sua namorada.

Ele sustenta o meu olhar e assente o tempo todo em que falo, como se minhas palavras fossem presentes outorgados por uma deusa benevolente.

— Eu era um bosta. Fui *um bosta completo* com você, Hazel, e isso me atormenta todos os dias. — Tyler solta uma exalação trêmula e parece desnorteado. — Puta merda, não consigo acreditar que está aqui.

Ele me puxa de novo para seu peito e minha expressão de surpresa é esmagada contra seu esterno.

Meus dedos tremem quando sua mão gigante os engolfa e ele me puxa, levando-me de volta para a mesa onde Josh e Sasha estão sentados pedindo drinques. Chego exatamente quando Josh está dizendo:

— ... Eeeee a mulher que está chegando agora vai querer um bourbon Bulleit duplo com ginger ale. — Ele encontra meu olhar e acrescenta: — Num copo pequeno.

Josh sabe que preciso tomar uma agora mesmo. Deve estar escrito em minha testa.

— Josh, meu camarada! — Tyler dá um tapa na mesa, e o sal e a pimenta tilintam juntos. — Você não me disse que Hazel é Hazel *Bradford*! Você sabia que ela é o amor da minha *vida*?

O queixo de Josh bate no chão, e tenho vontade de rir frouxamente ante essa declaração de Tyler. Quantas Hazels ele conheceu na vida? Também sinto ganas de soltar um grito feito uma banshee, alto o bastante para quebrar todas as janelas do estabelecimento.

— Ficamos juntos por dois anos e meio, cara — diz Tyler, e, quando começo a desafiar esse cálculo, ele olha para Sasha e pede desculpas por ter sido rude (Tyler? Pedindo desculpas por esnobadas sociais?), estendendo a mão para cumprimentá-la (a mão que não está em volta da minha). — Desculpe, desculpe. Eu me chamo Tyler.

— Sasha — diz ela, aturdida, como se fôssemos tão fascinantes quanto os primeiros programas de reality.

— Estou tendo um treco aqui, agora. — Tyler olha para mim de novo e esfrega a mão livre na testa, como se transpirasse devido ao choque. — Josh e eu treinamos juntos às vezes. Não fazia ideia de que ele estava me arranjando um encontro com a minha ex. Pensei nessa mulher todos os dias pelos últimos quatro anos.

O GUIA PARA ~~NÃO~~ NAMORAR DE *Josh e Hazel*   165

Nem sei como absorver esses exageros, então apenas abro um sorriso pequeno e tenso, e me sento de frente com Josh, que me encara com uma intensidade tão singular que eu me preocupo com a possibilidade de ele estar marcando minha testa a fogo com um pontinho vermelho.

A chegada de nossos drinques, e o tempo que Tyler leva para pedir um para ele, me dão alguns segundos de oxigênio e espaço mental.

1. Tyler está fantástico.
2. Ele parece genuinamente arrependido, apesar de estar exagerando um pouco.
3. Meu cérebro virou geleca. Esse é o Efeito Tyler Jones. Ele é charmoso, e lindo, e sempre foi a minha kriptonita.

Lá se vai meu amadurecimento.

Eu me lembro da primeira vez que ele terminou comigo, a sensação de ouvi-lo dizer que eu era divertida, mas não era material para longo prazo.

Lembro a primeira vez que ele deixou a minha cama depois de me procurar só para sexo, e me disse que era sempre tão bom assim entre nós, e obrigado por uma noite divertida.

Transamos provavelmente umas vinte vezes depois disso, e em todas elas eu me senti uma merda depois. A coisa chegou ao ponto de eu querer Tyler Jones na mesma proporção de não desejar mais esse ponto fraco em meu coração. Toda vez eu pensava: *Dessa vez, vou dizer não! Dessa vez, vou pedir para ele ir embora depois que eu gozar, mas antes de ele chegar lá!*

Dessa vez, dessa vez, dessa vez.

Volto à conversa quando Tyler está contando a história de quando fomos esquiar e consegui chegar ao sopé da montanha viva de algum jeito depois de perder meus bastões de esqui e me chocar de cara com uma camada espessa de gelo. Para começo de conversa, não é uma história que me agrade, mas pelo menos é uma história em que minhas roupas de baixo estão intactas e minha saia não está jogada por cima da cabeça.

Ainda.

— É, a Hazel é bem cabeça-dura — Josh graceja baixinho, e sou a única que explode numa risada nervosa e alta demais. Ele olha para mim, sorrindo da minha histeria constrangedora, próxima demais da superfície. Josh estende a mão por cima da mesa e roça as pontas dos dedos no dorso da minha mão no que pode ser um gesto de *estou aqui com você, tudo certo* ou de *mantenha a calma*.

Tyler está cheio de histórias do tipo *Hazel Bradford é a mais maluca de todas!*, e entretém uma Sasha e um Josh fascinados com A Vez Em Que Tentei Adotar Um Tigre, A Vez Em Que Hazel, Uma Veterana, Correu Pelada Sob Orientação Dos Calouros, e, mais mortificante ainda, A Vez Em Que Decidimos Que Deveríamos Transar No Banheiro de Todos Os Principais Museus de Portland.

Josh me olha com uma cara azeda porque tínhamos acabado de visitar o Museu de Arte de Portland dois dias antes.

— Que nojo — sussurra ele, esfregando as mãos nas coxas.

Admito que Josh é um bom contador de histórias, e eu soo como a Olivia Pope da Diversão na maioria delas. Posso ver que Sasha e Josh estão genuinamente entretidos. Mas, conforme ele fala e fala de toda essa história compartilhada, sou esmagada pela consciência estarrecedora de que entreguei tanto de meu coração e meu tempo a Tyler, recebendo tão pouco em troca.

É assombroso para mim que, de todo o tempo em que estivemos juntos e anos em que estivemos separados, seja *disso* que ele se lembra. Se eu tivesse que compartilhar minhas histórias de Tyler Jones, haveria algumas ótimas, entre elas, A Noite Em Que Ele Brandiu O Pau Mágico® Pela Primeira Vez e A Vez Em Que Ele Me Mostrou Por Que Mulheres Adoram Sexo Oral, mas, tirando isso, elas seriam em sua maioria Aquela Vez Que Tyler Disse Que Me Amava Para Entrar Dentro das Minhas Calças ou Aquela Outra Vez Que Tyler Disse Que Me Amava Para Entrar Dentro Da Minha Boca.

Uma espiadela em Josh me diz que, enquanto seu colega de academia tagarela sem parar sobre nossas aventuras e peripécias sexuais, o encanto está se quebrando. Compreendo de imediato; se você me perguntasse qual é o relacionamento mais importante em minha vida, eu diria que é o Josh, sem hesitar. Mas com certeza Josh pode ver, com tanta clareza quanto eu, a marca que Tyler deixou em mim. Eu também estaria com cara de leite azedo se fosse Tabby aqui falando sobre tudo o que ela e Josh compartilharam.

Seu maxilar se enrijece e, quando Tyler enfim faz uma pausa para respirar, Josh se interpõe para conversar com Sasha sobre os interesses, o trabalho e a vida dela.

Tyler aproveita a oportunidade para se virar e pegar minha mão outra vez, levando-a até os lábios.

— Hazel?

— Sim?

— Perdoe-me.

Algo aperta meus pulmões até todo o ar sumir.

— Pelo quê?

Ele assente, os olhos fechados, e seus lábios se movem para cima e para baixo nos nós dos meus dedos com o movimento. Por cima da cabeça baixa de Tyler, Josh capta meu olhar e nós dois desviamos os olhos com rapidez.

— Perdão por ter terminado e feito você se sentir como se não merecesse meu tempo no longo prazo. — Então Tyler *se lembra*, claro. — Perdão por não te deixar seguir em frente depois. Perdão por ter te usado como fuga sempre que as coisas ficavam difíceis em outras áreas da minha vida. E perdão por ter desaparecido sem dizer nada.

Quando ele olha para mim, dou-lhe um sorrisinho. É gostoso ouvir tudo isso. Não posso fingir que não é. Mas obviamente ainda estou em choque, porque não tenho nada a dizer em resposta, nem que sejam as palavras erradas.

O garçom deposita uma Coca diet na frente dele e, com isso, as coisas se encaixam.

— Você tá em recuperação — digo.

Ele assente.

— É. É. Tô, sim. Tô muito mais feliz. — Ele solta minha mão para erguer o copo e tomar um gole. — Queria poder voltar atrás em um monte de coisas.

Estou contente por ele, porque obviamente é uma boa decisão, mas estou tão passada com o surgimento de Tyler que não consigo nem desfrutar da comida. Um gole e minha bebida parece podre. Minha comida tem tempero demais e parece haver uma lâmpada fluorescente em minha boca.

Tyler e Sasha — e, numa extensão menor, Josh — parecem se virar bem com uma colaboração mínima de minha parte, mas não posso fingir que não fico aliviada quando a conta chega e os dois caras sacam a carteira. Nem discuto.

— Haze — diz Josh, baixinho —, quer pedir que embrulhem isso para levar para casa?

Olho para meu prato. Dei talvez duas garfadas.

— Quero. Claro.

Josh pega minha sacola de comida quando nos levantamos e coloca um braço fraterno em torno dos meus ombros antes que Tyler possa me chamar de canto.

— Foi uma noite divertida — diz Josh baixinho, olhando para mim.

— Foi ótima. — Posso ouvir a pergunta em minhas palavras, tipo: *Espera, foi divertido? Eu estava no Planeta Piti durante a maior parte da noite, não reparei.*

— Deixe eu te passar meu telefone. — Tyler pega o celular que seguro frouxamente na mão e abre uma nova mensagem de texto, mandando para si mesmo um Esse é o número da Hazel, seguido por um smile.

Tenho vontade de tomar o celular da mão dele e verificar quantas mensagens dessas ele tem, vindas de garotas diferentes. Mas aí me sinto uma babaca por pensar isso, porque ele se abaixa e dá um beijo casto em meu rosto.

— Você é uma pessoa melhor do que eu — diz Tyler, e é desconfortável, porque Josh ainda está com o braço em volta dos meus ombros, então Tyler está praticamente beijando a mão de Josh, mas

O GUIA PARA ~~NÃO~~ NAMORAR DE *Josh e Hazel* 169

Tyler não parece mais se incomodar em expor sua alma em público.

— Foi realmente ótimo te ver.

Josh acompanha Sasha na saída; ele diz que vai levá-la para casa e algo em meu peito se fecha em um punho e esmurra os dois por isso. Tyler entra num Jeep Cherokee e acena enquanto vai embora. Meu carro dá partida na segunda tentativa, e vou para casa numa névoa, estacionando na frente do meu prédio sem prestar atenção em nada no caminho.

Porque Josh está na casa de Sasha.

O pensamento se agarra a minha mente como percevejo em cortiça: *preste atenção nisso. Josh está na casa da Sasha. Fique obcecada com isso depois. Só não… agora.*

Tiro minhas roupas e as largo no chão bem ao lado do cesto de roupas sujas num ato de rebeldia que, é bem provável, Josh nunca verá. Esfrego o rosto para tirar a maquiagem mínima e jogo o lenço no lixo com uma violência que Tyler jamais chegou a apreciar. Subo na cama em minha camiseta de A Fodona e calcinha onde se lê Xaninha do Mal, e ligo a tv sobre a cômoda com toda a intenção de assistir *Flores de Aço*.

Com cinco minutos de filme, debulho-me em lágrimas.

— Ei. Ei.

Estou ofegante, agarrando meu seio como se ele fosse meu coração, e olho para a entrada do meu quarto.

Josh está lá.

Josh está *aqui*? Nem o ouvi entrar e ele já está se aproximando e sentando na lateral da minha cama enquanto me derreto ante a visão de Sally Field correndo pela casa de bobes no cabelo.

— Usei a chave que você me deu. Tudo bem?

Tudo que consigo é acenar que sim com a cabeça.

— Ei — diz ele, gentilmente. — O que foi? O que aconteceu depois que eu saí?

— Nada. — Enxugo as evidências em meu rosto. — Só me sinto emotiva.

Estico-me por cima dele para alcançar a gaveta da mesinha de cabeceira, onde estão não só vários vibradores, mas também chocolates. Ele me observa passar por um amontoado desorganizado de brinquedos sexuais em busca de açúcar sem dizer nadica de nada, e segue sem dizer nada quando enfio um Twix inteiro na boca e começo a falar com a boca cheia.

— Ver Tyler foi puxado. Eu pensei que estivesse indo para casa com a Sasha e queria conversar com você.

Enterro o rosto na camisa dele e inspiro como se o farejasse. Ele cheira a sabão em pó e um traço do vinagre da casa dos pais dele, e imagino abrir a boca e comer sua camisa, engolindo-a com a barra de chocolate.

Então me dou conta de que o cobertor escorregou para baixo e ele consegue ver a parte de trás da minha calcinha Xaninha do Mal. Ele arrasta a atenção para o meu rosto, os olhos arregalados e desfocados.

— Esta noite poderia ser melhor — digo a ele, puxando a camiseta para cobrir o traseiro.

— Não fazia ideia de que Jones e Tyler fossem a mesma pessoa. — Ele passa a mão em meu cabelo bagunçado num gesto de desculpas. — Jamais teria marcado nada entre vocês. — Uma pausa. — Digo, obviamente.

— Eu sei. — Observo enquanto ele lê minha camiseta A Fodona algumas vezes antes de rir.

— Por estranho que pareça — ele murmura —, adoro você nesse estado de humor.

Ignoro o monstro prateado e empolgado que se revira dentro de mim quando ele diz isso.

— Ele me tirou do eixo porque estava sendo tão bacana, e eu juro que, tipo, por dois anos, tudo o que eu queria ouvir eram as coisas que ele disse esta noite. — Comecei a chorar outra vez. Jesus Cristinho, eu sou um desastre. — Tyler foi o cara que partiu meu coração e me deixou tão cautelosa em me envolver emocionalmente de novo, e lá estava ele. Ele parecia igualzinho, mas se lembrou de todas as merdas que fez comigo e pediu perdão por todas. — Soltei um lamento e usei a camisa de Josh como lenço. — E aí você foi para casa com a Sasha e eu queria conversar com você.

O GUIA PARA ~~NÃO~~ NAMORAR DE *Josh e Hazel*   171

— Você já disse isso, Haze.

— Bem, eu queria muito, muito mesmo.

Ele me abraça por alguns minutos; vai saber, talvez seja por uma hora. Perco a noção do tempo e do espaço; se alguém decidir inventar uma máquina de reconforto, ela deveria ter o formato de Josh Im. Sua mão direita prescreve círculos lentos nas minhas costas, e a esquerda está ancorada nos cabelos da minha nuca, enquanto ele fica falando baixinho coisas como

Sinto muito.

Pude ver como você estava chocada.

Xiiu, eu sei, eu sei. Vem cá, Haze. Tá tudo bem.

Enfim, afasto-me e peço desculpas numa voz embargada pelos soluços por cobrir a camisa dele de lágrimas e secreções melodramáticas.

— Com certeza você deveria ir para casa e assistir um pouco de tv, e esquecer que isso aconteceu. Não sei por que sou esse desastre.

— Não sei, não… sinto que deveria ficar. — Ele afaga meu rosto do mesmo jeito que Tyler fez, mas, em vez de me sentir levemente intimidada, é maravilhoso, embora ele esteja perto o bastante para observar em detalhes os meus poros, e sei que não sou de chorar bonito. — Não gosto de ir embora quando você tá triste. — As sobrancelhas dele se juntam no meio. — Na verdade, nunca tinha te visto triste.

— Eu tô bem.

— Posso ficar.

Tento aliviar o clima — ser brincalhona —, mas infelizmente as palavras que cantarolo caem como tijolos:

— Você pode ficar, mas, olha, não vou transar com você de novo.

Insira o ruído de uma agulha riscando o disco aqui.

Josh revira os olhos e solta meu rosto.

— Tá certo. Tô indo pra casa.

— Espera! — Engulo o traço de desespero em minha voz. — Eu estava brincando. — Tento salvar a piada: — Eu definitivamente transaria com você de novo.

A expressão dele fica sombria e depois se transforma em exasperação. Sua voz é áspera e baixa.

— O que é isso, Haze? Só quero me certificar de que você está bem.

— Eu sei — digo. — Desculpe. Eu sou um desastre. — Enxugo o rosto e tento parecer tão controlada quanto possível. — Adoraria sua companhia, de verdade.

Ele já tirou os sapatos na entrada, então tudo o que precisa fazer é tirar a calça jeans e já está apenas com a cueca boxer e a camiseta. A cueca tem estampa de pimentinhas-jalapenho, e ele desvia meus olhos da silhueta do seu pau — *pau* de amigo! Não é pra você! — ao afastar meus lençóis e se enfiar na cama ao meu lado.

— Vá mais para lá.

Josh apanha o controle remoto, e coloco a cabeça sobre seu ombro largo, sabendo, assim que inalo um sopro do seu cheirinho quente, que devo estar a dez minutos de adormecer.

— Mas nada dessa porcaria de *Flores de Aço* — murmura ele. — Vamos assistir o primeiro *Alien*.

DEZESSETE

Josh

Acordo à beira de um orgasmo. Ainda me encontro vestido, mas meu peito está suado, o sangue corre quente e frenético e, assim que recobro a consciência, posso sentir a tempestade elétrica se formando na base da minha coluna.

O que me acordou foi o som que Hazel emitiu em meu ouvido. Uma parte ancestral minha deve ter compreendido o tom de seus ruídos e atendido antes que eu sequer estivesse totalmente desperto, porque ainda movo meus quadris quando registro que (1) estou acordado e (2) ela ficou mole ao meu lado.

Tudo fica imóvel enquanto arfamos juntos, sem fôlego. A perna de Hazel está em volta do meu quadril, suas mãos são punhos em meu cabelo, e a boca está a poucos centímetros da minha.

— Uau. — Engulo em seco, levantando a cabeça para dar uma espiada para trás, observando o quarto escuro dela ao nosso redor. A única luz vem da televisão. O aparelho da Apple TV está alternando os protetores de tela — uma série de flores e vida selvagem. O relógio na cabeceira me diz que são 3h21 da manhã; o filme deve ter acabado há horas. Estou ainda semidesorientado quando olho para ela, a boca relaxada e os lábios separados, os olhos abertos agora, acesos no escuro.

Então, aqui estamos nós: de algum jeito, durante o sono, começamos a nos mexer juntos ainda vestidos, e acho que Hazel acaba de…

— Ah, meu Deus… — Ela engole em seco. — Pensei que estivesse sonhando.

— Eu também.

— E acordei gozando.

Então ela *gozou mesmo*. Puta merda! Minha barriga se retesa de desejo.

— Foi mais ou menos quando acordei.

— Desculpe, Josh. Eu não pretendia…

— Não, para, fomos nós dois.

Ela deve sentir o contorno rígido do meu pau pressionado contra o seu calor, porque murmura:

— Tudo bem com você?

Todo músculo do meu corpo está retesado. As mãos de Hazel ainda estão em meus cabelos, e ela arranha meu couro cabeludo de leve, movendo os quadris um pouquinho para cima, rebolando contra mim como se precisasse esclarecer o que quer dizer.

Estou rígido; posso sentir a dor, a tensão pulsando no umbigo, que lentamente se transformará num desconforto opressivo e latejante. Amanhã eu me preocupo com as consequências. Por enquanto…

— Eu… preciso gozar.

Com um sussurro de É?, ela ergue a cabeça apenas o bastante para pressionar a boca na minha. É macia e quente, e seus quadris se levantam da cama, insistentes, fazendo círculos em mim.

— Não me incomodo… em resolver isso sozinho — gaguejo entre beijos —, se for melhor assim…

— É uma bela imagem, mas… — Hazel engancha o polegar na minha cueca e a desliza sobre minha bunda, descendo-a até as coxas.

Antes de me recomeçar, tenho um momento de reflexão — *O que é que estamos fazendo, e o que isso significa?* —, mas ele evapora como vapor no ar frio. Temos que nos desembaraçar de leve para poder tirar a calcinha dela, e quero senti-la, pele na pele. Arranco sua camiseta e, em seguida, a minha.

O alívio que isso traz — sua pele nua contra a minha, suas pernas escorregando para cima, dando a volta em meus quadris — é quase obliterante. Posso sentir quanto meu orgasmo está próximo, logo sob a superfície.

Ela estende a mão para baixo e me segura, brincando com minha ereção contra seu corpo, e tenho que desviar minha mente para outro lugar — imagino que estou correndo, esfregando o banheiro, cortando cenouras — para não gozar com o calor e a fricção dela contra a cabeça do meu pau.

— Sei que não deveria falar nada para não estragar o momento, mas puta merda, Josh, isso é gostoso demais.

Cerro os dentes, reteso os músculos do abdômen e forço meus quadris a ficarem exatamente onde estão: longe o bastante para ela manter o controle, mas perto o bastante para ela poder fazer tudo o que quiser.

— Acho que eu poderia gozar outra vez. Só com isso.

Puta merda.

— Tipo... — A voz dela decai para um suspiro rouco, e ela arqueia o pescoço, as palavras ficando cada vez mais difíceis de encontrar. — Como é que algo tão simples...

Ela desliza a ponta ao longo da pele úmida, de um lado para o outro, para cima e para baixo, e no meio. Não tenho ideia de como ainda estou respirando.

— Como é que isso... — um pequeno arfar — pode ser tão gostoso?

Balanço a cabeça porque não faço ideia — ou talvez meu cérebro esteja apenas tentando convencer o resto de meu corpo a ir mais devagar —, mas sou distraído pela sensação dos joelhos de Hazel subindo o caminho até minhas costelas.

Ela beija meus lábios, puxando o inferior para dentro de sua boca.

— Você também acha gostoso?

Inspiro, meio zonzo.

— Acho que você é a coisa mais gostosa desse mundo.

— Você sabia que existem, tipo, sete mil nervos na cabeça do pênis? — ela arfa. — Mais do que em qualquer outra parte do seu corpo?

Meus braços tremem com o esforço de me conter.

— Parece correto.

Hazel ri, mas o som se despedaça e flutua para longe quando ela se move sob mim, os quadris indo para cima enquanto ela me posiciona exatamente onde quer. Tudo para, e seus olhos encontram os meus na estranha luminosidade que emana da TV.

— Está bom assim?

Solto o ar numa risada curta ante o absurdo da pergunta, beijando-lhe o queixo.

— Está brincando?

— A gente vai fazer isso só *duas vezes*, então.

Em qualquer outra ocasião, eu riria com isso, só que meu cérebro não pode processar nada além do calor inacreditável dela, a consciência de que estou prestes a ter o que desejo. Minha boca aberta repousa na dela enquanto a penetro, e isso significa que sinto o modo como sua respiração fica entrecortada.

— Josh.

Ela tem razão, puta merda, isso é bom demais.

— Eu sei.

— Essa é a pior ideia de todos os tempos?

— Não sei. Neste momento, parece a melhor ideia de todos os tempos. — Encaixo as mãos no traseiro dela, erguendo seus quadris para mim, entrando e saindo dela, indo mais fundo a cada investida.

Sinto uma pontada de culpa, como se esse ato devesse ser apenas para resolver um assunto pendente — um acidente que aconteceu durante nosso sono —, e que não deveria estar gostando tanto disso. Mas como posso não gostar? Hazel está linda debaixo de mim: seu cabelo é uma profusão de cachos no travesseiro, sua boca é carnuda e úmida, seus seios se movem comigo cada vez que me aprofundo nela.

E tenho a sensação de que ela também está saboreando o momento. Ela me toca como se estivesse memorizando meu formato, com as palmas das mãos e as pontas dos dedos, os polegares acompanhando o contorno das minhas costas. Suas mãos deslizam até minha bunda, voltam para os ombros, o pescoço, e se entranham no meu cabelo. Quando me apoio nas mãos e me levanto para ver o que estou sentindo, as mãos dela percorrem um circuito na parte da frente: ombros, clavículas, peito, barriga, descendo até o ponto em que estou entrando e saindo dela.

Seus dedos saem de lá molhados e, antes que eu possa pensar a respeito, puxo-os para cima e os meto na minha boca antes de me abaixar para beijá-la. É um pensamento obsceno tão singular, mas quero que ela sinta o que estamos fazendo com cada um de seus sentidos. Se ela quer memorizar isto, quero tatuar o ato em seus pensamentos.

Olha só, penso. *Estamos fazendo algo aqui.*

Deus, há uma consciência diferente desta vez que me deixa ao mesmo tempo mais relaxado e mais inibido. Para começar, já fizemos isso, então existe uma familiaridade no corpo dela sob o meu e em saber — mesmo que ligeiramente — do que ela gosta. Mas estou sóbrio, e por isso cada movimento é intencional, cada toque é consciente.

Também me dou conta, quando ouço seus gemidos e sinto a peregrinação faminta de suas mãos, de que para mim, pelo menos, isso não é apenas uma paixonite ou uma pontada de desejo; é algo mais profundo. Acho que isso é amor, acho que ela é a mulher para mim, mas não consigo chegar de fato a esse lugar emocional quando os gemidos dela pressionam meu ouvido; sei que vou ouvi-los por dias.

— Josh.

— Oi.

Ela fica quieta, quase como se de repente se sentisse constrangida.

Minha boca pressiona seu queixo, minha mão encontra seu seio enquanto reduzo meus movimentos a círculos minúsculos.

— Diz pra mim.

Em vez de responder, ela encaixa a mão no meu rosto e leva minha boca até a dela. Seu beijo é tão penetrante, tão desesperado, que me pergunto se ela está questionando algo com esse gesto.

Isso é real?

— Também sinto isso — digo a ela. Seja lá o que for. — Sinto como você sente.

Hazel desliza a língua sobre a minha, abrindo bem as pernas e me puxando para ir mais fundo, até gritar na minha boca, dizendo

Isso

Estou gozando

Sinto todo o ar me deixando quando a sigo, entregando-me a uma espiral — e um suspiro de alívio me esgota. O prazer é irreal: metálico, líquido, luminoso, arrancando um longo gemido que escapa, estrangulado, da minha garganta.

As mãos dela agarram meu traseiro, mantendo-me lá no fundo enquanto estremeço.

Exceto a respiração ofegante de ambos, o silêncio nos cerca.

— Você gozou de novo? — sussurro. Preciso saber. Se a resposta for não, ainda não terminei por aqui.

Ela faz que sim, a testa úmida contra a lateral do meu rosto.

— *E você?*

Solto um ruído incrédulo e ela ri, mas, quando começo a recuar, ela agarra meus ombros e me prende com as pernas em volta das minhas coxas, mantendo-me dentro dela.

— Não. — Ela pressiona a boca em meu pescoço. — Ainda não estou pronta para isso terminar.

Sei exatamente o que ela quer dizer.

Hazel já está de pé quando acordo, nu na cama dela. Ouço ruído de pratos na cozinha e um lampejo de alívio me percorre por ela não ter fugido às pressas pela necessidade de elaborar o que houve em algum outro lugar.

Levo a mão à testa e tento descobrir o que fazer. Amo Hazel; com a claridade do sol matinal entrando em feixes pela janela, sei que amo. Mas, no longo prazo, será que sou o que ela precisa? Não quero prendê-la se ela não estiver pronta; e se ela quiser alguém barulhento e gregário como Tyler, quem sou eu para dizer que ela não deve ter isso?

Também me pergunto como está a cabeça dela depois do que fizemos na noite passada. Hazel já fez isso antes — sexo casual, ficadas. Mas me lembro dos momentos na noite passada em que tudo parecia quase desesperado entre nós, como se ela não quisesse me soltar. Sei que isso também pode estar relacionado ao peso da nossa amizade e seu medo de perdê-la. Pode ter sido uma trepada de conforto, e nada além disso.

Não faço ideia do que pensar.

Coloco a cueca e a calça jeans, continuando sem camisa, e é de propósito. Calculo que, se ela fizer alguma piadinha sobre meu corpo ou se aproximar para me tocar... vai ser bom, não vai? Se ela quiser descobrir o que está rolando entre nós, eu topo, na hora.

Na cozinha, ela tira colheres de uma gaveta e levanta a cabeça quando entro. Está vestindo seu pijama preferido, de dálmatas — um short minúsculo e uma regata ainda menor, o que faz desse pijama o meu preferido também.

Um rubor cobre seu peito e pescoço quando ela me vê, mas noto que os olhos se mantêm firmes no meu rosto.

— Oi.

Esfrego a mão casualmente na barriga.

— Oi.

Ela se vira com rapidez para a gaveta de talheres, fechando-a com o quadril.

— O que está fazendo? — pergunto.

Ela aponta para uma caixa de Corn Flakes no balcão e diz:

— Só cereal mesmo. Imaginei que também fosse querer.

Em seguida, ela aponta para a cafeteira com o queixo.

— Sem panquecas azuis? Sem waffles de banana?

Hazel ri, olhando para o balcão.

— Provavelmente eu queimaria tudo.

Detenho-me no caminho para pegar uma caneca.

— E desde quando isso te impediu?

Sou presenteado com uma faísca de um sorriso antes que ela o esconda e se vire para pegar o leite na geladeira.

Sério, que diabos é isso? Cadê minha Hazie Doidinha?

Um mau pressentimento sobe do meu estômago para o peito. Será que a noite de ontem quebrou algo de bom entre nós?

— Haze.

Ela olha para mim enquanto despeja cereal na tigela.

— Oi?

— Tá tudo bem com você?

Acho que nunca antes a vi corar.

— Tá, por quê?

— Você tá... normal.

Ela não parece entender.

Coloco a caneca no balcão e estendo a mão, flexionando os dedos.

— Vem cá.

Ela atravessa a cozinha e vem. Seu cabelo é uma bagunça ensandecida, derramando-se pelas costas. As palavras estão muito próximas da superfície: *eu sei que isso é confuso, mas será que a gente pode tentar entender?*

Porém, ela não olha para mim, e não sei dizer se a tensão no olhar dela é medo ou necessidade de colocar um pouco de distância entre nós. Será que tem algo que não estou percebendo?

Infelizmente, ela vai ter que fazer isso com palavras, não com expressões faciais ou resmungos. Coloco as mãos nos quadris, um convite para que ela me toque. Em vez disso, Hazel cerra as mãos em punhos e as abriga contra o peito.

— Isso tem alguma relação com Tyler?

Ela pisca, sem entender, e depois balança a cabeça em uma negativa.

— A noite de ontem te assustou? — pergunto.

Ela hesita, mas repete o gesto negativo. Mas ela estava bastante emotiva ontem, e é difícil para mim saber como interpretar isso: se a parte mais insegura de mim estiver certa e ela quiser dar uma chance para essa coisa com Tyler, tenho que deixá-la tentar.

Não tenho?

— Tá, então, o que é? Por que não está fantasiada de galinha e fritando donuts caseiros para mim?

— Acho que é um pouco sobre esta noite. — Ela morde o lábio inferior antes de admitir: — Eu... eu me preocupo com o que aconteceria se... — Ela torce a boca para o lado, escolhendo as palavras com cuidado, mas deixa a última parte escapar num jato: — Se a gente fingisse que somos compatíveis.

Hummm. Parecíamos *bastante* compatíveis. Aperto os quadris dela com gentileza.

— Não acho que estejamos *fingindo* nada. Transamos em duas ocasiões, e tudo bem, certo? Não precisa significar nada que a gente não queira. Você está bem?

— Eu tô. E você?

Solto uma risada.

— Claro que estou. Você é a minha melhor amiga, Haze.

Os olhos dela encontram os meus, arregalados de surpresa.

— O que foi? — pergunto.

— Você nunca tinha dito isso.

— Tinha, sim.

— Não tinha, não.

Começo a tentar me lembrar, mas, honestamente, não faz diferença.

— Bem, é verdade. Eu tô bem. Você tá bem. E, o mais importante: nós estamos bem, não estamos?

Ela assente e enfim sustenta meu olhar.

— Agora vamos lá. Faça umas panquecas horrorosas para mim.

Ela relaxa as feições com um sorriso bobo, arrastando os pés de volta para o fogão.

— Tá, se você insiste…

Algo se alivia em mim ao mesmo tempo que outra coisa se enrijece. Por um lado, *Hazel* está de volta. Por outro, sinto que acabamos de concordar em manter a situação como está, quando acho que quero que a gente evolua.

Fizemos amor esta noite. Ela deve saber disso.

Ela pega uma tigela para a massa.

— Você se divertiu ontem à noite?

Eu a encaro.

— Hã… Achei que já tivéssemos concordado que sim, eu me diverti, sim.

Rindo, ela corrige:

— Estou dizendo antes de virmos para cá.

— Ah. Acho que sim. A Sasha é legal. Tyler pareceu razoável. Na maior parte do tempo, fiquei preocupado com você. — Analiso-a em busca de uma reação a esse comentário. Ela franze o nariz com rapidez, como se prendesse um espirro. — Está se sentindo melhor a respeito hoje?

Ela acabou de pegar a farinha e já está com uma faixa branca na bochecha.

— Estou. Não sei por que isso me abalou tanto. Foi bom vê-lo. Ele parece estar num momento bom.

Hazel assente algumas vezes, como se convencesse a si mesma.

— Pensei que tivesse me dito que vocês ficaram juntos por seis meses. Ele disse dois anos e meio.

— Ele me enrolou durante dois anos desse período. Não estávamos juntos de verdade; ele só estava me comendo escondido. — Ela encontra meu olhar e se faz de vesga. — É, eu sei. Sou uma idiota.

— Os *caras* são idiotas nessa idade. Tenho certeza de que ele dizia todas as coisas certas para fazer você pensar que ele ia voltar, todas as vezes. Ele está bem mais velho agora. Parecia bem arrependido.

Ela faz uma careta esquisita e depois desvia o olhar. Pergunto-me se ela está pensando a mesma coisa que eu: *por que diabos você está defendendo ele?*

Hazel vai até a geladeira atrás de ovos. Seu telefone vibra no balcão.

— Quem é? — pergunta ela, por cima do ombro.

Olho e meu estômago se afunda.

Quando não respondo, ela se inclina para captar meu olhar.

— Josh, qual é o problema?

— Ah. Nada. — Viro a tela para ela. — Mas o Tyler te mandou uma mensagem de texto.

— Sério? — Ela fecha a porta da geladeira. — Já? O que ele disse?

Seria expectativa na voz dela?

Não queria ler a mensagem. Literalmente, a última coisa que eu queria ler no mundo era essa mensagem.

Mas isso podia ser uma mentira, porque eu também queria muito, muito mesmo ler essa mensagem.

— Honestamente, quer mesmo que eu leia isso em voz alta?

— Manda ver. Não temos segredos.

O GUIA PARA ~~NÃO~~ NAMORAR DE *Josh e Hazel* 183

Com um suspiro profundo, destravo o celular dela com a impressão digital que ela me fez programar meses atrás, e leio a mensagem.

— *Oi, Hazel. Tive mais tempo para elaborar o choque da noite passada.* — Faço uma pausa, olhando para ela. — Tem certeza?

Ela quebra um ovo na tigela e assente.

— *Você estava linda. Nunca usei a palavra radiante, mas ela me passava pela cabeça toda vez que você sorria para mim.* — Esfrego o dedo sob meu lábio inferior. Ele tem razão; ela estava mesmo. E parece ainda mais radiante agora. Gosto de pensar que *fui eu* que a deixei assim. — *Você está diferente, mas ainda é a mesma coisinha selvagem que eu amava. Quase doeu te ver, porque eu sei que fodi com tudo.*

Droga.

— Realmente, acho que é você que devia ler isso aqui — digo.

Ela olha para mim, implorando.

Tomo um gole de café, engolindo o fogo que borbulha no meu estômago.

— *Disse ontem à noite e repito hoje: dei as costas para algo bom, e faria qualquer coisa para desfazer isso. Você me daria mais uma chance?*

Coloco o telefone dela virado para baixo sobre o balcão e passo a mão no rosto.

— É isso.

Passam-se alguns segundos antes que ela fale, e, nesse tempo, eu a observo batendo os ovos até virarem uma espuma firme.

— Não foi ruim, não é? — pergunta ela.

Tenho vontade de socar a parede.

— O que você vai responder?

Ela larga o batedor e passa o dorso da mão — deixando outra mancha de farinha — pela testa.

— Josh. Ele é meu ex, *o* Ex, e está de volta, tentando consertar as coisas. Você está *aqui*. Sem camisa. Transamos de novo esta noite, e foi bom? Sim, sim, pra caralho. Mas eu sou a pessoa certa pra você? A gente é alguma coisa um pro outro? Ou somos só amigos que trepam? O que você responderia, se fosse eu? Diga o que eu devo *responder*.

Solto o ar devagar, controladamente.

Se ela sentisse o que sinto, isso não seria uma pergunta. Se Hazel está minimamente dividida na questão Josh contra Tyler, então está bem claro que ela precisa decifrar isso antes que ela e eu possamos progredir — se é que ela quer progredir. O relógio da cozinha soa enquanto sustentamos o contato visual, e calculo as probabilidades de isso se tornar uma merda gigantesca.

Ela é a minha melhor amiga, e eu, o dela.

Fizemos sexo duas noites.

Um sexo incrível.

Talvez eu esteja apaixonado por ela.

— Josh.

Ela pode estar apaixonada por mim, ou não.

De qualquer maneira, ela ainda não definiu isso.

— Josh.

A voz dela é tão frágil, uma janela de vidro estremecendo ao vento.

Bato com os nós dos dedos no balcão.

— Se é assim que a sua cabeça está, acho que vale a pena dar outra chance a Tyler.

DEZOITO

Hazel

Sei que é melodramático, mas, quando Josh vai embora naquela manhã, fico olhando para a porta fechada por uns bons quinze minutos.

Costumava me perguntar como seria ficar no meio de um ciclone, um furacão, no epicentro de um terremoto. Uma ou duas vezes, quando Tyler machucou meus sentimentos sem nenhuma consciência disso, eu pensava: *Essas emoções são diminutas. Imagine ficar de pé bem ali, quando a Terra toda treme.* Pergunto-me se o que está havendo dentro de mim não é apenas uma versão em menor escala de uma tempestade tropical: tudo é soprado para longe, virado de cabeça para baixo.

Estar perto de Josh é como aterrissar depois de um ano de voo — os braços trêmulos, a energia exaurida. Os sentimentos que tenho por ele se tornaram tão enormes que são quase debilitantes. Eles me apavoram e deixam claro que o que eu sentia por Tyler seis anos atrás era como uma gota num balde; a noite passada com Josh foi como um tsunami.

Porém, honestamente, não sei se quero um tsunami. Mamãe diz que gostaria de viver um; eu não tenho tanta certeza de se somos mulheres do tipo que vivencia tsunamis.

Tyler quer outra chance, e Josh acha que eu deveria lhe dar uma. Isso parece ser o que todo mundo faria — o que *pessoas normais* fariam. Meus instintos não estão totalmente a bordo, mas, sem nenhuma experiência nesse grau de combustão emocional, meu barômetro interno parece desequilibrado. Simplesmente não sei qual é a resposta certa.

Assim, endireito as costas, peço um beijo de boa sorte a Winnie, imploro que Daniel Craig me dê sabedoria, e respondo à mensagem de Tyler.

> Acho que temos muito sobre o que falar. Venha jantar aqui na sexta-feira.

Tyler aparece na porta da minha casa segurando uma folha de papel e duas garrafas de vinho tinto. Seria mais fácil para todos os envolvidos se saíssemos para jantar, mas, se ele quer de fato se redimir, pode ingerir minha comida e aguentar o desastre que ocorre enquanto cozinho. Se isso não testar o temperamento de uma pessoa, nada mais testará.

Assim que entra no meu apartamento, ele parece lotar o lugar, olhando ao redor e assentindo como se fosse o que ele esperava antes de se virar para mim com um sorriso e os presentes nas mãos.

Fito as garrafas de vinho que ele me deu, confusa, admito.

— É tudo para mim?

— Podemos dividir.

Fazendo uma pausa, não sei se minha pergunta se classifica como Coisas Horríveis Que Escapam da Boca de Hazel, mas sigo em frente.

— Então você *não* está em recuperação?

Com um riso fácil, ele faz que sim com a cabeça.

— Não bebo mais em bares. Só bebo em casa. É melhor.

— ... Ah.

— Legal sua casa, *uau*.

Tyler continua fazendo que sim, impressionado, e tenho que acompanhar sua atenção pelo espaço para descobrir o que está vendo. Apesar de ter limpado, meu apartamento não é lá grande coisa, não de verdade.

Mas ele está tentando ser bacana. Pode-se dizer isso em favor dele, pelo menos.

Uma vozinha lá no fundo me lembra de que Josh não se incomodou em puxar meu saco e dizer que minha casa é adorável. Ele nunca mente nem finge entusiasmo. Ele apenas me aceita.

Por que estou comparando Tyler com Josh Im agora?

Provavelmente pela mesma razão que me fez pensar em Josh Im durante a semana que passou.

Winnie se aproxima, dá uma cheiradinha superficial em Tyler e olha para mim como se eu fosse uma messalina traidora. Sem se impressionar, ela volta para onde estava, aninhada junto à janela. Vodka grasna uma vez e então enfia a cabeça sob a asa. O peixe nem lhe dá uma segunda olhada. A única coisa que capto da minha família animal é uma retumbante indiferença, e, embora Tyler esteja lindo de calça jeans preta, o All Star e uma camiseta preta justinha, não consigo evitar o pensamento de que meus animais também o comparam a Josh Im.

Respirando fundo, tiro tudo isso da mente. Resolvi que vou dar a ele outra chance, e compará-lo com o modelo de Perfeição não é fazer isso.

Então, aqui estamos.

Tentei fazer lasanha para o nosso jantar, porém, quando Tyler me segue até a cozinha para abrir o vinho, enxergo o local pelo olhar dele: parece que aconteceu um massacre aqui.

— Uau! O que vamos comer?

— Um animal atropelado? — digo sorrindo.

Ele ri e me surpreende ao se abaixar para beijar minha testa.

— Devo servir um pouco de vinho para você?

Meu estômago se revira de um jeito esquisito. Não tenho vontade de beber com Tyler; não quero ficar relaxada nem confortável, nem recair em padrões antigos. Mas também não quero ser rude.

— Claro.

A rolha protesta quando ele abre a garrafa.

— O caminho todo até aqui — diz ele — eu fiquei lembrando da vez em que fomos assistir *Traídos pelo Desejo* naquele cinema antigo e baratinho, e você entrou numa briga de empurrões com o cara atrás de nós porque ele usou a palavra *bicha*.

Levo alguns segundos para me lembrar dessa, mas aí tudo volta com uma clareza espantosa. O idiota que estragou o final para aqueles que ainda não tinham assistido ao filme.

— Ah. É, ele era um chato.

— Deus, aquele tempo é que era bom.

Concordo com um aceno de cabeça, discordando por dentro enquanto o observo servir duas taças enormes de Shiraz. Ele me entrega a dose volumosa e levanta a sua em um brinde.

— A velhos amores e novos começos.

Solto um *Saúde* murcho, levantando minha taça e deixando o líquido tocar meus lábios. O brinde soa tão piegas e excessivo que quase desejo que Josh esteja aqui para me dar aquela revirada de olhos por cima da borda da taça. Josh é uma maravilha quando está servindo uma bebida a seus pais; adoro assistir o jeito como ele serve com as duas mãos, o jeito como aceita uma bebida fazendo exatamente a mesma reverência.

O vinho está com um gosto esquisito para mim, então deixo o copo na mesa com a desculpa de conferir como está a lasanha e começar a montar a salada.

O jantar sai até que muito bom. O queijo está borbulhante e dourado, a salada veio de um saquinho pré-pronto, então era impossível que eu a estragasse, e o pão de alho não demandou nada além de ser retirado do freezer e colocado no forno por vinte minutos. Não sou nenhuma *chef*, mas não queimei nada e por isso estou me dando um efusivo *high five* mental.

Meu cérebro está rodando sem parar enquanto Tyler fala sobre seu trabalho, seu apartamento e os amigos da faculdade com quem ainda mantém contato. Estou mesmo fazendo isso? Tendo um encontro, no meu apartamento, com Tyler Jones, o Escroto-Mor? É a esse ponto que cheguei?

Para ser franca, nunca passei tanto tempo pensando sobre minha vida amorosa quanto fiz nestes últimos dias. Não sou uma idiota. Sei que meus sentimentos por Josh Im vão além da amizade — alô, nós tivemos uma transa de virar as órbitas há apenas uma semana —, mas, sempre que imagino tentar *namorar* com ele, tenho uma sensação de pânico no peito e preciso enfiar a cabeça para fora da janela ou desabotoar a camisa. A ideia de namorar com ele e ouvi-lo dizer que sou esquisita ou constrangedora faz tudo dentro de mim tentar se esconder. Sexo, eu aguento. Mas desnudar minha essência emocional para Josh e observar sua proverbial careta de desgosto? *Deus do céu.*

Penso em mamãe e em como ela reagiu ao papai quando ele disse aquelas cinco palavras para ela — *você é constrangedora pra caralho* —, e como aquilo não pareceu abalá-la nem um pouquinho. Pensava que era por ela ser tão forte e capaz de esconder sua dor, mas agora sei que é porque a opinião dele não importava. Ela não o amava.

E, seja como amigo ou como algo mais, eu *já* amo Josh. Profundamente.

— ... aí eu o levei para outra oficina — diz Taylor, muito alto, como se soubesse que eu havia me distraído e tivesse aumentando o tom de voz para atrair minha atenção para onde ele queria —, e o cara de lá concordou comigo. Porra de correia dentada. Quem consegue se confundir sobre uma *correia dentada*?

— Não é? — digo, inserindo o que espero ser o grau apropriado de incredulidade em favor dele. Acrescento uma cara feia ao olhar para o meu prato, empurrando um pouco o prato. A lasanha parecia tão gostosa quando a tirei do forno, mas, no momento, nada me parece menos apetitoso. Pergunto-me se estaria tudo bem para Tyler se eu pegasse um pouco de cereal açucarado para comer no jantar, em vez disso.

— Enfim — diz ele —, é por isso que eu não tinha flores.

Levanto a cabeça.

— Oi?

— Para trazer pra você — diz ele, inclinando-se mais para perto e colocando a mão no meu antebraço. — Eu te dei um desenho de flores, lembra? Na entrada?

Deu?

— Certo, certo. É tão bonito!

Ele abaixa a cabeça e sorri com humildade.

— Bem, eu queria trazer flores de verdade e vinho. Fazer o ritual romântico.

Fazer o ritual romântico. Para Tyler, isso costumava ser um pacote com meia dúzia de PBR e a promessa de uma boa trepada depois. Pergunto-me se isso ainda vale, ou se ele talvez tenha aprimorado, nem que só um pouquinho, seu nível de sedução. Afasto-me da mesa, saindo de seu alcance.

— Isso foi muito gentil. Você sabe que nunca precisei de flores.

— Ninguém *precisa* de flores. — Pegando seu prato, ele me segue para a cozinha, dobrando as mangas da camisa como se pretendesse lavar a louça. — Mas todo mundo gosta delas.

Pelo visto, estava certa. Tyler abre a torneira, enchendo a pia. Reparo que ele não deixa a água esquentar muito antes de colocar a tampa no ralo e encher a pia, e mentalmente cubro os olhos de Josh para não ter que assistir a essa desconsideração óbvia às técnicas adequadas de limpeza.

— E aí, conte-me algo sobre você — diz Tyler, pegando meu prato. Ele franze a testa para a louça antes de raspar toda a minha porção de lasanha para dentro do lixo. — Algo que tenha acontecido nos últimos anos.

Ele está aqui há mais de uma hora, e essa é a primeira pergunta que me dirige.

Apoio-me contra o balcão, observando-o.

Ele pode ser um tanto sem noção, mas, com certeza, é bonito visto de trás. E de frente também.

E ele está aqui, tentando. Lavando a louça, puxando conversa. Meu estômago parece uma casa flutuante num rio agitado. Se eu pudesse apenas me acalmar, talvez conseguisse de fato desfrutar de sua companhia.

— Bom, você sabe que sou professora.

— Sim. Quarto ano?

— Terceiro. — Apanho meu vinho, dou uma cheirada e mais uma vez resolvo não tomá-lo. — Esse é o meu primeiro ano na Riverview. Vejamos… o que mais… Minha mãe mora em Portland agora.

— Ela mudou de Eugene, não é?

Certo. Talvez não tão sem noção, no final das contas.

— É. — Uma minúscula centelha se acende no meu peito. Ele se lembra de coisas a meu respeito. Coisas totalmente sem relação com o tamanho dos meus peitos ou zonas erógenas. — Minha amiga mais chegada aqui se chama Emily...

— A irmã de Josh? Acho que ele a mencionou no jantar.

Permito-me uma risada mental intensa. Josh provavelmente mencionou muita coisa que perdi por completo durante meu colapso mental.

— É, boa memória. E ela é casada com nosso diretor, Dave, um cara que parece uma sequoia e que, eu te juro, faz o melhor churrasco desse lado do Mississippi.

— Parece incrível.

— Bom, admito que nunca estive a leste do Mississippi, nem experimentei churrasco em tantos lugares assim, mas Dave faz uma comida excelente.

Tyler ri disso.

— Talvez a gente possa jantar lá uma hora.

E, num estalar de dedos, bem quando eu começava a relaxar, algo se retesa dentro de mim outra vez. A ideia de me sentar ao lado de Tyler na mesa de jantar de Emily e Dave me faz sentir indecente. Imagino Josh de frente para nós, sentado ao lado de Sasha, e aí me imagino jogando uma costela coberta de molho para ele. Na minha cabeça, a costela aterrissa em sua camisa de trabalho pristina, deixando uma mancha escura, e ele me olha de cara feia.

Resmungo um *claro* antes de procurar pelo cereal no armário. Pegando a caixa, continuo:

— Sabe, eu também tenho uma família animal comigo. Você já conheceu Winnie, a poodle, Vodka, Janis Hoplin e Daniel Craig.

Tyler vira a cabeça para olhar para mim, e respondo à pergunta no olhar dele.

— Desculpe. Meu peixe. Daniel Craig. — Outra dúvida continua ali, e respondo a essa também: — Daniel Craig é uma homenagem digna. Meu peixe tem uma bela cauda.

Flagro o sorriso malicioso e divertido pouco antes de ele se virar de volta para a pia.

Talvez *seja* diferente desta vez. Talvez Tyler realmente tenha se tornado um adulto, e talvez esteja tudo bem para ele agora o fato de que eu nunca vou me tornar uma.

Quando a campainha toca, Tyler está na metade da segunda garrafa de vinho. A única taça que ele me serviu está no balcão da cozinha, quase intocada.

Ele se vira na direção do som.

— Você chamou um táxi pra mim? — graceja, a voz grave e lenta. — Achei que dormiria aqui esta noite.

A risada sem graça que sai de mim soa como um ciborgue dando defeito, e me levanto para atender à porta. Até agora, vínhamos genuinamente nos divertindo — quero dizer, não nos divertindo no sentido de *é hoje que eu vou me dar bem*, mas estava legal. Sim, houve muitas reminiscências sobre os Dias de Glória da parte dele, mas fico surpresa em descobrir que Tyler se lembra das coisas com bastante precisão, e sem muita fantasia ou recriação.

Também fico surpresa ao encontrar Josh e Sasha de pé à porta de entrada. Ela prendeu todo o cabelo num coque que parece capaz de abrigar uma família de águias e tem nas mãos outra garrafa de vinho. Na mão de Josh há um pequeno buquê de girassóis.

— Oi! — Sasha me dá um beijo no rosto antes de passar por mim e entrar no apartamento. Ela vê Tyler lá dentro. — Que coincidência! Encontro duplo, segundo *take*!

Encaro Josh, que está ocupado analisando a longa silhueta de Tyler, esparramado bem à vontade numa ponta do meu sofá. Embora tenhamos trocado mensagens de texto quase sempre, não o vi a semana inteira, não desde que ele deixou meu apartamento depois que nós...

Meu peito parece se encher de gás hélio.

— Oi — digo.

Josh pisca, redirecionando sua atenção para mim.

— O que está pegando, penetra de encontros?

Ele deu de ombros.

— Acho que me esqueci que ele vinha pra cá hoje.

Winnie surge correndo ao som da voz dele, disparando para a porta.

— E você pensou que eu seria uma vela ótima para o seu encontro?

— Pensei que talvez você quisesse companhia — diz ele, abaixando-se para afagar a orelha de Winnie.

Apesar de essa ideia me deixar toda radiante, pergunto-me se, caso eu rejeite essa explicação, ele vai trocar de desculpa até chegar em algo que lhe permita passar pela porta de entrada.

Experimento.

— Tente outra vez.

— Tínhamos vinho sobrando e quisemos dividir.

— Não.

— Ainda não tinha jantado e senti o cheiro delicioso de lasanha.

Sou uma cozinheira horrível, e Josh sabe disso.

— Essa foi a pior até agora, Jimin.

Ele empurra as flores na minha direção.

— Você gosta de girassóis.

Meu coração abre um sorriso e dou um passo para trás, deixando que ele entre. Ele para ao lado da porta para tirar os sapatos e diz baixinho:

— A não ser que prefira manter as coisas… *em particular* esta noite.

Em minha mente, ouço pneus derrapando quando ele diz isso — tão tenso, quase sondando. Será que Josh realmente acha que eu transaria com ele há uma semana e depois com Tyler hoje? Quero dizer, nem troquei os lençóis ainda.

O que é algo que provavelmente não deveria contar a Josh. Ele ficaria horrorizado.

— Estamos nos divertindo — digo —, mas fico feliz em ver você.

Parece a melhor forma de apagar a preocupação protetora no rosto dele, e também de fazer com que saiba que é bem incrível ele ter vindo, porque de jeito nenhum eu vou deixar Tyler Jones dormir, *dormir*, aqui esta noite.

Mas uma nuvem passa pelo rosto de Josh pouco antes que metade de sua boca abra um sorriso.

— Bem… que bom.

Ouço uma rolha sendo retirada na cozinha, e o *glub-glub-glub* de uma taça generosa de vinho sendo servida.

— Haze — chama Sasha, e Josh e eu trocamos um olhar rápido ante o uso não autorizado do meu apelido —, quer vinho?

— Ainda tenho um pouco no balcão, obrigada.

— Ela está enrolando com essa mesma taça há três horas — reclama Tyler. — É melhor servir outra taça para ela.

— Em plena sexta? Não parece a Hazel de sempre. — Josh passa por mim para tirar o casaco e pendurá-lo na parede, com uma labradoodle apaixonada em seu encalço. Até Vodka se apruma no poleiro. — Geralmente, a essa hora, ela já tomou duas garrafas e está desenhando uma coleira para Winnie em uma caixa de cereal.

Do sofá, Tyler solta um *Né não?* com uma expressão amigável.

Belisco o braço de Josh em uma retaliação malcriada e depois passo a mão de maneira apreciativa, porque ele parece mais sarado do que de costume sob meus dedos. Para disfarçar o tremor que me percorre, tiro a mão, falando em um tom divertido:

— Olhaaa… você tá todo sarado e musculoso hoje.

Ele me dá um tapa na mão.

— Pervertida.

— Fez flexões em preparação para o encontro?

— Não.

— Todo esse tônus muscular vem só de se masturbar, então? Uau.

Ele me dá um peteleco na orelha, com força, e nossos olhares ficam presos um no outro por

um

Eu… preciso gozar.

dois

Eu... preciso gozar.

três segundos

Ele me dá um meio sorriso perverso.

— Frequentei bastante a academia esta semana.

Puta merda. Toda a nossa transa passa num flash pela minha mente quando ele diz isso, a voz toda grave e rouca.

Estávamos sóbrios na sexta-feira passada.

Fizemos sexo deliberadamente.

Ah, meu Deus, *eu conheço os sons que Josh Im faz durante o sexo.*

Os olhos de Josh passam pelo meu pescoço, minhas bochechas, e seus olhos se arregalam um pouco, então sei que o calor que estou sentindo por baixo da pele é visível para ele.

— Haze...

— Sobre o que estão conversando?

Recobramos a consciência num pulo quando Sasha desfila até a sala de estar com um verdadeiro aquário de vinho acoplado na mão, sorvendo o conteúdo em goles longos. Tanto Josh quanto Tyler observam isso com interesse.

— Nada — murmuramos em uníssono.

Sasha limpa a boca com o dorso da mão sem nenhuma delicadeza, num gesto que lhe garante uns setenta Pontos Divertidos, e então solta um *aaaaaahhhh* em seguida, conquistando mais vinte.

— Com sede? — pergunta Tyler. Seu tom me surpreende; pela primeira vez hoje, beira a escrotice. Não o culparia por ficar um pouco aborrecido com os penetras do encontro, se ele estava pensando que tinha chance de se dar bem.

Mas Sasha parece nem perceber as palavras dele.

— Josh me levou para assistir a uma peça muito fofinha hoje.

Algo lá dentro aperta meu pulmão esquerdo, e esfrego as costelas para aliviar a dor.

— É? Qual?

— Uma produção exclusivamente feminina de *Rei Lear.*

Tyler finge roncar, mas olho para Josh tentando loucamente abafar minha mágoa genuína.

— Você foi assistir sem mim?

Um brilho de pânico surge nos olhos dele.

— Não sabia se você… Zach tinha dois extras… E a Sasha estava disponível…

— Tudo bem.

Desfaço meu beicinho com rapidez, porque posso ver na cara dele que Josh se sente culpado de verdade.

Ele se ajeita numa poltrona em frente a Tyler, murmura um *Desculpa* para mim mais uma vez e dá uma espiada disfarçada, com olhos arregalados, para Sasha, que está dando a volta no sofá, como se me dissesse: *Não sabia mais o que fazer com ela!*

Pelo menos, é assim que escolho interpretar aquele olhar.

— E vocês, gente?

Sasha desaba ao lado de Tyler, que está basicamente deitado agora, chacoalhando a taça de vinho equilibrada no peito dele. Ele a levanta para evitar um derramamento e aproveita a oportunidade para sorver alguns goles longos. Sento-me no braço do sofá.

— A Doidinha fez o jantar — diz ele, arrotando contra o punho em seguida. Josh e eu trocamos um olhar breve de quem está confuso com esse apelido, e os olhos dele se estreitam uma fração de segundo antes que Tyler levante a mão em que arrotou e a enfie nos cabelos da minha nuca, massageando-a. — Lasanha. Estamos só descansando em casa, atualizando as novidades.

Ao ouvir isso, a sobrancelha esquerda de Josh faz um arco considerável, e me intrometo com rapidez, passando por cima do uso constrangedor do *em casa* de Tyler com um empolgadíssimo:

— Também fiz pão de alho e salada!

Sabendo exatamente do que estou tentando distraí-lo, Josh volta toda a sua atenção para mim. Vejo no rosto dele: *É assim, então? Você e Tyler? Descansando em "casa"? Preparando salada para o seu homem?*

Devolvo a cara feia, tentando expressar meus pensamentos de volta para ele. *Por acaso entendi errado no outro dia? Você não queria que eu explorasse essa coisa com Tyler? Ou era só um jeito de me fazer parar de convidar você para entrar na minha vagina? No fim, é só um jantar!*

Você também vai levá-lo para a reunião dos AA depois?

Talvez!

Ele ainda me encara, mas sua expressão passou de uma possessividade desconcertante para o divertimento, como se desfrutasse da minha óbvia confusão mental. Faço uma carranca para ele, que ri.

— Ah, então... — diz Sasha, drenando o copo e levantando-se, presumivelmente para se servir de novo. — Tenho entradas para o Festival da Colheita. Quatro, na verdade.

Tyler se levanta de supetão, olhos arregalados. Estão bem injetados.

— É sério? A gente devia ir, sem dúvida.

Josh fica imóvel com a garrafa de água contra os lábios.

— O que é esse Festival da Colheita?

— É um show que dura o dia inteiro no Tom McCall Park — diz Sasha, acrescentando devagar, como se isso não fosse claro o bastante para Josh: — Um festival *de música*.

Tyler olha para nós, surpreso por não chegarmos a um consenso imediato.

— Cara. O *Metallica* vai tocar lá.

Sasha assente, convencida.

— Vai. Podíamos ir todos juntos.

Mentalmente, espeto um garfo no meu olho.

Tyler passa a mão incrédula sobre a boca antes de suspirar um reverente:

— *Limp Bizkit*, cara.

Do outro lado da sala, Josh solta um gemido de dor.

Coço uma das sobrancelhas.

— Vamos ser as pessoas mais jovens de lá?

Josh solta uma gargalhada diante dessas palavras, mas lhe lanço um olhar de repreensão. Ele não pode fingir ser o cara descolado nessa. É um sujeito cujo rádio do carro parece sintonizado eternamente na rádio dos clássicos.

— Ah, tem muito mais que isso — diz Sasha da cozinha, aumentando o tom de voz acima do *glub-glub-glub* da garrafa de vinho. Suas palavras e o gorgolejar são seguidos pelo retinir da garrafa vazia indo para a cesta de recicláveis. Duas taças. Ela acabou com uma garrafa de vinho em duas taças. Não consigo decidir se isso é impressionante ou preocupante. — Three Days Grace, Simple Plan...

Josh e eu trocamos um olhar sofrido outra vez.

— My Chemical Romance — diz Tyler, depois de procurar o festival no celular. — Three Days Grace...

Sasha acena, tomando um gole do vinho.

— Esse eu já havia falado.

— Estou só lendo a lista. — Tyler retorna ao celular. — Ah, olha! Julian Casablancas estará lá. E Jack White. — Ele olha para mim, e admito: os últimos dois despertaram um pouco meu interesse. — Ao ar livre. Um monte de gente feliz. — Ele faz uma pausa e abre um sorriso malicioso para mim. — Hippies por todo lado, dançando com os olhos fechados.

Meu interesse está oficialmente despertado. Do outro lado da sala, posso ver os ombros de Josh se afundarem em resignação.

— Estamos nessa — digo a eles.

O GUIA PARA ~~NÃO~~ NAMORAR DE *Josh e Hazel*

DEZENOVE

Josh

Dave tem a exata reação que eu esperava quando menciono que vamos para o Festival da Colheita no domingo:
— O que é esse Festival da Colheita?
— Viu? — Dou um tapa na mesa e olho para Hazel, que parece mais interessada em arranjar os grãos longos de seu arroz selvagem em fileiras iguais. — Nem Dave sabe o que é isso, e ele conhece dessas coisas musicais. — Olho para ele, explicando: — É um show que vai durar o dia todo, com várias bandas dos anos 1990 e começo dos anos 2000.
— Ah, tá. — Ele coloca na boca uma garfada do jantar, mastiga e engole. — Na verdade, agora que você mencionou, estava sabendo desse festival. Só... não dei importância.
Abro um sorrisinho superior para Hazel, cuja reação é se virar e tentar uma disputa de qual é a cara mais feia comigo. Coloco a mão sobre os olhos dela e desvio o olhar.
— Quem vai? — pergunta Dave.
— Hazel, eu, Sasha e Tyler.
— Tyler outra vez, hum? — pergunta Emily, e seu tom me deixa todo murcho. Tiro a mão do rosto de Hazel.
Ela olha para minha irmã, do outro lado da mesa.
— É. É provável que ele esteja mais empolgado com isso do que qualquer um de nós.
Um fio de seu cabelo fica preso no lábio, e estendo a mão para soltá-lo, mas ela é mais rápida do que eu. Vejo-me afastando a mão dela, de um jeito meio abrupto e desajeitado. Emily chama minha atenção com o olhar, e lhe ofereço um dar de ombros querendo

dizer *sei lá* antes de desviar os olhos e estender a mão para a enorme bandeja de carne que Dave grelhou para nós.

Minha pulsação parece um tiroteio. Para ser honesto, não acho que Hazel goste tanto assim de Tyler, mas o fato de estar lhe dando tanta chance me faz pensar que ela também não gosta tanto assim de mim. Só espero que tenhamos colocado um ponto-final nessa coisa de amigos-que-transam cedo o bastante para que eu não vire o cara que fica desejando a amiga pelo resto da vida.

— Tyler e Sasha, episódio três. — Dave me encara. — Parece que vão dar um tempo com o experimento do encontro às cegas, então?

Com esforço, evito olhar para Hazel.

— Ah, com certeza, vamos dar um tempo, sim — digo.

Em minha visão periférica, posso vê-la cutucando sua porção de comida. Ela não está comendo muito, e sequer tocou a margarita à sua frente. Tirando basicamente qualquer coisa que a minha mãe cozinhe para ela, a carne *asada* de Dave é seu prato preferido no mundo. No geral, ela come como se se controlasse para não enfiar a carne na boca com as mãos.

— Está se sentindo bem?

Tomando um leve susto, ela levanta a cabeça.

— Tô. Tô bem. Só estava pensando no que Dave disse. Estou meio triste em pensar que não vamos mais ter encontros duplos às cegas.

— Sério? — Recosto-me na cadeira, fingindo estar em choque. — Você se divertiu mesmo com aquela série de catástrofes?

Hazel dá de ombros, e seus enormes olhos castanhos encontram os meus.

— Gosto de passar meu tempo com você.

Emily me dá um chute, com força, por baixo da mesa, e o pé de Dave se estica na diagonal e pisa no meu. Chuto os dois, e Emily solta um ganido.

— Ainda podemos passar tempo juntos, sua tonta.

— Eu sei. — Ela apanha a margarita, lambe um pouco de sal da borda e depois a devolve à mesa. — Mas antes era como estivéssemos vivendo *aventuras*.

O GUIA PARA ~~NÃO~~ NAMORAR DE *Josh e Hazel* 201

— Aventuras *terríveis* — Emily relembra.

— Aventuras terríveis que *nunca* terminavam em sexo — acrescenta Dave, com ênfase triunfante, e a mesa caiu em um silêncio de inverno após uma explosão nuclear. — Bom — corrige ele —, exceto por aquela vez.

Hazel me olha de esguelha, e tenho que tomar um longo gole de água para não começar a tossir.

Emily planta os cotovelos na mesa, inclinando-se.

— Teve *alguma* outra vez?

Meu sorriso se congela ao ouvir aquele tom crítico.

— Posso lembrar a você que minha vida sexual não é da sua conta?

— Se me lembro corretamente, não fui *eu* quem puxou o assunto na *porta de entrada* algumas semanas atrás.

— Fui eu — concorda Hazel —, mas só porque sou inerentemente incapaz de manter a boca fechada.

Dave parece a fim de dar uma cortada na bola que ela levanta com essa resposta, mas, com sabedoria, mantém a vontade apenas no brilho alegre dos olhos ao olhar para mim.

— Vocês realmente transaram de novo? — pergunta Emily.

Olho para ela e respondo baixinho, em coreano.

— Dez segundos depois, e ainda assim não é da sua conta, Yujin.

Ela franze os lábios, mas deixa passar.

Quando saímos do Jeep de Tyler no estacionamento, no domingo, parece que todos ao redor ainda estão se recuperando de seja lá qual libertinagem tenham praticado na noite anterior. Há muitos coques masculinos, camisas xadrezes amarradas em volta das cinturas, barbas e calças jeans artisticamente desbotadas.

Também mal são dez da manhã e todos que vejo caminhando pelo gramado têm uma cerveja na mão. No palco, lá longe, um par de *roadies* dedilha alguns acordes antes de trocar de guitarras para a verificação do som, e a multidão espalhada se agita, começando a se aglomerar adiante. Sasha fez um piquenique com o que imagino ser algo do tipo triguilho e tofu embrulhados em folhas de uva, ou tortilhas de maconha recheadas de *tempeh*, mas ela parece muito feliz carregando a cesta no braço, então comerei um pouco só para levar na esportiva e depois pegarei um cachorro-quente gigante com Hazel numa das barracas. Sasha também veio com o cabelo solto... nunca o tinha visto assim, e ele me dá arrepios. É *bem* comprido — tipo, vários centímetros abaixo do traseiro de tão comprido —, e, com a janela aberta pela maior parte do caminho, seu cabelo acabou voando pra cima de mim. Quando fechei os olhos para tentar não ter um ataque por causa disso, não melhorou muito; era como ser empurrado numa cadeira de rodas em uma sala cheia de teias de aranha. Agora posso definitivamente marcar um *não* na área reservada para fetiches relacionados a cabelo.

E ainda bem, porque há zero química entre nós, e isso também não parece incomodá-la. Não nos beijamos, nem chegamos a flertar de fato. Não sei muito bem por que saímos na sexta-feira. É quase como se... bem, Hazel ia receber Tyler para jantar, então eu podia muito bem levar Sasha para sair também. O fato de que a levei para assistir *Rei Lear* quando sabia que Hazel queria assistir a mesma coisa foi genuína coincidência — eu me esqueci mesmo —, mas, pensando agora, me pergunto se meu subconsciente não estava fazendo buraquinhos na pipa da Hazel.

Ao meu lado, Hazel carrega uma pilha de cobertores nos braços. Seu cabelo, num comprimento perfeito, ainda está úmido e retorcido em dois coques laterais no topo de sua cabeça. Ela cheira a algum tipo de flor que tenho certeza de que desabrocha no jardim da minha mãe toda primavera, e a fragrância me deixa nostálgico e desagradavelmente apaixonado.

Chegamos a uma extensão de grama que parecia bem melhor de longe. De perto, é irregular e enlameada. Sasha sai para localizar onde ficam os banheiros, e Hazel corajosamente espalha os cobertores sobre o solo desgastado, gesticulando para que me sente, e em seguida prontamente tira os sapatos e salta algumas vezes sem sair do lugar.

— Eu me esqueci de como gosto dessas coisas!

— Eventos ao ar livre com o pessoal da Geração x bêbado e envelhecido? — pergunto.

Ela me dá um tapa no ombro e depois se vira, saltitante, jogando os braços para cima num alongamento felino que prende a atenção. Olho para Tyler enquanto ele observa Hazel se balançar sem música alguma além das vozes e da multidão se agitando ao nosso redor. Sua atenção vai dela para os grupos na vizinhança imediata, alguns dos quais estão olhando para ela com uma expressão de curiosidade. Então ele olha de novo para ela, o olhar tenso.

— Vem sentar comigo, Doidinha.

A irritação força as palavras para fora da minha boca.

— Não sei se esse é um bom apelido, *Ty*.

Tyler — eu o conheço da academia há alguns anos já. Ele sempre me pareceu um cara legal, sempre com um sorriso, ajudando qualquer um que precisasse. No momento, porém, ele está olhando para mim como se visse cada pensamento sedutor que eu já tive sobre a mulher dançando a nossa frente e estivesse calculando como retirar meu cérebro pelas narinas.

— Bom, é o meu apelido para ela, *Josh*.

— Sempre?

Ele dá de ombros.

— Comecei agora.

Não consigo me conter e vou adiante.

— Como você a chamava na faculdade?

Tyler abre um sorriso pretensioso.

— Gata.

Bem, acho que posso entender por que ele está tentando algo mais original desta vez.

— Porque era isso que ela *era* — diz ele, olhando para mim de cima a baixo agora, avaliando o que deve ter se dado conta de que é sua concorrência. Como ele não percebeu isso antes? Hazel e eu estamos juntos o tempo todo. — Ela era a minha gata.

Com *timing* impecável, Hazel vira e se joga de pernas cruzadas à nossa frente.

— Quem era a sua gata?

Tyler coça o maxilar, inquieto.

— Você.

A testa se franze de imediato.

— Eu era sua *gata*?

Inclino-me para trás, apoiado nas mãos e sorrindo para os dois.

— Eu estava dizendo agorinha para o Josh que era assim que eu te chamava na faculdade — esclarece ele.

— Chamava, é?

Deus, isso é tão deliciosamente desconfortável. Ele olha de relance para mim, bufando um pouco.

— É. Lembra?

Ela franze o nariz, depois olha para mim, avaliando minha reação. A percepção de que ela sempre olha para mim em busca de solidariedade, da minha opinião, de reconforto, acende um centelha em mim. Para ser franco, tenho que me empenhar para não me debruçar adiante e beijá-la na frente dele.

Os *roadies* esvaziam o palco mais próximo de nós, e aplausos sobem como uma onda por todo o parque. Meu telefone vibra na cintura com uma mensagem de texto de Sasha.

— Sasha disse que encontrou alguns amigos lá no *pit* e vai ficar por lá, caso alguém queira se juntar a ela.

— Quem vai abrir? — Hazel pergunta a Tyler.

Ele a encara, inexpressivo por um instante, e então sorri, paciente.

— O *Metallica*.

— Eles vão abrir? Pensei que fossem a atração principal.

A careta de Tyler me dá vontade de gargalhar.

— Não, eles vão começar.

— Acho que não aguento tanto empurra-empurra às dez da manhã — diz ela, com um sorriso genuíno em resposta.

Com uma olhada para mim e outra para ela, ele se levanta e corre para encontrar Sasha lá embaixo, perto do palco.

Assim que ele se vai, nós dois nos largamos na grama e fitamos as nuvens agitadas lá no alto.

— Talvez chova — digo.

— Aquela nuvem parece uma tartaruga.

Sigo a direção do dedo dela.

— Parece uma tigela de pipoca para mim.

Ela responde a isso com um simples:

— Sinto que você e Tyler não gostem mais um do outro.

Virando a cabeça para o lado e a encarando, digo:

— O que te faz pensar isso?

— Tinha um negócio meio cheio de testosterona rolando agora há pouco.

— Sobre ele chamar você de *gata*? — Volto a olhar para o céu. — Sei lá, eu acho que gata é o apelido mais besta do mundo.

Isso pode ser uma hipérbole; só não gosto de nada que tenha a ver com Tyler hoje.

— Você nunca chamou ninguém de gata? Nem a Tabby?

— Nem a Tabby.

Ela solta um murmúrio inteligível de reflexão, depois fica quieta.

— Você se divertiu no seu encontro na outra noite? — pergunto.

Chego a ouvir seu sorriso quando ela diz:

— Você quer dizer, antes de vocês aparecerem?

— É.

— Foi bacana. Não estava me sentindo muito bem, e Tyler realmente adora relembrar os Bons Tempos de Outrora, mas parece que está se esforçando tanto que não quero desapontá-lo.

Quando não respondo, ela acrescenta:

— Acho que tem razão, vale a pena dar outra chance a ele.

O ar ao meu redor para.

— Quando eu te disse para dar outra chance a ele?

O pescoço de Hazel se ruboriza, e ela olha para mim, o cenho franzido.

— Na manhã seguinte... da última vez que a gente... você disse para dar outra chance a ele.

Levanto-me apoiado em um dos cotovelos e a encaro.

— Eu disse que, se é assim que está a sua cabeça, então vale a pena dar outra chance a ele. Era pensando em *você*, no que você precisa explorar, e não pensando nele e no que ele merece ou no que eu *acho* que você devia fazer.

Ela absorve isso por alguns segundos de silêncio antes de desviar o olhar.

— O esquisito nessa nossa brincadeira dos encontros é que ela me deixou com a sensação de que preciso sair disso com alguém no final.

Eu a encaro, olhando os fios de cabelo que escaparam dos coques, e reparando no modo como posso identificar que ela não se incomodou em passar maquiagem esta manhã e mesmo assim está deslumbrante.

— Acho que nós dois sabemos que isso é uma baboseira.

Ela concorda.

— Eu sei. Mas é a minha sensação.

— E, mesmo que fosse verdade, não precisa ser o Tyler — relembro.

Hazel se volta para mim de novo e seu olhar recai na minha boca.

— Não. Não precisa ser o Tyler.

VINTE

Hazel

Ficamos quietos durante as primeiras músicas do *set* do Metallica. Ficamos tão quietos, de fato, que me pergunto se Josh pegou no sono ao meu lado. Estava observando as pessoas, mas não estamos prestando muita atenção ao show. Quando dou uma espiada nele, vejo que está acordado, apenas fitando o céu pensativamente.

— Não me pergunte no que estou pensando — diz ele, sorrindo para mim quando me vê encarando-o.

— Eu não ia perguntar!

— Ia. Ah, ia, sim.

Ele tem razão, eu ia. Deito-me de lado e apoio a cabeça na mão para estudá-lo. Esta é a luz perfeita para fotografias: suave, mas clara, com um verde vibrante ao redor. Fico tentada a pegar meu celular na bolsa e tirar uma foto dele de perfil. Adoro a linha lisa e estreita de seu nariz, a curva poderosa das maçãs do rosto, a geometria do maxilar.

— Você tá me encarando.

Amo o seu rosto, penso. Bato de leve na têmpora dele com meu indicador.

— Só gosto de saber o que está passando por esse seu cérebro.

Ele dá de ombros e ajeita as mãos sobre a barriga.

— Estava imaginando o que Sasha trouxe na cesta para o almoço.

— Está com fome? — pergunto.

— Vou ficar, em algum momento, e estava pensando que talvez eu devesse descobrir onde vendem cachorro-quente por aqui.

Rindo, eu me levanto um pouco e rastejo por cima dele para dar uma olhada.

— Ela trouxe maçãs, aipo com manteiga de amendoim, e algo que parece uma salada de trigo e frutas silvestres. Sem sanduíches ou, tipo... comida.

Ele não responde a isso e, considerando-se que está com vontade de cachorro-quente, tenho uma certeza razoável de que não ficará satisfeito com o que há nessa cesta. Olho para ele de onde estou, de quatro, e percebo que ele está olhando diretamente para o decote da minha camiseta.

— Está olhando os meus peitos?

Os olhos dele passam do meu peito para o meu rosto e, em vez de uma resposta sarcástica ou uma piadinha sobre ter esquecido de trazer fita adesiva e grampos para mais tarde, para quando eu estiver bebendo cerveja, ele apenas fecha os olhos e suspira.

Aquilo parece derrota, ou frustração, ou algo similar ao anseio desconfortável que pressiona com força o interior do meu peito. Parece que há uma pilha de tijolos lá dentro. Quero me abaixar e simplesmente encostar minha boca na dele.

Com um gemido baixinho, imagino o alívio que isso me traria, beijá-lo ao ar livre, o modo como ele talvez fosse deslizar as mãos até meu rosto, encaixando-as ali e para me manter perto dele. Por algum motivo, não acho que ele se afastaria. Encaro Josh, ainda de olhos fechados, e imagino montar nele, senti-lo se retesando sob mim, provocá-lo quando ele não pode fazer nada a respeito.

Essas são coisas de namorados. Esses são os sentimentos de uma namorada.

Sou a namorada de Josh, quer ele me queira, quer não.

Eu me aninho junto dele.

— Josh.

Lentamente, muito lentamente, ele abre os olhos e vira a cabeça.

— Sim?

Vozes se elevam e olho para cima, deparando-me com Sasha e Tyler se aproximando, sorrindo e transpirantes, sem fôlego. Eles desabam ao nosso lado, o peito arfando.

A intimidade tranquila entre e mim e Josh se dissolve numa névoa.

— Puta merda — diz Tyler. — Isso foi épico!

Uma pequena onda de culpa me percorre. Não prestei atenção nenhuma na banda, apesar de saber quanto Tyler estava empolgado em vê-la. Sinto que estou fazendo tudo um pouquinho errado hoje.

Sento-me e me debruço para apertar a mão dele, impulsivamente.

— Fico muito contente que tenha se divertido lá embaixo.

Josh se levanta.

— Vou buscar uma cerveja. Mais alguém quer alguma coisa? Tyler? Cerveja?

— Não bebo — Tyler o relembra.

Josh solta um *Tá bom* rindo, antes de se virar.

Sasha o segue, e ele nem sequer olha para mim antes de avançar colina abaixo rumo às tendas à direita do palco.

— Posso te perguntar uma coisa? — Tyler diz, sentando.

Um desconforto rodopia pela minha barriga.

— Claro.

— Você e o Josh já...?

— Já o quê?

— Namoraram?

— Um com o outro?

Ele assente e eu me mexo, raciocinando que não é exatamente uma mentira.

— Não. Nunca namoramos.

— Às vezes parece que tem algo a mais rolando entre vocês.

Francamente, o único jeito de evitar essa conversa é me levantando quando o System of a Down entra no palco, fingindo que estou muito, muito entusiasmada em ouvir todas as músicas deles que nem sei se conheço. Fecho os olhos e, por apenas quinze minutos, tento afastar de mim todas essas emoções.

Danço para afastar a sensação de que estou tentando me convencer a sentir atração por Tyler.

Danço para afastar a sensação de que estou apaixonada por Josh, e estou prolongando a rejeição dele porque sei que isso vai me matar.

Danço para afastar a sensação de que estou colocando energia demais nisso, quando deveria estar apenas desfrutando meu dia, e o ar, e a música.

Giro, giro, giro, e é divertido *pra caralho*. Não me divirto assim há séculos, só dançando feito uma maníaca. O ar é frio nos meus braços nus quando jogo meu suéter para longe, e tenho consciência de que a maioria das pessoas no gramado está sentada, mas, se elas soubessem como é boa a sensação de soltar tudo e dançar deste jeito — braços abertos, quadris ondulando, a grama fria e molhada sob os pés —, estariam aqui de pé fazendo exatamente o mesmo...

— *Hazel*.

Eu me viro e olho para Tyler, atrás de mim na grama.

— Vem dançar!

Estendo a mão para ele, que ri, desconfortável, e depois olha para o lado, para a família num cobertor perto do nosso, que nos observa sorrindo.

— Só... vem sentar aqui. — Ele dá tapinhas indicando o lugar perto dele no cobertor.

— Eu tô dançando!

Tyler se debruça para mais perto.

— Você é... meio que constrangedora.

Aquilo cai de um jeito seco, como um estampido, feito uma moeda num balde vazio.

Então é essa a sensação.

Meu sorriso nem se interrompe, e solto um risonho e incrédulo:

— *Como é?*

Ele fica de pé, aproximando-se.

— Você é, tipo, a única pessoa dançando aqui em cima. Venha se sentar e conversar comigo.

Enfim, meus pés param de se mover.

— Por favor, diga-me que não é esse cara agora.

— Que cara?

— O cara que você sempre foi, que quer que eu seja excêntrica, mas não esquisita, que quer que eu dance, mas só quando outras pessoas estiverem dançando, que gosta de contar todas as histórias a meu respeito, mas não se lembra do quanto reclamou sobre cada um desses momentos quando aconteceram.

A expressão em seu rosto desaba.

— Eu não tô tentando fazer isso. Você só está...

Um fogo se acende sob minhas costelas.

— Só estou me divertindo?

Fazendo uma careta, ele dá de ombros.

— É só que algumas pessoas estavam olhando, e eu não queria que você ficasse com vergonha.

— *Eu* não estou com vergonha.

— Hazel não fica com vergonha — Josh diz atrás de mim, rindo. Mas seu sorriso some quando me viro e ele vê a expressão no meu rosto. — Eita, o que foi que eu perdi?

— Hazel estava *dançando* — diz Tyler, destacando a palavra como se soubesse que Josh Vai Entender.

Josh, contudo, Não Entende.

— E?

— E... ah, deixa pra lá. — Ele olha para Sasha agora, mas ela está igualmente imperturbável.

Ela empilha seus dois metros e meio de cabelo no topo da cabeça e descansa as mãos ali.

— Você estava dançando no *pit*, quinze minutos atrás.

— Mas isso era *no pit* — argumenta Tyler, perdendo o ânimo.

— Vá se foder, Tyler — digo, e então reparo: o boné de beisebol na cabeça de Josh. Essa visão apaga temporariamente minha irritação. É de um amarelo-alaranjado berrante, uma cor quase cegante, com letras pretas gigantescas que tomam toda a parte frontal: BREGA.

Não sei por que, isso me faz cair na risada.

— Onde conseguiu isso?

Josh desvia o semblante severo de Tyler para tirar o boné da cabeça e colocá-lo na minha.

— Vi isso e pensei que ia fazer você rir. — Os olhos de Josh se suavizam e ele me dá um sorriso tão amoroso que quase chega a doer. — Você fica ridícula nele. Espero que use o dia todo.

— Tá, volta um pouco. Josh te deu um boné e foi aí que você decidiu que está apaixonada por ele?

Solto um avocado na minha cesta de compras e solto um resmungo para Emily. É um feriado escolar e parece que estou com algum tipo de problema estomacal, então a convenci a se juntar a mim numa ida rápida ao mercado de manhã. Talvez *muito* de manhã, a julgar pela expressão dela.

— Está prestando atenção?

— Acho que sim, mas meu cérebro também está dando tilte por causa das primeiras palavras que saíram da sua boca, meia hora atrás.

Ela tem razão. A primeira coisa que eu disse quando embarquei em Giuseppe, o Saturn, foi: *Estou apaixonada pelo seu irmão, e preciso que você me diga se tenho alguma chance.*

Emily ficou em silêncio por dez segundos, boquiaberta, antes de exigir que eu começasse do começo.

Mas o que é o começo?

Seria quando eu vi Josh pela primeira vez, numa festa, dez anos atrás, e havia algo nele que simplesmente… me pegou? Ou seria o começo quando ele veio para minha casa e brincamos de massinha e descobrimos que Tabby o traía?

Ou o começo seria a noite regada a embriaguez no piso de casa, ou a noite de sobriedade, sonolência e ternura na minha cama?

Faz apenas seis meses desde que começamos a passar tempo juntos, mas já tenho a impressão de que ele é uma sequoia na floresta da minha vida, então *começar do começo* é desconcertante.

Comecei com a noite em que ele levou Tyler para o Tasty n Sons. Ela já sabia boa parte de tudo isso — como eu tinha ficado abalada, confusa. É claro, agora eu sabia que estava confusa porque *estou apaixonada pelo Josh, caralho*, mas na época as coisas pareceram muito mais nebulosas. E entrei em detalhes — desde a minha choradeira, até Josh surgindo do nada, até o sexo noturno e a manhã seguinte, quando tive a impressão de que minha cabeça estava cheia de bolas de algodão e Josh me disse para dar outra chance a Tyler.

Resmungo outra vez.

— Tyler tinha acabado de me dizer quanto eu estava sendo constrangedora, e aí Josh chegou com esse boné idiota — aponto para ele, ainda encarapitado na minha cabeça —, e me disse que eu ficava ridícula nele e que era para nunca mais tirá-lo. Entende?

Emily para perto de uma banca de bananas.

— É. Entendo, sim.

— E aí? Josh vai esmagar meu coração feito uma uva debaixo de uma bota?

— Está me perguntando — diz ela, com cuidado — se Josh também está apaixonado por você?

Assinto. Meu coração está subindo do peito para a garganta. Acho que não conseguiria dizer nem uma palavra a mais com a pergunta exposta com tanta clareza no espaço entre nós.

— Sei que Josh sente algo. — Ela passa a cesta para o outro braço. — Sei que ele está tentando entender o que isso significa e em que ponto vocês estão. — Emily faz uma careta. — Não quero te dar falsas esperanças e dizer que acho que ele sente o mesmo, porque ele tomou muito cuidado para não ser muito… descritivo em seus sentimentos quando falou comigo.

Solto um gemido.

— Por que não pergunta para ele?

— Porque sou uma covarde? — digo, embora achasse que esse ponto já estava estabelecido. Quando ela não aceita essa resposta, tento outra vez. — Porque perguntar pode estragar o que temos.

— Hazie, você sabe que odeio cortar o seu barato, mas não acho que as coisas vão algum dia voltar a ser o que eram, de qualquer maneira. Vocês já fizeram sexo. *Em duas ocasiões.* A *maioria* dos amigos não faz sexo, ponto-final. — Franzindo a testa, ela se vira e recomeça a andar. — O que me lembra de que preciso pegar absorventes.

A cor dos vegetais numa cesta do outro lado do corredor se esmaece, e não me dou conta do estalo perto dos meus pés até que

Emily esteja ali, abaixando-se para devolver as coisas para o meu cesto, olhando para mim, ajoelhada.

— Hazel.

— Ah, meu Deus... — Meu coração é um punho, socando socando socando, e uma sensação lenta, espiralante, toma conta do meu estômago.

Ela se levanta, segurando meu cesto, e não consigo me concentrar em seu rosto porque meu coração está pulsando nos globos oculares.

— Tudo bem com você?

— Não. — Fecho os olhos com força, tentando limpar o véu de pânico que cai sobre eles. Abrindo-os, encontro o olhar de Emily. — Eu não menstruo há, tipo... dois meses.

VINTE E UM

Josh

Emily e Dave estão fora quando passo para deixar um recipiente gigante de *kimchi* e um saco de dez quilos de arroz de *umma*. Se Hazel acha que sou o doido da limpeza, minha irmã não fica atrás. A casa imaculada parece uma foto de revista — decorada de maneira simples, com uma coleção de móveis *vintage* de meados do século xx, que, eu sei, Emily passou os últimos dez anos cultivando com cuidado, além de flores frescas em vasos e arte original, e arandelas simpáticas ornamentando as paredes.

Mas o brilho pristino dos balcões da cozinha facilitam bastante visualizar o bilhete que ela deixou para mim.

> *J,*
> *Eu saí. Dave volta logo.*
> *Se umma te deu arroz, não deixe aqui.*
> *Não precisa.*
> *E.*

Abro um sorriso irônico, guardando o arroz na despensa mesmo assim, ao lado de outros quatro sacos do mesmo tamanho. Meu estoque de arroz está igual — de jeito nenhum vou levar isso de volta. Quando abro a geladeira para encontrar espaço para o *kimchi*, tenho que tirar o pote de carne *asada* de sexta-feira à noite.

Um prato de carne *asada* e uma cerveja depois, eles ainda não estão em casa.

Emily com frequência pega no meu pé por não ter muitos amigos homens… será que é disso que ela está falando? O fato de eu estar sentado na casa da minha irmã, comendo as sobras de sua geladeira e franzindo a testa para o relógio quando eles ficam fora até depois das seis no meio da semana?

Ligo para Hazel, mas cai direto na caixa postal.

Ligo para Emily — a mesma coisa. Será que *todo mundo* tem uma vida, só eu que não?

Sei que minha inquietação é amplificada por estar na casa da minha irmã, onde há sinais de um casamento feliz por todo lado. Fotos dela com Dave em Maui numa moldura na mesinha lateral. Uma pintura que Dave fez para ela quando se conheceram está na parede do corredor. Os sapatos dos dois estão alinhados lado a lado numa prateleira, assim que se sai da garagem.

Minha casa é limpa, meus móveis são bons, mas o espaço ultimamente é como uma câmara de eco. É tão quieto... Jamais imaginei que pensaria isso, mas sinto saudades de Winnie ali, de observar seu estranho hábito crepuscular que ocorria por volta das cinco horas toda tarde, quando ela então disparava pela casa, toda empolgada, por dez minutos, antes de desabar aos meus pés.

Sinto saudades de tropeçar em sapatos toda vez que passo pela porta.

Sinto saudades de Hazel. Compraria um estoque vitalício de extintores de incêndio e comeria panquecas ruins todo dia para tê-la por perto de novo.

Poderia ser diferente de como era antes. *Nós* estamos diferentes agora. Ela não é apenas uma nova amiga, é minha melhor amiga. A mulher que eu amo. Poderíamos ter conversas demoradas enquanto tomamos café ou dividimos o mesmo travesseiro noite afora. Ela poderia levar toda a sua fazenda que, por mim, tudo bem, acho. Poderíamos construir um lar assim.

Esse pensamento me dá uma dor tão intensa no peito que me levanto, indo até a pia para lavar meu prato, e depois caminho em círculos pela casa. Por impulso, pego meu celular no bolso e mando uma mensagem de texto para Dave.

> A fim de uma cerveja?

> No Bailey's, daqui a 20 minutos?

Respondo com um joinha e passo no banheiro antes de sair. Na parede, Emily tem uma pintura emoldurada da cidade natal de *umma* e *appa*. Florestas luxuriantes, um riachinho ao lado de uma casa. Imagino como *umma* se sente a respeito do fato de isso estar em exibição no banheiro.

Porém, quando olho para baixo para dar descarga, meus olhos são atraídos para a esquerda, para o cesto de lixo ao lado da pia. Dentro dele, uma pilha bagunçada de palitinhos brancos de plástico.

Acho que sei o que é isso.

E acho que sei o que o sinal positivo azul em todos eles significa.

Não cabe a você dizer nada.
Não cabe a você dizer nada.
Repito esse mantra o caminho todo até o Bailey's.

Dave pode não saber ainda que a esposa dele está grávida. E se souber e não mencionar, então certamente não cabe a mim puxar o assunto.

Ah, meu Deus, minha irmã está grávida. Ela vai ser mamãe — eu vou ser o tio de alguém. Estou quase sem fôlego de tão feliz. Mas tem também outra coisa: uma bola de chumbo pesando em minhas entranhas. Odeio admitir isso, mas é inveja.

Emily foi a primeira a se casar. Como irmão mais velho, aceitei isso com naturalidade, lembrando a mim mesmo de que não nos atemos à tradição do mesmo jeito. Minha família toda deu boas-vindas a Dave; o casamento foi ótimo.

Mas agora ela está grávida, e eu estou... o quê? Apaixonado por uma mulher que não sabe o que quer? Que pensa que não é a pessoa certa para mim? Nem me encontrei ainda, que dirá a caminho de começar uma família. E meus pais não estão ficando mais jovens.

Sou flexível com várias tradições, mas não estou disposto a ignorar a responsabilidade de que os pais vão morar com o filho mais velho quando ficam mais idosos. *Umma* não diria nada, mas eu sei que não seria sua escolha que isso acontecesse enquanto eu ainda estivesse solteiro.

Estaciono do lado de fora e me inclino para a frente, pressionando a testa contra o volante. Queria me encontrar com Dave para tomar uma cerveja, relaxar e conversar à toa. Agora o encontro está pesado com *isso* — e não podemos nem conversar a respeito.

Ele já está lá dentro e ao balcão, com uma cerveja diante dele, olhando para a TV instalada na parede. O canal esportivo está recapitulando a maior rivalidade no futebol esportivo de Oregon deste sábado — os Ducks da U of O contra os Beavers da OSU, e eu sei, sem ter que olhar, que os Ducks ganharam com tranquilidade.

— Oi. — Dave coloca a cerveja no balcão e me dá um tapa no ombro quando me sento.

— Você chegou rápido.

— Os deuses do trânsito estavam a meu favor — diz ele —, e eu estava intensamente motivado pela perspectiva da cerveja.

— Dia ruim?

— Os professores estão de folga hoje, então tive uma reunião com um dos pais. — Ele toma um gole. — Faz parte do trabalho, e realmente adoro ficar com as crianças o dia todo. É sem o restante do negócio que eu poderia viver com tranquilidade. Acho que sua irmã saiu para fazer compras, ou algo assim.

Aceno com um gesto de cabeça e tento não fazer aquele negócio de que Em me acusa, em que sorrio quando estou tentando esconder alguma coisa. Não ajuda muito o fato de estar me sentindo estranhamente agitado. Não apenas estou me estressando com toda a situação de estar-apaixonado-pela-Hazel, como ainda estou chocado pela visão de todos aqueles testes de gravidez. Um não basta? Ali tinha pelo menos uns cinco.

Ainda não consigo acreditar. Tiro um segundo para imaginar tudo: Emily grávida, o bebê, e com quem ele pode se parecer. *Umma* e *appa* alegremente enlouquecendo como avós.

— Você parece distraído — diz Dave.

Concordo e pego alguns amendoins com *wasabi* de uma tigela entre nós dois.

— Só digerindo tudo o que comi na sua casa.

Ele ri.

— Como vai o trabalho? Tudo bem?

Agradeço a bartender quando ela deposita a cerveja na minha frente.

— Sim, na verdade, o trabalho está ótimo.

E está mesmo. Estamos falando de contratar outro fisioterapeuta para dar conta da procura. Isso traria mais rendimentos e me permitiria tirar um pouco mais de tempo longe da clínica. Amo meu trabalho, mas frequentemente tenho dias com dez ou onze horas de jornada só para garantir que atendi todo mundo, e se Hazel e eu...

Detenho esse pensamento antes que possa levá-lo longe demais.

— Na verdade, estava pensando se precisarei comprar uma casa maior em breve. Fui na casa de *umma* hoje, e ela parece tão pequenininha...

— Ela parece estar encolhendo mesmo. — Dave sorri ao dizer isso. — Mas — diz ele, e franze a testa um pouco —, e sei que isso não é tradicional, então por favor me ignore se soar insultante, mas você sabe, Em e eu ficaríamos muito felizes se eles viessem morar com a gente.

Essa ideia faz meu coração afundar.

— Ah, tudo bem.

— Digo — continua ele —, provavelmente não teremos filhos, e temos todo aquele espaço. Parece meio que um desperdício.

Levanto minha cerveja, bebendo quase metade dela em alguns longos goles.

Então Dave não sabe que Em está grávida. E ele não está esperando um bebê, nem agora, e talvez nunca. Uma chama de proteção surge no meu peito. É por isso que Em saiu? Ele acha que ela está fazendo compras quando, na verdade, está em algum lugar tendo uma crise?

Percebo que fiquei em silêncio por um longo instante, uma pausa desagradável.

— Sei o que quer dizer e, honestamente, aprecio a oferta, mas isso é algo pelo que venho ansiando. — Tento explicar isso a Dave sem soar ingrato nem soltar a bomba do bebê. — Para mim, é uma honra poder recebê-los.

Ele assente e abre a boca para dizer algo, mas preciso mudar de assunto rapidamente.

— Acho que preciso fazer alguma coisa quanto a Hazel.

Ao meu lado, Dave fica imóvel.

— Tipo o quê?

Respiro fundo.

— Estou apaixonado por ela. Não acho que ela vá continuar saindo com Tyler, então me pergunto se deveria dizer isso a ela.

Dave lentamente leva a cerveja aos lábios, bebe e engole.

— Quero dizer, é, talvez você devesse conversar com ela, sim.

Essa reação não é exatamente encorajadora. Quanto Dave sabe a respeito disso? Por que não está mais chocado? Será que ele sabe mais sobre os sentimentos de Hazel do que eu? Será que Hazel conta para Emily, que depois conta para Dave?

— A menos que ache que ela está apenas indecisa — digo, sondando em busca de uma reação que possa então dissecar até enlouquecer. — Quero dizer, tivemos a oportunidade de ficar juntos, e, da última vez que tentei abordar o assunto, ela ainda parecia em conflito por causa desse negócio com o Tyler.

— Eu não... — Dave começa, e então balança a cabeça.

Inclino-me um pouco em sua direção.

— O quê?

Ele parece estar escolhendo as palavras com cuidado, e não consigo decidir se ele realmente não sabe de nada, ou se seus olhos estão se voltando tanto para o teto porque ele curte muito a arquitetura.

— Não acho que ela tenha se sentido em conflito por causa do Tyler em si.

Busco o significado secreto escondido naquele punhado de palavras.

— Eu... não sei o que isso quer dizer.

Ele se vira para mim.

— Hazel é um ser selvagem.

Fico confuso.

— Sim, e daí?

Isso o faz rir.

— Daí que é isso que ela *é*. Ela é apenas… Hazel. — Ele dá de ombros, e seu sorriso é genuinamente carinhoso. — Não existe ninguém como ela.

Aonde ele quer chegar com isso?

— Concordo…

— Mas tenho a impressão de que… às vezes… Hazel é muito consciente de quanto ela é diferente das outras mulheres. Ela nunca vai mudar, mas tem muita ciência de que é excêntrica e pode ser difícil de aguentar.

Continuo olhando, confuso. Pensamos da mesma maneira.

— Não, concordo totalmente com você, mas o que isso tem a ver comigo e com Tyler?

Dave toma outro gole de cerveja.

— Pelo que entendi, Hazel te idolatra, digamos que, singularmente, desde a faculdade.

A névoa se dissipa e compreendo o que ele quer dizer.

— Você quer dizer que ela não sabe se é a pessoa certa para mim.

Eu também já a ouvi dizer isso antes.

— Isso é mais ou menos o que eu queria dizer — confirma Dave, balançando a cabeça para os lados. — Mas também quero dizer que a sua opinião importa para ela mais do que a de qualquer um. E, se as coisas não dão certo com Tyler, bem, isso era de esperar. Mas se as coisas não derem certo com você… bem, obviamente, é por ela ser quem é.

— Mas eu *amo* quem ela é — digo, de modo simples.

Estou no trecho sem saída desse beco. Estou apaixonado, e não há nenhuma maneira agora de voltar atrás.

Dave termina sua cerveja e olha para o bar em silêncio por alguns instantes. Quando ele levanta a cabeça, seus olhos estão avermelhados.

— Então você deve dizer isso a ela, cara.

VINTE E DOIS

Hazel

Durante as últimas vinte e quatro horas, carreguei comigo a folha de papel mais preciosa que já segurei. No bolso da calça jeans, com certeza vai amassar em mil lugares. Minha bolsa é uma toca de coelho como a de Mary Poppins, então, se eu a colocar lá, provavelmente nunca mais a verei. Na palma suada da mão, posso sentir o papel de foto fino ficando grudento e murcho devido ao manuseio, mas não consigo largá-lo.

Estou obcecada com a foto do ultrassom. No momento em que a coloco na mesa, ou na cabeceira, ou no balcão, já quero pegá-la de novo e olhar mais uma vez para o texto em branco nas bordas pretas:

Bradford, Hazel
12 de novembro
9s3d

Depois meus olhos recaem sobre o assunto de maior interesse: meu minúsculo pontinho meigo, uma figura branca nebulosa num mar de preto pintalgado. Nove semanas e três dias, e já é o amor da minha vida.

Pressiono a mão contra a barriga, e meu coração dispara numa debandada estrondosa. O embrião na foto parece um ursinho de goma, curvado num C delicado. *Meu monstrinho*, penso. Meu monstrinho fofo, com uma pulsação vibrante, pequenos botões no lugar dos membros, e que é metade eu, metade Josh Im.

Não é minha reação preferida, mas a náusea sobe do estômago. Tenho tempo apenas de soltar minha preciosa folha de papel e correr para o banheiro antes de despejar lá a bolacha água e sal e os três goles de água que ingeri hoje. Acho que não era um problema estomacal, no fim das contas.

Depois de escovar os dentes — e quase vomitar de novo —, retorno para a cozinha. Recebi uma mensagem de texto de Josh.

> Você está por aí hoje à noite?

Se eu não tivesse acabado de esvaziar o estômago, talvez o tivesse feito agora. Com a mão trêmula, digito:

> Estou.

Olho para a foto de novo e meu coração parece cheio até a tampa.

Depois de marcar uma consulta de última hora com minha médica ontem e fazer um exame de sangue, e em seguida um ultrassom no consultório — em que Emily segurou minha mão grudenta e nós duas choramos horrores quando o monstrinho ficou claramente visível —, eu me dei vinte e quatro horas para digerir a notícia e fiz Emily prometer segredo absoluto.

A resposta dela?

— Já mandei uma mensagem para o Dave, me desculpe por isso. Porém, se você acha que eu vou ser a pessoa que vai contar para o meu irmão que ele engravidou nossa melhor amiga, tá viajando.

Hoje, liguei e pedi uma substituta no trabalho, e passei o dia todo andando pela minha vizinhança, fitando a foto a breves intervalos. Estou apaixonada por ele.

Estou apaixonada por Josh.

E estou grávida.

Ontem, quando cheguei em casa, estava suada, em pânico, e acabei vomitando. Agora, quando olho para a foto, sinto-me maravilhada.

Bem, maravilhada e várias outras coisas estranhas e exaustivas que estão acontecendo no meu corpo neste momento. A dra. Sanders me disse para não pesquisar "gravidez" no Google — disse que é um campo minado de pânico —; em vez disso, me deu alguns panfletos e recomendou alguns livros. Mas tenho certeza de que todo mundo para quem ela deu esse conselho o ignorou, do mesmo jeito que eu. Ai de mim, e a internet me diz que é normal ficar cansada no primeiro trimestre.

Assim, quando Josh bate à porta, estou deitada no sofá, uma perna jogada sobre o encosto. Tudo o que consigo fazer é gemer um *está aberta*, feito um zumbi.

Josh entra, tirando os sapatos. Cumprimenta Winnie quando ela corre até ele. E só de vê-lo no meu apartamento sinto tanto alívio que preciso sufocar um soluço.

Ele traz flores e está vestindo minha camiseta preferida, uma roxa. Esforçando-me para sentar, me dou conta de que não esperava o Josh Elegante. Sou a Hazel Desleixada no momento, com uma camiseta velha de Lewis & Clark e short jeans manchado de tinta, o cabelo preso num coque e enfiado embaixo do boné BREGA.

Por algum motivo — algum motivo, há!, *gravidez* —, sinto minha garganta se fechar de novo.

— Uau, você está bonito.

Franzindo o cenho, Josh contorna o sofá e se senta ao meu lado, enfiando a mão por baixo da aba do boné para colocá-la na minha testa.

— Está se sentindo bem?

Essa é a pergunta de um milhão de dólares.

— Sim.

— Você parece...

Grávida?

— Desleixada?

Ele sorri.

— Eu ia dizer corada.

Se vou contar ao Josh que estou carregando um filho dele, deveria ser mais fácil começar com confissões menores. Mas minhas palavras saem roucas:

— Deve ser porque estou absurdamente feliz em te ver.

Os olhos dele descem para meus lábios e, em troca, meu olhar passa por seu rosto, nariz, queixo, maçãs do rosto, e voltam para os olhos.

— Também estou feliz em te ver. — Josh se inclina para a frente, um pouco sem fôlego, e pressiona um beijo no meu rosto. Escovei os dentes, mas, Deus, espero que não esteja cheirando a vômito ainda. — Estive pensando em você o dia todo.

Esteve? Uma série de raios dispara em meu peito.

— Hã... Idem.

Ele ri diante dessas palavras, como se eu estivesse brincando, e se levanta, indo para a cozinha procurar um vaso para as flores.

— No forno — digo a ele... o que poderia ter *vááários* significados no momento.

O som se afasta — Josh, sem dúvida, está parado e absorvendo tudo em silêncio —, mas aí o ranger da porta do forno se abrindo quebra o silêncio e eu escuto um *hum* baixinho.

— Se eu colocar os vasos em cima da geladeira — explico —, Vodka aterrissa neles e os derruba.

Ele abre a torneira e ouço a água enchendo o vaso.

— Faz sentido.

Mas será que faz? Faz sentido mesmo eu colocar meus vasos no forno quando não estão em uso para o meu papagaio não derrubá-los? Esse é o tipo de coisa que outras pessoas poderiam questionar — mas não Josh.

Ele nunca, nem uma vez, me pediu para ser alguém que eu não sou.

Quando retorna, as mãos dele estão livres e ele retoma seu lugar perto de mim no sofá, puxando minhas pernas para seu colo. Pela primeira vez durante o tempo de nossa amizade, quando suas mãos tocam as minhas pernas, sinto-me intensamente consciente de quanto minha aparência não está nada sexy.

Solto:

— Não me depilei hoje.

A mão dele sobe pela minha panturrilha mesmo assim.

— Não ligo.

— Tomei banho, mas aí... — Aponto para minha cabeça e o boné empoleirado ali. — Meio que resolvi deixar os pelos à vontade.

— Não ligo para a sua aparência.

A mão dele agora desce, e polegares fortes se enterram no arco do meu pé. Fico meio vesga de prazer.

Isso é novidade. Esse tipo de toque e os sorrisos hesitantes e desajeitados. Eu sei por que estou me comportando feito uma idiota desastrada — estou grávida e apaixonada —, mas por que *ele* está assim?

— O que há com você? — pergunto baixinho. — Por que está me massageando, trazendo flores e parecendo particularmente *adorável*?

Pigarreando, ele olha fixamente para o ponto em que suas mãos trabalham nos meus pés.

— Então, sobre isso. — Ele olha para mim. — Vai sair com Tyler de novo?

Solto uma risada abrupta.

— Negativo.

Ele assente e continua repetindo o movimento enquanto seu olhar volta devagar para as minhas pernas, sobe para os meus quadris, torso, peito e rosto.

— Bom... quer sair *comigo*, então, algum dia desses?

Por toda minha vida, presumi que tivesse um coração dentro do peito. Mas o impacto que me atinge vindo de dentro não pode ser proveniente de um único órgão. Sabia que ele se sentia atraído por mim o bastante para fazer sexo — em duas ocasiões —, mas para querer sair comigo?

— Tipo, um encontro?

— Tipo um encontro. — A mão dele sobe pela minha canela, passa pelo joelho e acaricia a parte interna da minha coxa, onde ele faz círculos enlouquecedores com o polegar. — Mas só você e eu dessa vez.

E, simples assim, eu me transformo em calor líquido. Meu coração salta para a garganta.

— Quer passar a noite aqui hoje?

Sem hesitar, ele responde:

— Quero.

— Quero dizer, como uma festa do pijama, mas sem pijama.

Ele se inclina para perto de mim até seu hálito se misturar com o meu, e gentilmente tira meu boné, jogando-o no chão.

— Entendi o que quer dizer.

Seus dedos soltam meu cabelo do coque, e ele encontra meu olhar apenas uma fração de segundo antes de eliminar o resto da distância entre nós e me beijar, tirando de meu rosto a expressão de choque.

Este não é o nosso primeiro beijo, mas, de certa forma, dá a sensação de ser. Sim, conheço essa boca, mas nunca conheci essa emoção, a pressão cautelosa, o jeito como as mãos de Josh sobem ao meu rosto para me inclinar do jeitinho que quiser, para ele poder se mover para a frente enquanto vou para trás até ele estar por cima de mim no sofá, a calça social macia contra a parte interna das minhas coxas.

— Preciso te contar umas coisas — digo junto aos lábios dele.

— Eu também.

— Coisas *importantes* — enfatizo.

Ele faz que sim com a cabeça.

— Vamos dizer todas as coisas importantes depois, tá? Não há pressa.

Sinto uma pontadinha de ansiedade — preciso muito contar para ele —, mas a conversa de *estou carregando um filho seu* é algo bem intenso, e o corpo dele parece concordar com a metade inferior do meu sobre sexo poder vir primeiro, sem problemas. Além disso, não que eu possa ficar mais grávida do que já estou.

Minhas roupas parecem se dissolver quando ele toca nelas. Não me lembro de ter tirado a camiseta. O short é arrastado pelas pernas até sair.

Nossos olhos se encontram, e tenho certeza de que ele pode ver o frenesi nos meus, porque sorri e então o sorriso vira uma risada quando meu queixo cai enquanto ele desabotoa a camisa — devagar demais. Começo de baixo, encontrando as mãos dele no meio do caminho e, juntos, empurramos a peça para longe dos ombros, que são quentes e rígidos sob minhas mãos quando tento puxá-lo de volta para cima de mim. Ele resiste, tirando a calça e deixando-a cair num montinho no chão.

— Josh?

Ele se abaixa, beija meu pescoço e murmura:

— Hazel?

— Isso é alguma coisa tipo *Há, há, vamos fazer isso* só três vezes?

— Não para mim — diz ele, e, quando sua boca encontra minha clavícula, ele roça os dentes nela. — Para mim, é uma coisa tipo *Vamos fazer isso várias e várias vezes?* — Ele me dá um beijo leve na boca. — Quero que a gente fique juntos. Não só como amigos. Está bem?

Dentro de mim, há um punho se fechando em volta do meu coração, espremendo-o.

— Está bem.

— Mas não quero fazer isso no sofá.

— Tipo, nunca?

Ele distribui beijinhos no meu queixo, pescoço, orelha.

— Claro, ao longo do tempo vamos batizar cada peça de mobília, mas no momento…

Ele recua, erguendo o queixo para indicar o quarto.

Imagino uma nuvem de poeira atrás de mim, como nos desenhos animados, quando praticamente disparo para lá. Josh, é claro, tem uma abordagem mais calma e caminha em ritmo de passeio poucos segundos depois de eu me jogar no centro do colchão. Meu nível de energia passou por uma recuperação milagrosa.

— Não quero sentir que estou *te arrastando* para cá — graceja ele.

Mas meu sorriso é apenas um lampejo, porque tudo fica muito intenso assim que ele coloca um joelho no colchão e sobe em minha cama, em meio às minhas pernas.

Josh Im.

Josh Im está na minha cama, prestes a ficar nu, e — pelo jeito — prestes a me comer como se eu fosse o café, o almoço e o jantar, sem esquecer a sobremesa.

— Estou preocupada, acho que vou fazer muito barulho hoje — balbucio, sem fôlego.

— Isso não seria ruim.

As mãos dele reduzem meu foco a apenas isto: a sensação de seus dedos arrastando a calcinha pelas minhas pernas. O jeito como ele olha para mim. O deslizar ardente das palmas dele sobre meus joelhos, separando-os enquanto ele se ajoelha.

Os nós dentro de mim começam a se desemaranhar, afrouxando-se enquanto me pergunto se essa gravidez não vai ser nem um pouquinho ruim. Parece que ela vai ser a *melhor* coisa. Imagino amanhã cedo, como ele pode sair da minha cama, ainda nu, os cabelos arrepiados como uma floresta sedosa. Imagino beijá-lo, me distraindo e esquecendo o que eu deveria estar fazendo antes de tornar a lembrar.

O restante do pensamento é interrompido quando as mãos dele sobem e descem pelas minhas pernas, me atormentando, concentrando aquela pressão intensa em um ponto baixo na minha barriga, me deixando tão faminta para receber seu toque que quase sinto dor. Ergo-me num cotovelo, querendo retaliar a provocação, e ele solta uma risada tensa, incrédula, quando meus dedos o cobrem por cima da cueca. Ele está quente na minha mão, como aço pulsando.

— Tão duro. — Sou mestra em declarar o óbvio.

Ele assiste enquanto minhas mãos convencem o elástico a descer, mas não faz o que espero depois de tirar a boxer. Ele não se deita sobre mim e se ajeita entre as minhas pernas. Josh continua descendo, beijando a parte de dentro dos joelhos, subindo por uma coxa e descendo pela outra. Seu hálito é quente quando sobe outra vez — a apenas alguns centímetros de onde mora minha pulsação —, e olha para meu rosto de onde está, no meio das minhas pernas.

— Tudo bem eu fazer isso?

— O quê? Ah. Claro! *Sim.* — Para ser honesta, tenho de me controlar para não agarrar os cabelos dele e puxá-lo para baixo.

Ele sorri, mas não é um sorriso que eu já tivesse visto antes. É um sorriso perigoso; ele é um vilão de filme, um sedutor, aquele que te rouba, mas que te come muito bem antes disso.

Ele se abaixa e me beija entre as pernas, e meu corpo vira uma bomba.

Ele deposita pequenos beijos — desde a parte mais baixa, onde estou molhada e dolorida, até o estopim que se acende sob a doce pressão da sua boca. Posso sentir como ele se alastra, sentir o calor da respiração de Josh sobre esse lugar mais sensível quando ele solta um gemido. A língua dele arrasta consigo minha sanidade, mas não toca no lugar onde eu mais preciso dela, intencionalmente, deslizando em volta, em volta, imergindo em mim e então fazendo um arco alto, provocando, aproximando-se do alvo. Contornando-o lenta, sedutoramente.

A tensão no meu corpo é tanta, e anseio com tanta profundidade, que é quase doloroso. Preciso da língua dele *ali*, e quero ele dentro de mim, e sinto como se quisesse escapar da minha própria pele de tanto desespero para senti-lo.

— Por favor.

Ele recua só um pouquinho e solto um gemido, atormentada, quando ele beija minhas coxas de novo, falando contra elas.

— Humm?

— Josh.

Minha mão se enfia no cabelo dele, emanando comandos silenciosos para o cérebro logo abaixo: *me chupa, me chupa*.

— Eu poderia perder minha sanidade aqui embaixo.

Minha outra mão mergulha no meu cabelo, puxando-o para conter um grito. Respondo, a voz tensa:

— Por mim, tudo bem.

A boca de Josh pressiona, quente, a área mais alta da minha coxa, e sinto minhas pernas tremendo contra suas mãos enquanto ele sussurra:

— Não é gostoso quando eu vou com calma?

— Ah. Ah, meu Deus, sim, é gostoso... — Minha voz soa como se eu tivesse acabado de correr dois quilômetros.

— Você parece seda na minha boca. — Meu cérebro derrete no crânio ao ouvir essas palavras e sentir o calor delas em minha pele, e Josh, essa besta-fera, me dá um chupão na parte interna da coxa. Juro que ele está sorrindo quando diz: — Você está trêmula.

— Eu sei... porque quero...

Um soluço parece querer sair da minha garganta com a força desse *desejo*, e sinto minha pulsação em toda parte do corpo, ressoando contra minha pele.

— Você quer?

Ele se aproxima de mim então, a boca aberta, olhos fechados, e a sucção arranca qualquer coerência que me restasse.

Já recebi sexo oral antes, mas nunca desse jeito. Nunca com tanto foco, tanta precisão. A boca dele se fixa em mim, sugando com gentileza enquanto ele murmura. Ele não brinca, não morde nem me lambe, não enfia os dedos com aspereza em mim. Apenas continua ali, mas parece ser apenas uma questão de segundos até sentir uma mudança dentro de mim, uma maré subindo e uma onda crescendo. Quando ele geme — um som espontâneo, encorajador —, eu sucumbo, mergulhando com a cabeça pressionada para trás no travesseiro, meu corpo todo ondulando de prazer.

Fico incomunicável por uns bons trinta segundos depois disso, caída na cama numa posição que torço para estar mais para Deusa Satisfeita do que Andarilha Desanimada, mas não consigo me incomodar, mesmo assim.

— Essa foi a experiência sexual mais estupidificante da minha vida.

Ele ri enquanto beija minha coxa.

— Que bom.

— Não quero saber onde você aprendeu essa técnica.

Josh não se dá ao trabalho de argumentar, apenas sobe beijando do meu umbigo aos seios, onde para e brinca por algum tempo, enquanto meu cérebro volta de órbita. Meus seios estão doloridos e loucamente sensíveis, mas o ataque gentil da língua e das mãos de Josh parece fazer meu corpo se esquecer de que acabei de gozar não faz nem dois minutos. Puxo seus ombros, impaciente.

— Aqui em cima.

— Mas eu gosto de ficar *por aqui* — diz ele entre meus seios, mas acaba subindo e se ajoelhando entre minhas pernas. Hesita por um segundo e então: — Podemos usar camisinha também, se quiser. Não quero que você sinta que a responsabilidade é só sua.

Preciso me esforçar para não soltar uma risada curta e histérica, seguida de um *então, agora que você menciona o assunto...*

— Tudo bem — digo, em vez disso.

— Tem certeza?

Engulo. *Amanhã.*

— Tenho.

Ele continua ali de joelhos, os olhos passeando pelo meu corpo, as mãos subindo e descendo pelas minhas coxas.

— Faz um tempinho que eu queria isso. — Depois de uma pausa, ele acrescenta: — Digo, *esse* tipo de sexo.

O punho gentil em volta do meu coração se aperta.

— Eu também.

A voz dele está rouca de frustração, talvez por causa de todo o tempo perdido.

— Por que você não me disse?

— Por que *você* não disse?

— Pensei que quisesse o Tyler.

— Eu pensei que você combinasse melhor com... outra pessoa.

Suas sobrancelhas se juntam no meio.

— Quem?

— Só... alguém que não fosse Hazel.

Josh franze a testa para mim.

— Podemos falar sobre isso?

— Não podemos fazer isso depois do sexo? — Porque as mãos dele não pararam o movimento lento pelas minhas coxas, para cima e para baixo, e pelos meus quadris, e estou derretendo nos lençóis.

— Não. Está me ouvindo?

— Minimamente.

— Você é perfeita para mim.

Uma estrela nasce dentro das minhas costelas.

— Sou?

O GUIA PARA ~~NÃO~~ NAMORAR DE *Josh e Hazel*   233

Ele assente, atando-me com sua atenção.

— É.

Ele fita meu rosto por mais alguns segundos antes de retomar o escrutínio visual do meu corpo nu. Pairando acima de mim, ele é uma estátua: ombros largos, peito liso e musculoso. Pelos negros macios abaixo do umbigo, e seu pau — perfeito, projetando-se diretamente para cima. Ele me faz pensar em barras de aço, vigas, engenharia de precisão e...

As palavras dele soam baixinho.

— Você tá me encarando.

— Porque você é perfeito ali.

Amo o jeito como o sorriso dele aparece em sua voz.

— *Ali?*

— Em todo lugar, mas... ali em particular. — Aponto, e ele segura minha mão, erguendo-a acima da minha cabeça e prendendo-a no travesseiro enquanto se debruça sobre mim. Seu pau roça a parte interna da minha coxa. — Estava pensando que você tem o formato do meu vibrador preferido.

— Esse é um elogio que eu nunca tinha ouvido.

Abro a boca para dizer mais, mas ele se abaixa, me dando um beijo.

— Haze, amo você, mas vou ficar louco se não chegar mais perto de você logo.

Nós dois ficamos imóveis, e as palavras dele quicam no espaço entre nós.

Ele me *ama?*

Eu o encaro, e a bolha efervescente de emoção sobe da minha barriga para o peito, chegando à garganta. Mordo o lábio, mas nem meus dentes conseguem conter o sorriso. Ele escapa e Josh o vê, e seu sorriso de resposta é, primeiro, de alívio, ganhando em seguida determinação e franqueza.

— Amo mesmo, sabe — diz ele.

O rosto dele se tinge de pura emoção. Honestamente, nunca tive alguém que me olhasse desse jeito... é mais do que desejo. É *necessidade.*

Minha mão se ergue para se encaixar na nuca de Josh, para puxá-lo para baixo, no mesmo instante em que ele cai sobre mim e sua boca cobre a minha com um gemido baixo. Com um movimento dos quadris, ele me pressiona e me penetra, e ambos gritamos quando ele desliza para dentro, indo fundo.

Não é gentil nem lento, nem mesmo no início. Os quadris dele se acomodaram perfeitamente junto aos meus e em breve o ruído de nossos corpos se encontrando se mistura com os grunhidos que escapam a cada movimento. Josh ergue o tronco com um gemido, enganchando minhas pernas por cima de seus braços e separando-as ainda mais. Os sons dele vêm cadenciados, roucos, e algo neles — na aspereza e na vibração do prazer de Josh — deixa meu corpo ainda mais enlouquecido. Ele se esfrega em mim, metendo rápido…

— *Jimin.*

O ritmo dele se quebra, e sua risada sai como um sopro de ar contra o meu pescoço.

— Essa — ele arfa — foi a primeira vez que você disse meu nome do jeito certo.

Eu estaria celebrando, mas meu orgasmo está logo ali

logo ali

e minhas costas se arqueiam, afastando-se do colchão, quando começo a gozar. Josh murmura palavras suaves e encorajadoras enquanto o prazer explode em mim em ondas que se repetem sem parar, até que enfim sinto o corpo dele se retesar todo — dentro de mim, sob as minhas mãos e contra minhas coxas. Ouço sua respiração ficar presa na garganta, seu *isso* aliviado, e então ele está trêmulo em meio a um gemido longo, vindo lá do fundo.

Com cuidado, ele solta minhas pernas e abaixa seu corpo até estarmos com os peitos suados colados um no outro. Josh me beija entre suspiros ofegantes, entrecortados.

— Eu tinha planejado que isso fosse mais fazer amor e menos… foda desesperada.

Um arrepio me percorre ao ouvir o raro palavrão vindo dos lábios dele.

— Você não vai ouvir um pio de reclamação de minha parte.

Ele se afasta com cuidado, olhando para o ponto em que seu corpo se afasta do meu enquanto olho para o seu rosto. Amo aquele cenho levemente franzido, o gemido quase inaudível que escapa quando ele sai de mim.

Seu cenho fica ainda mais franzido, e ele estende a mão para baixo, tocando em mim.

— Eu te machuquei?

— Não, por quê?

Ele levanta a cabeça.

— Tem certeza? — Ele mostra os dedos. — Você tá sangrando.

Não entre em pânico.

Não entre em pânico.

Agarrei meu telefone na corrida até o banheiro, e agora estou sentada na privada, procurando loucamente no Google *sangramento na gravidez*.

Os resultados são tranquilizadores. Aparentemente, é comum. Aparentemente, acontece em cerca de um terço de todas as gestações. Especialmente no começo.

Mas também pode ser um sinal de que há algo errado,

e não era um pouquinho de sangue,

estava por todo lado nos lençóis,

e eu não consigo respirar.

Ligo para o telefone de plantão da minha médica e falo tão baixinho quanto posso ao telefone.

Isso, nove semanas.

Sim, fui ao consultório ontem.

Não, não estou com cólica.

Após algumas palavras de conforto, é dito para mim que esforce para evitar preocupações, que devo repousar e que tenho uma consulta marcada para amanhã cedo.

Desligo justamente quando a voz de Josh chega pela porta fechada.

— Haze?

Levanto a cabeça e tento soar tão calma quanto possível.

— Oi. Eu tô bem, sim.

Ah, meu Deus, o que é que eu faço? Ele me *ama*. Quero dizer, não acho que ele vá ficar bravo por eu estar grávida. Instinto e meu conhecimento intrincado do cérebro de Josh Im me dizem que ele, na verdade, vai ficar muito feliz. Ele quer uma família. Mas e se eu perder o bebê? Sei que esse tipo de coisa acontece o tempo todo, então vale a pena contar para ele e criar esperanças de que tudo pode estar bem se eu perder meu monstrinho? Ah, Deus, quero despedaçar as paredes só de pensar nisso. E se eu perder o bebê e se eu perder o bebê e se eu perder...

Fecho os olhos. Respiro fundo.

— Hazel. — Ouço a cabeça dele batendo contra a porta. — Desculpe, me desculpe.

Respiro fundo, levantando para jogar um pouco de água no rosto.

— Não foi você — respondo.

Silêncio. E então:

— Olha, eu tenho praticamente certeza de que *fui* eu, sim, e o sexo meio bruto que fizemos agorinha. — Ele faz uma pausa. — Posso entrar e, hã,...

Ah, droga, é verdade. Ele está sujo de sangue. Abro a porta e ele entra, me dando um beijo.

— Está machucada?

— Não, estou perfeitamente bem!

— Tá, ainda bem. — Com mais um beijo, ele se debruça para além de onde estou e liga o chuveiro.

Eu me levanto e aperto o rosto contra as costas dele, entre o volume dos ombros.

— Desculpe.

Josh se vira, erguendo meu rosto para olhar para ele.

— Pelo quê?

— Sangrar em você. Sair da cama correndo.

Suas sobrancelhas se espremem para baixo.

O GUIA PARA NÃO NAMORAR DE *Josh e Hazel*   237

— Eu não me incomodo com isso. Só queria ter certeza de que você tá bem.

Conte a ele.

Conte a ele.

Fale com a dra. Sanders antes.

— Eu tô bem.

Ele se abaixa, me beija devagar e então entra no banho, puxando-me logo em seguida.

O vapor enche o banheiro enquanto ele forma espuma nas mãos, esfregando primeiro meus ombros e seios, e então, com gentileza, entre minhas pernas e ao longo das coxas, antes de lavar o próprio corpo.

Olhando para ele enquanto ensaboa a barriga, o pau e o peito, noto o jeito como as gotas de água se acumulam em seus cílios e então caem, como chuva.

— Você disse que me ama.

Ele levanta a cabeça, piscando para afastar a água. Seus cílios são longos e aglomerados em tufinhos. Ele é tão lindo.

Josh se inclina, beijando meu nariz.

— Disse.

Estico-me, e a boca de Josh é escorregadia contra a minha, a língua com sabor de água. Suas mãos resvalam no meu traseiro, deslizando no meio, afagando, apalpando, e então escorregam de volta pelas minhas costas, descendo entre meus seios, como se ele estivesse se familiarizando com cada ínfima curva.

Josh Im *me* ama.

— Também amo você, sabe.

O beijo dele se transforma num sorriso.

— É?

— Provavelmente te amo há mais tempo.

Um sorriso malandro.

— Provavelmente.

Belisco aquele traseiro esplêndido em reprimenda à ousadia e ele rosna, pressionando o corpo contra o meu.

— Não temos que fazer amor de novo — diz ele baixinho, colado ao meu pescoço. — É que você é tão gostosa, toda molhada e macia.

Depois de desejá-lo por tanto tempo, não consigo enfiar no cérebro o fato de que ele está aqui, usando palavras como *amor*. Ter Josh nu junto de mim não é só por esta noite. Isso pode ser um problema muito, muito viciante, porque meu desejo por Josh é uma energia frenética, impaciente, devastadora: eu o quero de novo, e de novo, e mais uma vez.

Empurro o pânico para dentro de uma salinha minúscula em meu cérebro e a transformo num closet, depois numa caixa de sapatos, em seguida num pontinho pequenino de luz piscando ao fundo. Não há nada que eu possa fazer esta noite. Preciso apenas respirar.

A mão dele faz uma viagem lenta sobre meus seios, descendo até meu umbigo e desenhando pequenos redemoinhos e círculos com o sabão. Estou tão plena de emoção que não me surpreendo quando uma única lágrima escorre por minha bochecha, perdida no jato que vem do chuveiro. Pego o sabão e faço o mesmo por ele, saboreando cada segundo disso até estarmos limpos e a água começar a esfriar.

— Certo, Haze. — Ele se abaixa para me beijar, os olhos brilhando enquanto se vira para fechar o registro. — Vamos para a cama.

VINTE E TRÊS

Josh

Na cama de Hazel, durmo como uma pedra. Acho que nem sonho, ou, se sonho, é apenas uma série de lampejos nebulosos de seu corpo, e sua risada, e do calor irreal dela enrolada em torno de mim a noite toda.

Acordamos com o barulho do despertador dela, emaranhados, as cobertas chutadas para o chão. Estou nu, ela está só de calcinha e, embora eu recobre a consciência lentamente, preso num calor denso que ainda não estou pronto para abandonar, Hazel se senta depois de apenas alguns segundos acordada e olha para mim, os olhos turvos. Seus olhos continuam desfocados por alguns segundos até que ela pisca, desembaçando-os, e se debruça para me dar um selinho.

— Você ainda está aqui.

Numa onda de felicidade, eu me pergunto se vamos morar juntos… e quando.

Hazel recua e sua atenção é atraída para um ponto além do meu ombro. Ela faz uma careta para os lençóis no cesto de roupas no cantinho, os lençóis que tiramos da cama e substituímos antes de cair na cama num amontoado de exaustão. Como se isso a lembrasse de algo, ela se levanta e sai com rapidez do quarto, indo para o banheiro e fechando a porta com um clique ruidoso.

A noite passada não foi a primeira vez que encontrei sangue durante o sexo, mas talvez tenha sido para ela? Não acredito muito nisso, mas o fato parece tê-la abalado mais do que eu esperaria.

Rolando para me sentar, assento-me na lateral da cama, piscando para Winnie, que me encara, maravilhada, do chão.

— Bom dia, docinho.

Esfrego a cabeça dela e posso ver o controle que ela está exercendo sobre si para não subir aqui num salto e se juntar a mim, mas, por sorte, ela resiste. Estar nu na cama com Hazel é uma felicidade. Estar nu na cama com sua cachorra seria bem embaraçoso.

Na cozinha, e dentro de uma das latas de Muppet de Hazel, encontro café suficiente apenas para um bule. Quando ela sai do banheiro — ainda vestindo apenas a calcinha —, já tomei duas canecas e estendo a mão para sua silhueta amarfanhada de sono, puxando-a para entre as minhas pernas.

— Você saiu — ela resmunga no meu pescoço.

O peito dela apertado contra o meu me distrai o bastante para que eu demore a processar suas palavras. Então, em vez de responder com algo espirituoso, apenas sugo de leve o pescoço dela e pergunto:

— A que horas você precisa estar na escola?

— Em geral, às sete e meia, e chegaria tão atrasada que provavelmente colocaria as roupas do avesso. Mas vou passar no consultório da minha médica antes de ir. Eles sabem que eu vou chegar mais tarde hoje.

Médica? Não sei muito bem como perguntar sobre o que houve na noite passada, então tento ser vago.

— Você está bem hoje?

Uma hesitação diminuta, e em seguida:

— Está brincando? Estou incrível.

Ela *é* incrível — a pele suave, a pintinha enlouquecedora no ombro, o contorno volumoso dos seios —, e o pensamento de que ela é *minha* e eu sou dela perambula pela minha cabeça. Uma explosão de luz irrompe em mim, um lampejo de alegria, e estendo a mão para ela, segurando-a pela nuca e trazendo-a para mais perto.

No minuto em que nossos lábios se tocam, minha mente silencia, mas meu corpo parece levantar voo, acelerando para aquele ponto em que não consigo pensar, somente sentir. Meus dedos roçam o arco exposto de sua garganta, descendo até as clavículas. As mãos dela vêm para a minha cintura na mesma hora, e sinto Hazel se levantar nas pontas dos pés, fechando a distância entre nós e se esticando, ansiosa por um beijo, e mais outro.

O GUIA PARA NÃO NAMORAR DE *Josh e Hazel*   241

É singelo, mas não comum. Nada com Hazel é comum.

Inclino a cabeça dela, beijando seu lábio inferior, a bochecha, o queixo.

Dou uma espiada por cima do ombro dela para o relógio iluminado na frente do fogão. São sete e dezoito. Respiro fundo, silenciando a necessidade de compensar o tempo perdido.

Minha boca toma seu lugar sobre a dela e se demora. Ela sorri.

— Bom dia, Josh Im.

Beijo seu cabelo caótico.

— Eu que o diga.

Permito-me saborear isso, a alegria simples de ficar de pé na cozinha iluminada de Hazel, os braços em torno um do outro, e saber que não preciso me conter agora. Mas é a maneira como ela me abraça — o jeito como ela se agarra com o rosto enfiado no meu pescoço — que me faz parar para pensar. Ela não está brincando de morder meu ombro, nem ameaçando me deixar cheio de chupões na pele. Não está perguntando se quero ir de patins até a loja de bagels antes do trabalho. Está apenas tão *quieta*.

Claro, tudo bem a Hazel ficar quieta de vez em quando, mas isso parece diferente. A sensação é de um silêncio cheio de alguma coisa — preocupação, uma pergunta, talvez insegurança.

Vasculho o cérebro em busca de algo para dizer. Quero perguntar se ela sabe sobre a gravidez de Emily. Quero perguntar se ela vai ficar na minha casa hoje à noite e todas as noites depois desta. Quero pedir a ela que diga as palavras mais uma vez antes de sair para trabalhar, aquele *eu também te amo, sabe* — bem baixinho.

Ela volta os olhos castanhos e luminosos para o meu rosto.

— No que está pensando?

— Estava me perguntando no que *você* está pensando — digo com um sorriso.

— Temos coisas importantes a discutir — ela murmura. — Lembra?

— Ainda? Achei que o *eu te amo* já havia dado conta do recado. O que há mais para discutir?

Ela se estica, me beijando.

— Você me ama?

— Amo.

— E está disponível esta noite?

Passo as mãos pelo corpo dela.

— Você não quer falar agora, enquanto se apronta?

Ela faz que não com a cabeça, arrastando os lábios sobre os meus, de um lado para o outro.

— Hoje à noite.

Com um sorriso, ela dá um passo para trás e se vira para ir até o quarto.

Há uma pilha de correspondências no balcão, um livro de colorir do Harry Potter e um cupom fiscal sob uma pilha de moedas. Duas letras se destacam para mim.

t.g.

Não entendo logo de cara, mas as letras são como um assovio dissonante. Quase distraidamente, me debruço, empurrando para o lado uma moeda de 25 centavos para ler a linha toda.

t.g. clearblu... 5 un x 8,99 cada

Testes de gravidez? Será que Hazel comprou os testes para Emily?

A confusão prende meus pensamentos um ao outro, e meu coração começa a palpitar palpitar palpitar conforme a fila de dominós cai.

O sangue ontem à noite. O pânico de Hazel. Coisas importantes que precisamos conversar hoje à noite.

Meus olhos recaem no canto escuro de uma foto sob as chaves dela. Nunca segurei uma dessas, mas sei o que é.

Quando puxo a foto do ultrassom, já sei o que vou ver, mas o fôlego foge do meu peito mesmo assim.

Bradford, Hazel

12 de novembro

9s3d

E, exatamente no centro, um corpo redondo, uma cabeça, dois botõezinhos minúsculos de braços, dois botõezinhos minúsculos de pernas.

Minhas próprias pernas quase cedem, e me sinto pesadamente no banco alto, fitando a foto em minha mão. Sei que Hazel não dormiu com mais ninguém, exceto eu, há… bem, há muito tempo. E a primeira noite em que fizemos sexo — sexo embriagado, sexo no chão, sexo *talvez eu esteja me apaixonando por você* — foi há dois meses.

Emily não está grávida — *Hazel* é que está. Ela estava grávida esse tempo todo, e nós não fazíamos ideia.

Levanto-me, trôpego, e coloco a foto de volta debaixo das chaves dela, virando o rosto para o teto. Não é pânico. Não é terror. É choque — sim, definitivamente isso é uma surpresa —, mas… Fecho os olhos e posso ver tudo. Posso ver Hazel grávida. Posso ver como seria a sensação de ir para a cama ao lado dela, colocar minha cabeça em sua barriga e ouvir o bebê. Posso ver meus pais enlouquecendo, Emily exagerando nos presentes. Neste momento, com esses pensamentos correndo soltos pelo cérebro, fico quase zonzo. E compreendo totalmente o pânico de Hazel ontem à noite.

Puta merda, ela estava *sangrando*.

Posto-me atrás dela enquanto Hazel escova o cabelo e coloco as mãos trêmulas nos quadris dela.

— Oi, você aí. — Ela se apoia em mim e se vira de frente, esticando-se para me beijar.

O choque deixou um travo metálico em minha boca e me entorpeceu, deixando a sensação de que minhas mãos não me pertencem.

— Quero ir com você hoje de manhã.

O rosto dela se franze, confuso.

— Para a escola?

— Para a médica.

Ela meneia a cabeça.

— Não precisa fazer isso. Sei que você também tem uma manhã cheia. É só rotina…

— Quero estar lá. — Acho que a minha escolha de palavras agita algo nela, porque, quando seus olhos encontram os meus, ela busca uma confirmação ali. Levantando as mãos, ela as encaixa em meu rosto, o olhar se concentrando primeiro num olho, depois no outro. — Você não acha que eu deveria estar lá? — pergunto.

Ela engole em seco, e seu olhar se enche de culpa.

— Você sabe?

— O ultrassom estava no balcão.

Com isso, o rosto dela desaba por completo. Dói a reação a isso em meu peito. É como levar um soco. Eu a puxo para mim, segurando sua cabeça e consolando-a quando ela cai no choro.

— Tá tudo bem, Haze.

Ela soluça, pressionando o rosto em meu pescoço.

— Eu acabei de descobrir na segunda-feira.

Dois dias atrás. Deve ter sido onde Emily estava — ela foi ao consultório com Hazel.

— Eu vi os testes na casa da Em — digo a ela. — Na verdade, achei que *ela* estivesse grávida.

Quando ela coloca as palmas das mãos contra minhas costas nuas, posso perceber que estão tremendo.

— Eu ia te contar.

— Eu sei.

Seu soluço me rasga por dentro.

— Queria que fosse um momento feliz.

— Ainda pode ser. Só precisamos garantir que você está bem.

— Eles disseram que sangramento pode ser normal, mas… estou com tanto medo de ter acontecido alguma coisa. — Outro soluço corta sua voz na última palavra. — Eu já amo esse monstrinho, e estou com tanto medo, Josh.

Mal processei o que está acontecendo, mas meu pânico já parece engolir as palavras se formando no cérebro.

— O que quer que aconteça, vamos lidar com isso, está bem? — Faço uma pausa, e estou apavorado pela resposta da pergunta seguinte. — Você ainda está sangrando?

— Um pouquinho.

Meu coração se afunda, e eu a abraço apertado, vendo meu reflexo no espelho. Pareço um maluco. O cabelo todo despenteado, os olhos arregalados e vermelhos. Minha boca está cerrada numa linha severa, minha pulsação é um eco vazio na garganta.

Ao meu lado, o joelho de Hazel saltita sem parar. Estendo a mão, colocando-a por cima dele num gesto tranquilizador.

— Vou roer as unhas até a cutícula — cochicha ela. Seus olhos estão fixos na pintura genérica de um buquê de flores em aquarela do outro lado da sala de espera.

Levanto a mão, persuadindo a dela a voltar para baixo, para junto da minha. Meu coração está alojado em algum ponto da minha garganta; parece que nós dois precisamos de algo para nos ancorar.

Apaixonar-se, ser amado. A realidade de que estamos juntos agora é suficiente por si só para fazer minha respiração ficar tensa e quente no peito. E estar aqui, com uma foto de ultrassom apertada na mão... A mente vai longe.

Mas esta é Hazel. Somos muito maiores do que este momento, não importa o que ocorra atrás da porta branca e larga que conduz às salas de exames. É esquisito pensar que eu sabia há anos que acabaríamos aqui, de algum jeito? Ou a retrospectiva é apenas a explicação mais conveniente para coincidências?

Aperto a mão dela, que olha para mim, a expressão tensa.

— Sabe — digo, dando-lhe o sorriso mais genuíno que consigo invocar —, não importa o que aconteça lá, vamos ficar bem.

— Eu sabia que queria ter filhos, mas acho que não tinha me dado conta do quanto até isso acontecer.

— Podemos não ter *dezessete*, mas a gente chega lá.

Ela ri.

— Ainda vou te convencer.

— Você nunca vai me convencer a ter dezessete filhos. — Ela resmunga quando digo isso, então acrescento, como meio-termo: — Mas que tal isto: depois da consulta, vamos tomar milk-shake.

— Promete?

— Prometo.

— De cereja — diz ela. — Não. Espera. De *cookies and cream*.

— Um de cada.

Enfim, recebo um sorriso típico de Hazel.

— Sabe o que fico repetindo sem parar na minha mente?

— O quê?

— Amo Josh Im mais do que já amei qualquer coisa na vida. — Ela morde o lábio. — Não conte para a Winnie.

Eu me inclino para a frente e repouso os lábios nos dela. Contra minha boca, a dela é suave, um pouquinho trêmula. O beijo se angula, e minha mão sobe para o pescoço dela, onde meus dedos encontram sua pulsação contra a pele. Poderia me perder no jeito como ela se inclina na minha direção, poderia me afogar na sensação de Hazel. Mas aí a porta larga se abre e o nome dela é chamado.

EPÍLOGO

Josh

Quando Hazel desce os degraus da entrada, está vestindo meia-calça laranja fosca, minissaia preta e regata roxa. Seu coque está escondido debaixo de um chapéu de bruxa gigantesco e oscilante. À luz da varanda, ela está radiante.

Olho para meus próprios trajes — camisa preta, jeans, tênis — e depois para ela outra vez.

— Sinto que perdi uma mensagem de texto importante hoje.

— A Target já estava com as coisas de Halloween.

— Ainda falta mais de um mês.

Dando de ombros, ela se move para onde estou apoiado no carro e desliza os braços em torno do meu pescoço.

— Só entrando no espírito.

Toco os lábios dela com os meus.

— Porque, senão, você demoraria demais para isso?

— Por acaso está me levando a algum lugar com cara de Halloween?

Toda sexta à noite é noite de encontro, e hoje era minha vez de planejar. Semana passada, Hazel me levou para um lugar onde pintamos autorretratos com as mãos e os pés, e daí fizemos um piquenique no capô do carro. Minhas noites de encontro tendem a ser um pouco mais padrão.

— Só jantar — digo. — Abriu um restaurante novo de *ramen* perto da casa da Emily e do Dave. Pensei em experimentarmos.

Depois de um passo de dança rápido na calçada, Hazel embarca no carro do lado do passageiro. Seus dedos cobrem os meus quando vou para trás do volante e, com a mão livre, ela aumenta o volume da música do rádio, cantando junto bem alto, bem desafinada e bem feliz.

— Espera aí — diz ela, olhando para mim e soltando uma risada. — Isso é Metallica!

Concordo.

— Isso me leva de volta ao pior show de todos os tempos.

Ela solta um grito de zombaria.

— No que é que eu estava pensando? Tyler!

— Não faço ideia.

— Queria que você viesse ao meu apartamento e dissesse: *Amo você, Hazel Bradford, por favor, seja minha para sempre, por todos os séculos e séculos seguintes.*

— E eu fui.

Ela assente vigorosamente.

— Foi, sim.

No farol vermelho, ela se debruça e me beija. Um selinho vira um beijo mais demorado, com línguas e sons e a respiração acelerada de ambos. Quando o farol abre, ela permite que eu me concentre na estrada, mas sua mão na minha coxa logo evolui para dedos desabotoando meu jeans, seus dentes e um gemido em meu ouvido.

Em vez de *ramen*, encontramos o caminho de volta para minha antiga casa — vazia, entre um inquilino e o próximo — e voltamos às raízes: fazer amor no chão.

Nossa casa está escura quando estacionamos, evitando o degrau barulhento e parando em silêncio na frente da porta. Hazel — o cabelo todo bagunçado, a regata levemente torta, calcinha no bolso — procura a chave na bolsa, deslizando-a na fechadura e cautelosamente nos deixando entrar.

Umma nos encontra na entrada, exibindo seu sorriso modesto e calmo.

— Tudo bem? — pergunto.

Ela meneia a cabeça que sim, se esticando para beijar o rosto de nós dois antes de seguir o corredor para a ala à parte na casa que ela compartilha com *appa*.

Hazel se vira e sorri para mim na escuridão.

— Mesmo depois daquele hambúrguer gorduroso, estou morrendo de fome.

— Quer que eu faça alguma coisa pra você?

Ela balança a cabeça, dançando um pouquinho antes de desaparecer pelo corredor.

Deixo minha carteira e as chaves perto da porta, tirando os sapatos. Ouço vozes vindo de um dos quartos e sigo o som, entrando no quarto à meia-luz de Miles, surpreso ao vê-lo ainda acordado. Hazel está sentada na beirada da cama, a comida aparentemente esquecida enquanto afasta um fio de cabelo da testa dele.

— Halmeoni me fez tomar banho — cochicha ele, cheio do ultraje típico dos três anos.

— Isso é bom — Hazel lhe diz. — Você estava fedido.

— E Jia falou pra ela que eu comi a última minhoca de gelatina.

Sento-me ao lado da minha esposa enquanto ela pergunta:

— E comeu?

— Comi — diz ele —, mas ela comeu sete, e eu só peguei duas!

Hazel se debruça, beijando a testa de Miles.

— Irmãs mais velhas são assim às vezes. Durma, meu bebê.

Ele não resiste, virando-se e fechando os olhos de imediato. Eu o observo mais um pouco. Todo mundo diz que ele é a minha cara. Hazel se levanta, sorrindo, e apanha a pilha de fantasias no chão — Mulan, Tiana e Ariel são as preferidas dele.

Concordamos que, por dentro, ele é pura Hazel.

No sábado de manhã, Miles desce a colina correndo, mal conseguindo se manter sobre os próprios pés. Hoje ele é Elsa — tirando as botas vermelhas de caubói —, com uma peruca da Disney muito amada (e gasta) se desmantelando atrás dele enquanto corre.

Ao meu lado, a irmã dele, Jia, o observa, os olhos semicerrados enquanto lambe longa e cuidadosamente o cone de sorvete.

— Ele vai cair.

Aceno em concordância.

— Talvez.

— *Appa.* — Ela volta seus olhos delicados para mim. — Diga a ele para ir mais devagar.

— Ele está na grama — relembro. — Vai dar tudo certo.

Sem se convencer, ela fica de pé e grita para o irmão caçula:

— *Namdongsaeng!*

Só quando ela grita com ele é que ele cai, tropeçando numa bota e rolando alguns metros no gramado. E se levanta, rindo.

— *Noona*, você me viu?

— Vi você. — Suprimindo um sorriso, Jia volta a se sentar. Olhando para mim de novo, ela balança a cabeça dramaticamente. — Ele é doido, *appa.*

Ela é a cara da mãe.

Concordamos que, por dentro, ela é todinha igual a mim.

Hazel sobe a colina, trazendo uma bandeja de cafés e chocolates quentes numa das mãos e pegando a mão de Miles na outra. Ela consegue correr com ele, disparando colina acima em nossa direção sem derramar nada. Quando se aproxima, tiro a bandeja de sua mão para impedir que ela continue abusando da sorte.

— Mamãe, você trouxe chocolate quente pra mim? — pergunta Jia.

Abaixando-se, Hazel a apanha do banco, aninhando-a para um beijo antes de rodopiá-la em círculos que fazem Jia gargalhar loucamente e minha pressão subir.

— Trouxe, sim — diz Hazel —, e pedi que colocassem chantili extra por cima.

— Haze — digo com gentileza —, cuidado.

Ela está com quase sete meses de gravidez e parece que, desde a primeira gestação, ela tem mais e mais energia a cada vez.

Ela me dá um sorriso indulgente, coloca Jia no chão, e nossa filha passa os braços em volta da cintura ampla da mãe. Ela beija a barriga de Hazel.

— Mamãe, me conta de quando era *eu* que estava na sua barriga.

Hazel olha pra mim de esguelha outra vez e se senta de pernas cruzadas na grama.

— A mamãe descobriu que ia ter um bebê. Ela e *appa* ficaram *tão felizes!* — Ela encaixa as mãos no rosto de Jia, inclinando-se para beijar-lhe o nariz e, sem querer ser ignorado, Miles sobe no colo cada vez menor de Hazel.

Ela afasta o cabelo do rosto dele, falando com Jia.

— Mas eu descobri que precisava ficar muito quieta e paradinha por um bom tempo. — A voz dela se abaixa para um cochicho. — Mamãe nunca foi muito boa em ficar quieta e paradinha. Não é?

Jia balança a cabeça, muito séria agora.

— Mas *você* era — murmura Hazel —, não era?

Minha filha assente, sorrindo com orgulho.

— Você ensinou para a mamãe como ser quieta e calma, e a ficar paradinha. E então eu consegui fazer isso, porque você me mostrou, e foi assim que tudo deu certo.

— Agora eu! — ruge Miles.

— *Você*, meu monstrinho do remelexo — diz Hazel —, não sabia como ficar calmo, nem quieto, nem parado. E tudo bem, porque Jia também ensinou ao corpo da mamãe como ter um bebê lá dentro, por isso pudemos ser doidinhos o tanto que quisemos, todo dia!

— Obrigado, *noona!* — Miles desce do colo de Hazel e ataca a irmã.

Os dois lutam na grama, embolados no vestido de Miles, os chocolates quentes já esquecidos.

Uma mão surge no meu joelho, dando tapinhas, e ajudo Hazel a se levantar do gramado, ficando de pé para passar os braços em torno dela.

— Tem certeza de que está pronta para mais um?

— Não dá para voltar atrás agora. Quase três já entregues — diz ela. — Só faltam catorze.

— Vai sonhando, Bradford.

Esticando-se, ela me beija, olhos abertos, os lábios pousados nos meus.

Sou um otimista; sempre previ uma vida boa. Mas ter sonhado com algo assim teria me parecido imensamente egoísta.

— Às vezes eu imagino voltar no tempo — diz ela, lendo minha mente — e dizer para mim mesma que eu terminaria aqui. Com Josh Im.

— Você teria acreditado?

Ela solta uma risada rouca.

— *Não.*

Não posso puxá-la tão para perto quanto quero, peito com peito, coxa com coxa; em vez disso, enfio os dedos no coque dela, desmanchando-o para ver os cabelos caírem ao redor dos ombros. Sua respiração fica suspensa — penso na expressão faminta e possessiva que deve estar em meu rosto. Ela também parece um pouco descontrolada: as bochechas rosadas pelo vento, os olhos brilhantes, cor de âmbar.

— Pensei que esse era o seu plano desde o começo — digo, beijando-a de novo.

— Só nos meus sonhos.

Olho para Jia e Miles. Ela está limpando a grama da saia, ajudando a ajeitar a peruca dele. E, assim que ela termina, ele dispara colina abaixo outra vez sob o olhar vigilante da irmã.

— Bem — digo —, *eu* tenho praticamente certeza de que, se alguém voltasse no tempo e me dissesse que eu acabaria ficando com Hazel Bradford, isso soaria maluco demais para ser verdade.

AGRADECIMENTOS

A LGUNS PERSONAGENS LEVAM MAIS tempo para a gente encontrar, e outros irrompem nas páginas, já formados e esperando com impaciência para começarmos a digitar tudo. Essa última situação foi o caso com Josh e Hazel. Poucas pessoas podem dizer que têm prazer com seu trabalho, mas foi isso exatamente que este livro foi: diversão pura, em seu estado natural. Temos muita, muita sorte.

Por trás de cada livro, há toda uma equipe de pessoas que fazem com que ele aconteça. O editor Adam Wilson é tão fundamental para nossos livros quanto nós. Ele nos ajuda a encontrar o que nos falta, e deixa as coisas que fizemos bem ainda melhores. Nossa agente, Holly Root, é um milagre, é sério. Obrigada por sempre estar lá para acalmar a agitação e celebrar conosco. Você é a nossa rocha. Kristin Dwyer, nossa lua e estrela, e nossa publicitária-unicórnio mágico: estaríamos perdidas sem você. Você se saiu tão bem, mulher!

Simon & Schuster/Gallery Books foram nosso lar desde que éramos escritoras recém-nascidas, ou recém-publicadas. Obrigada a Carolyn Reidy, Jen Bergstrom, Diana Velasquez, Abby Zidle, Mackenzie Hickey, Laura Waters, Hannah Payne e Theresa Dooley (sentimos saudades de você). Obrigada, John Vairo e Lisa Litwack, pela capa que nos faz sorrir sempre que a vemos. A incrível equipe de vendas da S&S coloca nossos livros nas prateleiras e nas mãos de leitores incríveis.

Obrigada, Erin Service, por sempre ser nossa maior líder de torcida e olhar mais cuidadoso, e Marion Archer, pelas leituras atenciosas e todo o coração que você coloca em seu feedback.

Obrigada a cada leitor, blogueiro, instagrammer e booktuber que já pegou um de nossos livros ou nos recomendou para alguém. Rimos muito durante a escrita deste livro; esperamos que vocês possam sentir isso em todas as páginas.

Este livro é dedicado a Jen Lum, e a Katie e David Lee, porque eles são INCRÍVEIS. Não podemos aparecer de fato na porta da casa deles para agradecer em pessoa, mas faríamos isso, se não fosse esquisito. Obrigada, Jen, Katie e David, por compartilharem suas vidas e histórias, ajudando-nos a fazer Josh e sua família parecerem reais. Somos muito gratas.

Às nossas famílias! Vocês são o motivo para sorrirmos e também o motivo para, de vez em quando, bebermos vinho contando garrafa a garrafa. Obrigada por aguentarem nossos cérebros danificados pelos prazos, turnês e agendas malucas, e nossas mensagens de texto intermináveis. Amamos vocês.

Para PQ: você me deixa tão orgulhosa. Trabalhar neste livro foi como ficar com o melhor que fazemos, e amo que isso ainda nos faça rir alto, toda vez que lemos. Eu te amo!

Para minha Lolo: quando começamos a escrever juntas, era basicamente para fazer a outra rir, ou se apaixonar, ou corar. Nove anos depois, isso não mudou. Obrigada por ser paciente enquanto eu reencontrava minha voz e por me amar, não importa a situação. Agradeço ao universo todos os dias por um vampiro cintilante ter trazido você para a minha vida. E por você ainda não ter dado um jeito de escapar. Eu te amo.